Rio do Paraíso

Lee Martin

Rio do Paraíso

Tradução
Marcos Santarrita

Título original: *River of Heaven*
Copyright © 2008 by Lee Martin
Imagem de capa: © Corbis/Latin Stock

Todos os direitos reservados. Nenhuma parte desta obra pode ser reproduzida ou transmitida por qualquer forma ou meio eletrônico ou mecânico, inclusive fotocópia, gravação ou sistema de armazenagem e recuperação de informação, sem a permissão escrita do editor.

Esta é uma obra de ficção. Nomes, personagens, lugares e acontecimentos são produtos da imaginação do autor ou são usados de modo ficcional. Qualquer semelhança com pessoas vivas ou mortas ou assim como lugares é mera coincidência.

Publicado nos EUA por Shaye Areheart Books, selo da Crown Publishing Group, uma divisão da Random House, Inc.

www.crownpublising.com

Shaye Areheart Books, com colofon, é marca registrada da Random House, Inc. O capítulo 1 é adaptado de texto originalmente publicado na *Glimmer Train* número 59 (verão de 2006).

Direção editorial
Soraia Luana Reis

Editora
Luciana Paixão

Editora assistente
Valéria Sanalios

Assistência editorial
Elisa Martins

Preparação de texto
Diego Rodrigues

Revisão
Cid Camargo
Leandro Morita

Criação e produção gráfica
Thiago Sousa

Assistente de criação
Marcos Gubiotti

CIP-Brasil. Catalogação-na-fonte
Sindicato Nacional dos Editores de Livros, RJ

M334r   Martin, Lee, 1955-
    Rio do paraíso / Lee Martin; tradução Marcos Santarrita. - São Paulo: Prumo, 2008.

    Tradução de: River of Heaven

    ISBN 978-85-61618-30-8

    1. Ficção americana. I. Santarrita, Marcos. II. Título.

08-3162.
CDD: 813
CDU: 821.111(73)-3

Direitos de edição para o Brasil:
Editora Prumo Ltda.
Rua Júlio Diniz, 56 - 5º andar − São Paulo/SP − Cep: 04547-090
Tel: (11) 3729-0244 - Fax: (11) 3045-4100
E-mail: contato@editoraprumo.com.br / www.editoraprumo.com.br

*Para Mildred e Harry Read,
meus queridos tia e tio*

Agradecimentos

DEVO MUITÍSSIMO A SALLY KIM E PHYLLIS WENDER, que com tanta freqüência viram as possibilidades que eu não via. Parte deste romance foi publicada sob o título "Sea dogs", em *Glimmer Train Stories*, e sou grato às editoras Linda Swanson-Davies e Susan Burmeister-Brown pelo interesse em minha obra. Obrigado à Universidade do Estado de Ohio, ao Conselho de Artes de Ohio e ao Grande Conselho de Artes de Columbus pelo apoio durante a composição deste livro, e, como sempre, minha imensa gratidão à minha mulher, Deb, que me mantém à tona.

Até mesmo irmãos devem registrar o que combinam.
– Provérbio chinês

1

ESTA NOITE, POR VOLTA DO ENTARDECER, MEU VIZINHO ARTHUR POPE cruza a garagem que separa nossas casas, trazendo uma caçarola nas mãos. Parado ao lado da pia da cozinha, abrindo uma lata de pato com batatas naturais para meu bassê Stump, eu o vejo. Estendo a mão para apagar a luz; porém, tarde demais: Arthur me avistou — percebo pelo modo como ergue mais a caçarola e a estende com as mãos protegidas pelas luvas de forno — e não tenho outra escolha a não ser acenar-lhe, sair para o pátio lateral e abrir o portão.

— Salve, vizinho. — Ex-marinheiro, é assim que ele fala. Ao contrário de mim, manteve-se em forma no correr dos anos. Ainda faz exercícios calistênicos e tem até um sino de bar no porão — um homem másculo: o peito, os ombros e os braços não são mais os mesmos de trinta anos atrás, mas ainda impressionam. Densa juba de cabelos grisalhos. Passo ágil. — Hora do rancho — diz. — Permissão para subir a bordo, senhor.

É outubro, e as folhas começaram a cair. Aqui em Mount Gilead, nossa cidadezinha no sul de Illinois, costumamos queimá-las no sábado, e ao diabo com a qualidade do ar e a camada de ozônio. Varremos as folhas para os lados das ruas ou quintais e ateamo-lhes fogo. O ar cheira a mofo e fumaça, como sempre ocorre nesta época do ano, desde que eu era criança, na Cidade dos Ratos — como chamamos o bairro na baixada da borda sul de Mount Gilead, um amontoado de casas caindo aos pedaços. Ali, toda primavera, quando o rio Wabash sobe, a enchente ainda toca os degraus das portas. Sinto a satisfação de estar em segurança e enxuto aqui nas Fazendas Pomar, modesto agrupamento de casas de fazenda em ruas com nomes tipo Flor de Maçã, Flor de Cereja e Flor de Pêra.

Arthur acha que conhece minha vida — Sam Brady, solteiro todos os meus sessenta e cinco anos de vida —, e eu desejaria acreditar que conhece mesmo. Acha que conhece porque sua querida esposa, Bess, morreu já faz seis meses e Arthur imagina que compartilhamos a infelicidade dos homens solitários.

— Você e eu — disse-me certa vez, não muito tempo atrás. Pôs a mão em meu ombro. — Veja só, Sammy, nós formamos um par.

Mas minha vida não lhe pertence. Eu diria a ele se tivesse coragem. Diria que não faço idéia do que é amar alguém tanto tempo assim — ele e Bess ficaram casados quase quarenta anos — e um dia perder, sem aviso, o ser amado. Aneurisma no cérebro.

— Arthur, estou com dor de cabeça — disse ela, e no instante seguinte caiu no chão da cozinha, já morta.

Vivi sozinho toda a minha vida adulta, a não ser pelos cachorros, dos quais Stump vem a ser o último. Agora ele está parado na porta de tela à espera do pato com batata.

— Ele fica nervoso... — digo a Arthur, apontando-o com a cabeça.

Stump tem muita paciência, firmeza na dedicação, bom temperamento e é muito carinhoso — o companheiro perfeito. Ergue o focinho contra a porta de vidro antitempestade. As orelhas de veludo pendem em dobras soltas, as pontas levemente viradas para dentro. Ele me fita com olhos tristes.

— Stump me deixa magoado quando não come.

— Não ficamos todos? — Arthur ergue a caçarola para que eu cheire a fritada. — Não ficamos todos, marinheiro?

Que posso fazer, senão deixá-lo e mandá-lo apoiar a caçarola na prateleira? Ele me conta exatamente como fez a fritada, e eu sei o que vem a seguir.

— Posso lhe dar a receita — estala os dedos. — Ou você pode ir ao Centro de Idosos... é o segredo... e aprender por si mesmo.

Não é a primeira vez que me convida. Aprendeu a cozinhar

depois que entrou num grupo de viúvos — os Chefs Sazonados — e vai toda noite de quarta-feira ao Centro de Idosos, no centro da cidade, onde aprende um novo prato. Mas... eu?

— Desculpe, Arthur — digo. — Não vai dar.

Por um instante, sinto-me tentado — admito —, mas depois penso em mim mesmo tentando puxar conversa com todos aqueles homens, viúvos com genuíno direito à solidão, e não consigo imaginar. Como vêem, sou um homem que prefere ficar só, um homem que guarda um segredo. Sou uma titiazinha de armário, veado, bicha — e todos esses nomes que vocês já conhecem. Aqui em Mount Gilead, mesmo hoje, nessa época em que se supõe um mundo mais tolerante, mais receptivo, está claro que muita gente acha errado ser. Vejo as pichações nos lados dos depósitos de lixo nos becos, nas paredes do banheiro do parque da cidade, nas latas de coleta do Exército da Salvação e no estacionamento do Wal-Mart. Aqueles nomes. Ouço-os nos lábios de colegiais e jovens durões que gingam nas Alamedas da Cidade e do Campo, onde às vezes escrevo algumas frases, mesmo de gente como Arthur, velhos que ainda julgam que dar nome a uma coisa temida significa impedir que ela os atinja. Ouvi esses nomes a vida toda. Deixei que me tornassem, para melhor ou para pior, um homem cauteloso, em guarda, bem consciente de que o perigo espera logo além das esquinas.

A verdade é que não sei me comportar com os outros. Passei muitos anos evitando-os, por receio de que descobrissem a verdade. Acreditem, este não é o lugar onde a gente pode revelar o tipo de pessoa que eu sou e ainda esperar viver uma vida confortável. Leio as cartas ao editor no *Daily Mail*, cartas de pessoas que freqüentam a igreja — talvez até alguns dos homens dos Chefs Sazonados — e escrevem sobre a abominação que é a homossexualidade. Julgam saber muita coisa, mas não sabem a meu respeito, e decidi manter tudo assim mesmo. É mais fácil — pelo menos tem sido para mim — trancar a verdade e viver discretamente com meus cachorros. Talvez seja uma forma idiota de viver — até covarde —, mas essa

| 13

é a verdade. Desisti do companheirismo por medo de perdê-lo. Melhor jamais tê-lo tido do que vê-lo desaparecer.

Nos últimos quarenta e seis anos, antes de aposentar-me, trabalhei em um serviço de faxina do qual acabei por ser dono. Quando eu era jovem, o patrão me mandava para algum lugar — a loja de departamentos Sherman's, o fornecedor de alimentos IGA, o rinque de patinação Loy — e eu passava as horas noturnas, depois da saída de todos os fregueses e funcionários, varrendo e encerando pisos. Depois, quando já era dono, mantive essa tarefa para mim mesmo. Chegava a aceitar serviços fora da cidade — até em Paducah, no Kentucky, e Cabo Girardeau, no Missouri — apenas pelo prazer de todo aquele tempo na estrada, todo aquele silêncio, sem ninguém mais em volta.

Stump enfia o focinho em minha panturrilha. Deixo-o farejar meu rosto, dar-me uma lambida. Olho dentro de seus olhos tristes.

— Vou estar ocupado — digo a Arthur.

— Ocupado. — Parado com as mãos nos quadris, ainda usa as luvas e parece... bem, querem saber a verdade?... Parece um homem que tem medo das próprias mãos. — Sammy — diz, mas eu o corto para não deixá-lo lançar-se no que sei que será mais uma tentativa de convencer-me a não ser tão solitário.

— O inverno está chegando — digo. — Preciso construir uma nova casinha pra Stump.

— Que é que há com a que ele tem?

— Ah, não dá — respondo, ainda fitando os olhos do cachorro. — Não, de jeito nenhum. Para um cachorro como esse, não, senhor.

COMEÇO COM UMA IMAGEM NA CABEÇA: A CASA DE BRINQUEDO DE UMA CRIANÇA que vi certa vez anos atrás num quintal, numa cidade pela qual passava a caminho de outra. Nunca vira qualquer coisa parecida. A casa feita em forma de um navio veleiro: casco, convés, mastro e cesto da gávea, uma coisa saída de Peter Pan. Que visão, aquele navio. Tudo para uma criança, uma criança de sorte.

Tive de encostar no meio-fio, ficar ali sentado e convencer-me a não entrar naquele quintal, passar pela casa de brinquedo e chegar à de verdade, feita de tijolos e janelas panorâmicas. Queria colar o rosto numa daquelas vidraças, apenas pela oportunidade de ter um vislumbre da vida milagrosa que imaginava ali dentro.

Às vezes levo Stump para uma caminhada à noite, deslizamos no escuro e passamos por casas iluminadas. Vejo a vida das pessoas desenrolando-se: o velho numa porta em arco, curvando-se para beijar a esposa; a mulher que enxuga as mãos num pano de prato; a adolescente que dança ao ritmo da música. Às vezes ouço a risada de alguém, uma televisão ligada, uma voz que grita "Querida, corra aqui. Precisa ver isso. Que barato".

Passo semanas desenhando a planta do navio de Stump. Fico vários dias agradáveis na biblioteca pública, estudando como fazer o casco abaulado, o castelo da torre, o leme da popa, o cesto da gávea. Depois reúno a madeira e as ferramentas e começo a trabalhar.

— Você entendeu tudo errado — diz-me Arthur uma tarde, quando vem me observar com minhas serras, martelos e pregos, no pátio lateral. Já o surpreendi algumas tardes espiando pela janela, e agora veio, por fim, dizer-me o que pensa. Estou montando o casco, sobrepondo as tábuas como se faria com uma casa de papelão. — Isso aí é um casco de costado quebrado — diz. — Ora, marinheiro, que diabos faz você abrindo essas escotilhas de canhão num navio de costado quebrado? O que precisa é de um casco de caravela, as tábuas aparelhadas e iguais. Aí, vai ser do ramo.

— Escotilhas de canhão? — Parei de martelar os pregos. O ar, após todo aquele *pou, pou*, fica livre, e vejo uma solitária folha de bordo cair, pairar, revolutear e depois flutuar, até por fim se assentar em Stump. — Para que iria eu precisar de escotilhas de canhão?

Arthur estreita os olhos, cerra as maxilas e vira a cabeça para trás.

— Marinheiro — diz. — E se o marujo Stump sofrer um ataque inimigo?

Dá-me uma piscadela, e quase me parte o coração, porque sei que ele está me dizendo que sou solitário. Sei que me pede o favor de entrar no jogo. O que deseja mais que qualquer outra coisa agora é ajudar-me a construir esse barco, ter minha companhia para ajudá-lo a passar as horas, e estou disposto a lhe conceder isso.

Stump está deitado de lado, a folha de bordo grudada na barriga branca, mas ele não sabe disso. Suas pernas ergueram-se, único sinal de que ao menos sentiu a folha, mas continua a cochilar, a pança cheia, esquentando-se ao sol.

— Arthur, — digo — Stump nunca foi do tipo briguento.

— Marinheiro, — responde ele — você quer ser autêntico ou não?

— Está bem, um casco de caravela. — Já imagino nós dois trabalhando juntos.

— Vou pegar o avental de carpinteiro — responde ele, e ao que parece eu quero ser autêntico, pois não o detenho, e quando menos espero estamos arrancando as tábuas e recomeçando a fazer o navio.

Enquanto trabalhamos, ele me conta histórias dos primeiros armadores — egípcios e chineses — que sabiam ser a construção de um navio uma questão de fé. Podiam fazê-los à prova de água — casco, quilha e proa — e prepará-los para o lançamento sem qualquer garantia de que algum dia retornassem ao porto. Os deuses que governavam os mares, a qualquer instante, tinham um capricho e mandavam o navio contra um afloramento de rochas, ou emborcavam-no com ondas gigantes, ou mudavam a direção dos ventos, de modo que a embarcação fosse para tão longe que jamais fosse capaz de retomar o rumo. Por isso talhavam olhos na proa, para que pudessem melhor encontrar o caminho. Os marinheiros olhavam o céu. A Estrela do Norte era um buraco no alto do firmamento. A Via Láctea era um rio que despencava lá de cima.

Agrada-me pensar nos antigos armadores e sua fé. Imagino-os ajustando madeiras, erguendo os castelos e mastros. Dia após dia nesse trabalho, com métodos testados e aprovados, a maestria aprendida com o tempo.

Agora, aqui estamos nós, Arthur e eu, ambos com medo de admitir que chegamos à idade na qual nossas circunstâncias — o viúvo, a tiazinha escondida — nos varre, nos assusta até a morte, em nossos últimos anos.

Em breve a conversa se volta para Bess, como sempre acontece. De pé no outro lado, ele marca o comprimento das tábuas para o convés.

— Eu sempre achei que Bess cuidava de mim. — Estende uma tábua de setenta centímetros por um metro e sessenta, mede-a com uma fita métrica e marca-a com o grosso e chato lápis de carpinteiro. — Era minha companheira. Minha primeira imediata, como eu sempre a chamava. Lembra-se disso, Sammy?

Com a serra da bancada, eu corto as tábuas marcadas por ele, e pouco antes de baixar a lâmina respondo:

— Arthur, é claro que lembro. Você era o Popeye dela, e ela, a sua Olívia Palito.

A serra zune, a lâmina corta a madeira. A serragem cai e cobre o bico de minha bota. O cheiro de pinho recém-cortado aguça o ar. Quando ergo a lâmina, vejo que Arthur largou o lápis e curva a cabeça; o avental de carpinteiro, com laços amarrados demasiado frouxos, escorrega pelos quadris. Agarra as tábuas com as mãos, mas parece que mal pode segurar-se.

— Arthur? — chamo.

Ele levanta rápido a cabeça, e o que vejo em seus olhos me surpreende. Sei que alguma coisa o magoou.

— Como pode você dizer uma coisa dessas? — pergunta, a voz mais miúda do que algum dia ouvi. — Fazer uma piada dessas? Popeye e Olívia Palito... um desenho animado, pelo amor de Deus. Nossa, Sammy. Estou falando de Bess e mim. Estou falando de pessoas que significavam muito uma para a outra. Quarenta anos juntos. Mas, claro, você não pode saber nada disso, pode?

O tempo todo, eu vinha querendo dizer-lhe o seguinte: quando se trata de amor e do que perdemos, ele e eu não somos a

| 17

mesma coisa; ele teve amor numa abundância que jamais conhecerei. Agora que chegou o momento, o que sinto não é o alívio que gostaria de sentir. Em vez disso, porém, sinto-me infeliz porque Arthur sabe sem sombra de dúvida que sou um homem com medo de chegar perto demais de alguém. O maior gesto de amor de que sou capaz é construir esse navio, essa casa de fantasia para meu cachorro. Não posso nem pedir desculpas a Arthur pelo que disse; ele acaba por pegar a tábua que marcou e passá-la para mim. Sem uma palavra, voltamos a trabalhar, e nesse exato instante sinto como deve ter sido para os dois — devem ter-se magoado um ao outro o tempo todo, em razão de todas as concessões que fizeram por amor.

— Ela cuidava de mim — diz Arthur após algum tempo. — Bess.

A voz é tão baixa que posso preferir não ouvir, se quiser. Mas ouço. Ouço o modo como treme. Recebo-a dentro de mim, sabendo que mais tarde, quando Stump adormecer ao lado de minha poltrona e a casa estiver em silêncio, no meio da noite, vou lembrar como Arthur disse o nome dela. Lembrarei isso, como lembro agora que, noite após noite, durante o verão, ouvia o riso dela na casa deles.

— Arthur, você me mata — disse uma noite, quando eu e Stump passávamos. Ela falava do mesmo jeito como quando me contava o que Arthur fizera que a deliciara.

Sentava-se numa poltrona ao lado da janela panorâmica da sala de estar. Jogava a cabeça para trás e erguia as mãos enquanto ria. No escuro, eu a olhava, aquela mulher *petite* que sapateava no show da comunidade, que ainda usava o anel de ginásio de Arthur numa corrente de ouro, que podia olhar-me — é, até a mim — com um sorriso que me fazia acreditar que esperava durante anos meu aparecimento, e eu pensava: "Deus do céu, ela é um anjo".

Assim acabamos a casa de Stump, Arthur e eu. Medimos, serramos e cortamos os ângulos enquanto o cachorro cochila no gramado. Como é bom trabalhar ao sol do outono, sentir o calor no rosto, nas costas, montar este navio tábua por tábua,

sem pensar no tempo que passa, com a luz a reduzir-se enquanto entramos no inverno.
Trabalhamos a maior parte do tempo sem falar, entrando num ritmo confortável de medir, serrar e pregar. Colocamos uma portinha no casco para Stump entrar, e desenhamos uma prancha de embarque para ele subir a bordo — *promenade*, como Arthur insiste que eu a chame — com tanta dignidade quanto um bassê consegue. Abrimos uma escotilha no convés e a equipamos com outra portinha, para Stump ir e vir entre o casco e convés. Pode ficar em cima ou embaixo. Eu pego o jargão de marinheiro. Em breve estarei falando em vante, proa e popa, bombordo e estibordo.
— Firme com ele — digo a Arthur, quando erguemos a torre do mastro.
E ele responde:
— É isso aí. Agora você está encontrando suas próprias pernas.
Deixo-o abrir as escotilhas do canhão no casco e pôr-lhe janelas com dobradiças que podemos abrir ou fechar. Quando no convés de baixo, Stump enfia o focinho na escotilha e fareja o ar.
— Vamos lá — digo a ele, que late.
Então, um dia, lá pelo anoitecer, acabamos. Por um instante, ficamos parados à última claridade do dia, admirando nossa obra; satisfeito com isso, já sinto de que modo agradável as horas passaram com Arthur.
— Tenho uma surpresa pra você — ele diz. — Está lá em casa. Volto já.
Do lado de fora da embarcação, Stump fareja todo o perímetro do navio; imagino que tenta decidir-se sobre aquela coisa. Arthur retorna com uma bandeira.
— A dama que ensina aos Chefs Sazonados costurou-a pra mim — diz. Desenrola-a e vejo que é uma espécie de bandeira de pirata, só que, em vez da caveira, tem a cara de Stump, e embaixo as tíbias cruzadas são biscoitos para cachorros.
— Não é lá muito autêntica — não resisto a observar-lhe.

| 19

— Bem, — responde ele — quem vai notar, a não ser os velhos lobos do mar?

Sobe no convés com uma escada e pendura a bandeira na torre do mastro. Depois volta ao lugar onde estou parado; pomos as mãos nos quadris, tombamos a cabeça para trás e examinamos a bandeira drapejando ao vento.

Stump ergue uma pata e faz xixi na proa.

— Parece que o batizou — diz Arthur com uma risada. — Agora só é preciso um nome.

Eu nem chego a pensar.

— Que tal chamá-lo de Bess?

Durante um longo tempo ele não diz uma palavra. Apenas continua a olhar a bandeira. Fecha os olhos um instante, depois abre-os e diz:

— Se é o que você quer...

— É, sim — respondo.

Pode não parecer grande coisa essa história que conto, mas você tem de entender o que é viver como eu — um homem que sempre teve medo de si mesmo. Tem de saber o resto da minha história, a parte que ainda não consigo me forçar a contar. A história de um menino que conheci há muito tempo e um irmão a quem amava e perdi. Sinto muito, mas receio só poder dar-lhe a imagem de mim mesmo atravessando o crepúsculo para pegar uma lata de tinta vermelha no porão. Passo um pincel a Arthur, ele o recebe e meus olhos encontram os seus, os dois sem a menor vergonha de como isso é sentimental. Arthur ajoelha-se junto à proa do navio — a casa de Stump — e com muito cuidado dá a primeira pincelada, as cerdas do pincel curvando-se para trás com uma lenta e firme graça que me emociona nessa noite, tão perto do inverno. Sei que é o mais próximo que cheguei, em muito tempo, de sentir com o coração, e o que me abala é a compreensão de que é o mais perto que algum dia vou chegar — esse momento que já começa a desfazer-se — aqui em terra seca.

2

NÃO DEMORA MUITO PARA QUE O *DAILY MAIL*, O JORNAL DA CIDADE, fique sabendo do navio de Stump, e certa manhã liga um repórter, um rapaz — pelo menos parece jovem ao telefone —, dizendo que deseja escrever uma matéria a respeito.

Stump bate com a pata em meu pé como a dizer que, se eu achar conveniente passar-lhe o telefone, terá prazer em falar com o jornalista sobre até onde a nova casa lhe serve.

— Parece sensacional, senhor Brady — diz o repórter. — Exatamente o tipo de matéria de interesse humano que nossos leitores gostariam.

— Ah, não é tão interessante assim — respondo, mas não nego que me sinto lisonjeado.

— Se me permite, eu passaria aí esta tarde, para tirar fotos e fazer algumas perguntas. Gostaríamos de publicar uma nota em nossa seção *Somos Nós*.

— No jornal? — pergunto, embora conheça a seção de que ele fala: toda sexta-feira, traz o perfil de pessoas com *hobbies* incomuns e objetos exóticos.

— Como eu disse, senhor Brady, é uma história interessante. Com a nossa cara. Que tal à uma da tarde?

Sempre me interessei por essas matérias. Até aguardo o jornal da sexta-feira para ver o que posso descobrir sobre alguém: o homem que construiu uma aldeia de pioneiros numa fazenda nos arredores da cidade — ergueu com as próprias mãos uma cadeia, um bar, uma escola de uma sala só, uma biblioteca, uma ferraria, uma olaria e uma loja de doces; a mulher que tem um lar para esquilos albinos machucados ou órfãos — aliás, não à toa anunciamos nossa cidade como o Lar dos Esquilos Brancos (há uma multa de vinte e cinco dólares para quem atropelar um), e a Câmara dos Vereadores tenta aprovar uma lei segundo a qual todos os gatos — notórios matadores de esquilos — devem usar coleiras com sinos, para que os esquilos recebam um justo aviso sobre o perigo; o cego que há quarenta anos folheou a ouro uma garrafa de Coca-Cola, mas nunca conseguiu convencer a empresa a patentear a idéia, e lá ficou ela, um objeto único que ele nem sequer via. Fui ao leilão que fizeram na casa dele depois que o homem morreu; comprei uma caixa de bugigangas — velhas latas de graxa de sapato, uma escova de cabelo, uma taça dobrável — e, você não vai acreditar, encontrei no fundo da caixa a garrafa de Coca-Cola folheada a ouro, ali jogada como um troço no lixo. Guardo-a no porão, com medo de deixá-la à vista, para evitar que alguém passe a mão nela.

— Fotos... — digo. — Você tiraria uma do meu cachorro?

— De vocês dois juntos. E do navio. Temos de ver esse navio.

A idéia de uma foto minha com Stump e o navio dele me dá uma comichão. Talvez até a recorte e ponha na carteira, para que, ao encontrarmos alguém num de nossos passeios noturnos, eu a mostre e diga: "Veja, somos nós". Ou talvez esteja apenas fantasiando. Talvez jamais consiga fazer nada disso.

— Melhor marcar para as duas e meia — digo. — Stump sempre gosta de tirar um cochilo depois do almoço.

O REPÓRTER REVELA-SE UM RAPAZ MAGRO, ALTO E DESENGONÇADO, com os braços compridos demais para o paletó esporte de cotelê. Tem o cabelo cortado curto, como o que chamávamos antigamente de escovinha; o crânio brilha por baixo dos fios e tento imaginar como seria passar a mão naquela cabeça.

— Senhor Brady? — Ele usa a borracha do lápis para empurrar os óculos, que escorregam muito pelo nariz. — Sou do jornal. Nós nos falamos ao telefone.

Que aconteceu, eu me pergunto, às apresentações apropriadas? "Oi, eu me chamo..."
— Sou Sam Brady — digo, e estendo a mão.
O rapaz tenta corresponder estendendo a sua, para apertarmos a mão um do outro como cavalheiros, mas se atrapalha com o lápis e deixa-o cair no chão da varanda. Ambos nos curvamos para pegá-lo e batemos cabeça contra cabeça — não uma pancada mesmo, mas um delicado roçar de pele, do meu crânio reluzente e calvo contra o dele — e tenho o prazer de saber que seu cabelo espetado não é espetado de modo algum, mas macio como veludo.
— São duas e meia — diz o rapaz, como se isso servisse de apresentação, essa lembrança da hora marcada.
— E você é...? — pergunto.
Ele faz uma careta. Aperta os lábios, apenas um instante, uma involuntária carranca que não pretendia exibir em público. Depois diz:
— Duncan.
— Duncan de quê? — insisto, como fazem os homens da minha idade nesta parte do país.
Mais uma vez, o ranger de dentes por um momento. Depois diz, por mais que eu veja como odeia ter de fazer isso.
— Hines. Eu me chamo Duncan Hines. Pronto. Está dito. Como aquela marca de massas de bolo. Esse sou eu. Vá em frente, ria à vontade.
Faz outro dia bonito, um dos últimos antes da curva final para o inverno. De onde me encontro na varanda, vemos a proa do navio de Stump, e fico emocionado ao pensar que as pessoas vão notar. Vem-me à mente o velho slogan da Duncan Hines, e não me contenho; a coisa sai.
— Tão rico, tão úmido. Tão a cara de Duncan Hines.
Depois fico constrangido, pois que tipo de coisa é essa para um homem adulto dizer a esse rapaz a quem eu nunca vi antes? Se ele se ofende ou acha estranho, não demonstra.

| 23

— Digamos apenas que meus pais tinham senso de humor. Agora, sobre esse navio que você construiu para seu cachorro... Peço-lhe que me siga. Descemos os degraus da varanda e abro o portão para o pátio lateral. Stump lá está, e dá uns dois latidos antes de eu mandá-lo calar-se.

— Esse sujeitinho vai fazer você famoso — digo ao meu cachorro, e Duncan ajoelha-se, pouco ligando para sua calça cor cáqui e o que a grama e a sujeira podem fazer a ela. Duncan dá uma coçada atrás da orelha do cachorro.

— E aí, bonitão, chegue mais perto — diz, ainda coçando atrás da orelha do animal. — Belo cachorro, você.

— Às vezes eu acho que ele sabe disso — comento.

— Ora, é claro que sabe. Pode apostar. O que eu não daria por um cachorro como ele... — Duncan Hines levanta-se e ergue o braço para o navio de Stump. — Isto é uma coisa! — diz. — Cara, se é.

— É um casco de caravela — eu digo, tentando não jogar a palavra com demasiada presunção, como se fosse um sabe-tudo.

— Casco de caravela — ele diz, e anota na prancheta.

Então conto-lhe tudo sobre a construção do navio: o casco, o *promenade*, o mastro e a torre da gávea.

— Está vendo aquelas escotilhas de canhão? — pergunto. Olho-o e vejo anotar as palavras "escotilhas de canhão". — Não vêm a calhar, caso o marujo Stump sofra um ataque inimigo?

— Não me diga que há mesmo um canhão no porão desse navio!

Por um instante, penso em deixá-lo achar isso, mas acabo confessando que é apenas uma brincadeira. Ele esfrega a mão sobre a veludosa cabeça e vejo que enrubesce. Imagino que posso dizer-lhe qualquer coisa, e ele acreditará. É esse tipo de cara. O tipo perfeito para os perfis de interesse humano que escreve. Um garoto curioso e sério — só tem dezenove anos, descubro; um aluno da universidade pública que escreve a seção *Somos Nós* no *Daily Mail*, pronto para deslumbrar-se com o mundo.

Digo-lhe que ando pensando em instalar um sistema de aquecimento no porão do navio, para Stump passar os dias e noites de inverno lá, se quiser. Duncan anota tudo; o que eu planejo fazer, a história de como tive a idéia — a casa de brinquedo infantil —, a maneira como a bolei.

— Você fez isso tudo sozinho?

Tenho vontade de dizer que fiz, sim. Mas nesse momento Arthur sai de casa e acena com o braço.

— Oi — diz, e vem em nossa direção.

— Meu vizinho — explico. — Ele me ajudou.

Por um bom tempo, não preciso acrescentar uma palavra, porque Arthur não quer outra coisa senão contar a Duncan Hines tudo sobre o tempo que passou na marinha, o que sabe de história náutica e como teve prazer em contribuir como experto para a construção do navio de Stump. Fico com a sensação de que eu poderia desaparecer, afundar direto no chão, e nenhum dos dois notaria.

Então percebo que Duncan me fez uma pergunta que não registrei plenamente e tenho de dizer:

— Desculpe, não entendi. Pode repetir?

— Perguntei se você sempre morou em Mount Gilead.

— Sammy foi criado na Cidade dos Ratos — diz Arthur. — Não foi, Sammy?

— É — respondo. — Tem razão. Fui criado na Cidade dos Ratos, mas moro aqui nas Fazendas Pomar há muito tempo. Arthur e eu somos vizinhos faz alguns bons anos.

— Minha família veio da Cidade dos Ratos — acrescenta Duncan. — Ao menos pelo lado da minha mãe.

— Quem eram seus pais? — pergunto.

— Minha avó era finlandesa. Casou-se com um homem a quem chamavam de Risonho, mas seu nome verdadeiro era Norvel. Norvel Hines.

O tempo todo poso com Arthur e Stump para as fotos que Duncan tira. Desorienta-me o fato de nem saber que havia fin-

| 25

landeses por lá. Não consigo imaginar a minha aparência, ali parado ao lado da proa do navio, Arthur do outro, e Stump no convés entre nós.

— Perfeito — diz Duncan. Mas não me sinto nem um pouco "perfeito", lembrando a história de Dewey Finn, um menino vizinho na Cidade dos Ratos, a quem tentei de todos os modos deixar para trás. Aqui estou agora, a lembrança dele maior do que agüento, imaginando o que, exatamente, sabe Duncan.

3

DEWEY FINN MORREU NUMA NOITE DE SEXTA-FEIRA, EM ABRIL DE 1955, e agora esse garoto, Duncan, trouxe de volta a sensação do que foi receber a notícia.

Quando a informação chegou à Cidade dos Ratos, a chuva que vinha caindo fazia três dias sem parar passou, mas nós sabíamos que havia mais a caminho. O rio subia, e temíamos que da noite para o dia a enchente invadisse as ruas e se espalhasse pelos quintais. Eu estava com meu pai, ajudando-o a erguer uma barreira com sacos de areia em torno da casa, quando o xerife, Hersey Dawes, encostou o carro-patrulha ao lado da sarjeta, abriu a porta e subiu na calçada.

Meu pai enterrou a pá no monte de areia e apoiou-se no cabo, com um pé sobre a lâmina.

— Alguém encrencado? — perguntou.

Hersey entrou no quintal e nos contou o que logo ia ter de contar a Snuff e Betty Finn. Dewey morrera. O garoto de cabelos ruivos e sardas no nariz. O garoto magrelo de olhos verdes, longos cílios e um sorriso que sempre me deixava à vontade. Dewey Finn.

Hersey era um homem corpulento, ombros largos e peito grande, e havia anos era responsável por tratar do tipo de assunto que faria a maioria dos homens cair de joelhos e pedir água. Eu via porém que aquilo abalava até a ele, e que sentia alívio por ter aquela desculpa de vir nos ver para adiar por algum tempo o que uma hora ou outra teria de transmitir aos Finn.

— Nossa, Bill — disse a meu pai, depois mordeu o lábio e balançou a cabeça. Fechou os olhos um segundo, e eu sabia que ele tentava esquecer o lugar de onde viera e o que vira. — Neste momento, eu deixaria você ficar com meu trabalho em troca de nada.

Meu pai era um homem de boa índole e cabelos negros, que penteava para trás e mantinha no lugar com tônico Lucky Tiger. Trabalhava na cidade, na fábrica de pneus Kex, e carregava uma faca de caça numa bainha de couro presa ao cinto. No trabalho, usava-a para cortar as lâminas de borracha à medida que saíam do tambor, mas nessa noite usava-a para cortar pedaços de corda que eu amarrava em torno dos sacos de aniagem que enchíamos de areia.

— Eu não ia querer, Hersey — disse meu pai. — Nem por um milhão de dólares. Nem sequer me imagino fazendo o que você tem de fazer.

Hersey respirou fundo e jogou os ombros pra trás, e eu percebi que estava se preparando conosco antes de ir à casa dos Finn.

Contou-nos que, pouco antes das seis horas, o trem de passageiros da B & O National Limited fez a curva ao norte da cidade, e ali na cancela — tarde demais para o maquinista puxar os freios — jazia Dewey nos trilhos, como se houvesse deitado para tirar uma soneca.

— Você não ia querer ver o que um trem faz com um corpo — disse Hersey. — Isso eu posso lhe afirmar.

— É, não imagino — respondeu meu pai, e então ficamos ali parados, sem dizer uma palavra.

Finalmente, Hersey olhou a casa dos Finn — uma casa quadrada, com os lados cobertos por brita de asfalto e um pequeno telhado pontiagudo acima do primeiro degrau. A escuridão chegava, e alguém acendera uma luz lá dentro. Vi uma das irmãs de Dewey — achei que era Nancy — passar pela janela aberta. Um rádio tocava. Aquela música agitada, "Ei, senhor Banjo", cantada pelos Sunnysiders. Era noite de namoro, e logo viriam os rapazes buscar as jovens Finn.

— Já falei demais — Hersey balançou a cabeça. — Não devia estar falando assim. Não na frente de Sammy. — Voltou-se para mim. — Sabe algum motivo pra Dewey fazer uma coisa daquelas? Pôr-se na frente daquele trem?

Respondi que não.

Então ele me perguntou se eu estivera com Dewey após a escola. Todos sabiam que éramos amigos, disse. Eu não teria estado com Dewey? Teria conversado com ele? Teria captado alguma coisa que pudesse explicar por que ele se sentia tão infeliz que se deitara atravessado nos trilhos para esperar o trem?

— Não, senhor — respondi. Mantinha um saco de aniagem aberto enquanto meu pai jogava uma pá de areia dentro. O saco cedeu com o peso da areia e eu senti a tensão nos antebraços. — Não vi Dewey hoje — acrescentei. — Só na escola. Só isso.

A verdade é que o vira, pouco antes do jantar, dirigir-se aos trilhos da ferrovia B & O, que passavam por trás da Cidade dos Ratos. Era para lá que nós dois muitas vezes íamos só para ficar sozinhos, longe de nossas casas, onde sempre aconteciam coisas demais: as irmãs dele brigando para ver quem controlava o rádio, minha mãe ladrando com meu pai por beber demasiados Falstaffs e jamais levá-la ao bingo no corpo de bombeiros no norte da cidade e depois ao Verlene Café para comer uma torta.

Algumas noites, Dewey e eu nos sentávamos nos trilhos da ferrovia e falávamos de tudo o que desejávamos fazer tão logo tivéssemos idade e riqueza suficientes para isso. Ele queria um Chevrolet Bel Air com a frente cortada, faróis com persianas e buzina a vapor. Aí, dizia, se mandaria da Cidade dos Ratos. Jamais olharia para trás.

— Eu juro, Sammy. Simplesmente me mando. É o que vou fazer. Pra qualquer parte que me dê na telha.

Eu queria ser cantor. A lembrança hoje me faz rir, mas na época achava que seria legal ser cantor, metido num *dinner jacket* e com uma gravata borboleta, os cabelos, como os de meu pai, reluzentes de Lucky Tiger. Nessas noites, Dewey e eu cantávamos juntos na cancela — embora nenhum dos dois

| 29

tivesse voz — músicas que ouvíamos no rádio na *Sua Parada de Sucessos*: "Sincerely", "Moments to Remember", "The Shifting, Whispering Sands". Éramos horríveis, mas pouco estávamos ligando. Quem ia ouvir? Éramos apenas nós dois, balançando as pernas penduradas na cancela. Do outro lado dos campos, víamos as casas para as quais teríamos de voltar alguma hora, mas naquele momento nos sentíamos muito distantes delas; elevávamos as vozes e cantávamos.

— É aqui que me sinto melhor — disse-me ele certa vez. — Bem aqui com você.

Senti aquela coisa engraçada na barriga — engraçada no bom sentido, como quando andava no Ford Coupé 49 de Cal, ele subia uma colina rápido demais e descíamos do outro lado com um mergulho que me fazia exclamar: "Cara!" E dizia a Dewey:

— Eu também.

Na noite em que ele morreu, meu pai e eu vimos Hersey Dawes entrar na casa dos Finn e ouvimos o rádio emudecer. Um silêncio fantástico; eu sabia que ele o preenchia com a notícia. Em breve deixou a casa e afastou-se no carro-patrulha.

Meu pai e eu acabamos de erguer a barragem de areia. Depois ele me levou à casa dos Finn, para apresentarmos nossas condolências.

A filha mais velha, Marge, nos recebeu. A senhora Finn sentava-se no sofá entre as outras duas meninas, meio amontoadas umas sobre as outras, chorando.

Pude sentir o cheiro do perfume das irmãs. O cheiro dos *sprays* que usavam nos cabelos quando chegara a notícia sobre Dewey. A essa altura, os rapazes que viriam escoltá-las até o Cinema Arcádia já haviam ido embora com a notícia. Eu sabia que estavam no Verlene, sentados nos carros em torno do lago, no estacionamento municipal, fumando Lucky Strike, Chesterfield ou Pall Mall, e contando histórias sobre o que acontecera.

Encostado no batente da porta que dava na cozinha, Snuff

Finn cruzara os braços no peito. Eu sempre sentira um pouco de medo dele, devido ao rumor de que às vezes espancava os homens que não pagavam as dívidas de jogo. Precisando faturar um dinheirinho a mais, trabalhava para as gangues que tinham espeluncas de caça-níqueis ao longo do rio, as quadrilhas de contrabandistas de bebidas que obedeciam a Al Capone durante a Lei Seca e agora exerciam atividades de jogo ilegal em todos os salões de baile e clubes de ceia.

— Não sei o que dizer. — A voz de meu pai, embora ele a mantivesse baixa, pareceu alta demais na casa silenciosa. — Acho que não tenho palavras pra isso. Se precisarem de alguma ajuda, basta me dizer. O rio subiu. Tenho areia, sacos de aniagem e cordas.

Snuff fez que sim com a cabeça e olhou-me.

— Por que você e Dewey não estavam juntos? — Tinha a voz rouca, como se não tomasse água havia muito tempo, ou talvez houvesse chorado até quase perdê-la. — Vocês dois eram assim. — Ergueu uma das mãos e cruzou os dedos. — Acho que alguma coisa se passou entre vocês. De outro modo, você estaria com ele. Você vivia com ele. Alguma coisa aconteceu, só que eu não sei o quê.

— Eu estava ajudando meu pai — expliquei.

— É verdade, Snuff. O garoto estava me ajudando com a areia.

— Não, — respondeu Snuff — não é tão simples assim. — Você não esteve com seu pai durante todo o tempo. Alguma coisa aconteceu com vocês dois, mas Dewey não diria o que foi, só que os dois estavam de mal.

— Sammy? — perguntou meu pai.

Eu não sei o que dizer daquela noite na casa dos Finn, onde a mágoa me veio maior do que posso explicar agora.

— Apenas descobrimos que éramos diferentes — respondi.

— Acho que é a melhor explicação que eu posso dar.

Meu pai e eu deixamos a casa dos Finn e voltamos para a nossa. Na varanda da frente, minha mãe regava as sementes de tomate que acabara de preparar para plantar na horta. As

| 31

luzes haviam sido apagadas na sala da frente. Grandes gotas de chuva caíam, do tamanho de uma moeda de meio dólar. Batiam nas largas flores do pé de bordo, marcavam os sacos de areia que meu pai e eu havíamos amontoado e tiniam na lata que ela pusera nos degraus.

— Mais chuva. — Minha mãe balançou a cabeça. Tomara o cuidado de manter as tenras sementes de tomate na varanda, longe de qualquer pé-d'água que as afogasse. — Podemos agüentar? Vocês vão ficar bem?

Olhei o pátio.

— Ainda temos mais areia, — respondeu meu pai — mais sacos de aniagem. Não se preocupe. Eu cuido de tudo.

Dirigiu-se à beira da varanda, passou o braço na coluna e curvou-se para fora, na chuva, virando a cabeça para a casa dos Finn, onde Nancy saíra ao quintal e estava sentada no chão lamacento — apenas sentara-se ali, na chuva, — os braços cruzados na barriga, balançando para frente e para trás. As outras meninas vieram pegá-la pelos braços e levaram-na para dentro.

— Como foi lá? — perguntou minha mãe.

— Como seria de esperar. — Meu pai encolheu-se para debaixo do teto da varanda e enxugou a água da chuva do rosto com o lenço vermelho. Assoou o nariz, dobrou o lenço e o enfiou de volta no bolso. — Já imaginou perder um menino desse jeito? Que coisa.

— Estou assando um bolo — disse ela. Senti o cheiro doce que vinha de dentro da casa. — Vou levar pra Betty Finn amanhã. É a única coisa que me ocorre fazer.

Aproximou-se de mim e abraçou-me. Era um palito de gente, mas me abraçou com tanta força que senti dor no peito e nas costas.

— Sammy... — disse ela, e entrou para ver o bolo.

Lembro-me de que a escuridão caiu de repente, como acontece quando se pensa que o crepúsculo vai durar mais um pouco. Olhei o céu e vi um fiapo de nuvem passar sobre a lua. A chuva despencou forte. Meu pai e eu ficamos na varanda, vendo-a cair, inclinada.

— Diferentes — ele disse em voz baixa. — Os dois são diferentes. Que foi que você quis dizer quando disse isso a Finn?

— Exatamente o que eu disse.

O vento aumentara. A chuva espalhava-se na parte da frente da varanda e nos afastamos dela, retirando-nos para dentro.

— Então você sabia que era verdade aquilo sobre Dewey? — perguntou meu pai. — Todo aquele papo de que ele era bicha? Sabia que era verdade?

— Sim — respondi.

— E você não quis saber dessa história?

— Não, senhor.

— Deixaram de ser amigos.

— Ele era...

Minha voz afundou no barulho do vento e da chuva, e não encontrei as palavras seguintes.

— Não podia dizer a Snuff o que ele era — continuou meu pai.

— Isso não é coisa que um homem queira ouvir sobre o filho.

— Eu não podia falar a verdade.

— Certo — ele disse, como se chegássemos a um acordo para jamais falar no assunto de novo. — Algumas coisas a gente simplesmente não pode falar.

| 33

4

NA NOITE DE QUARTA-FEIRA, ARTHUR PEDE-ME DE NOVO que vá com ele ao Centro de Idosos para a aula de culinária dos Chefs Sazonados. Sinto-me tão agradecido pela ajuda que ele me deu com o navio de Stump que não vejo como recusar. Respiro fundo. Respondo-lhe que terei prazer em aceitar o convite.

No Centro de Idosos, os Chefs Sazonados usam aventais desses que se amarram no pescoço e nas costas, só que não são brancos. Têm cor de gema de ovo alaranjada, com letras negras que dizem: "Homens de verdade fazem na cozinha".

Esses homens de verdade circulam, ajudam-se uns aos outros a amarrar os aventais, conversam sobre o novo café no norte da cidade onde se pode tomar expresso, cappuccino, chá de ervas e até água de pepino.

— Água de pepino — diz um deles, balançando a cabeça, com espanto.

É fácil fingir que nossa cidade é um lugar diferente do que era anos e anos atrás, mais progressista e esclarecida. Temos esse café, bem como o Cinema Arcádia, onde eu via os filmes de Rock Hudson no balcão, e que agora tem três telas. Naquele tempo, todos sabiam que Rock tinha família ali — na verdade chamava-se Roy Scherer — e de vez em quando vinha visitá-la. O tio e a tia eram donos de uma fazenda não muito longe da cidade, e quando ele era adolescente passava os verões lá. Uma vez — muito depois, quando Rock já era um astro — eu o vi tomando um copo de cerveja sem álcool com cubos de gelo no balcão da lanchonete Tressler's. Imaginem só. Mas, como ia dizendo, o Arcádia tem agora três telas; além disso, no Natal há um show de luzes espetacular no parque da cidade; e há ainda as aulas de culinária como esta para homens que de repente se vêem sozinhos. Quando se trata disto, porém, não mudou muita coisa no modo como as pessoas vêem homens como eu. Talvez alguns desses homens me evitassem se soubessem a verdade, mas ainda assim não posso deixar de invejar os Chefs Sazonados e a maneira como andam uns entre os outros, amarrando aventais e dando-se tapinhas nas costas. Pergunte a qualquer um que vive só. Pergunte como é passar dias, meses, às vezes anos, sem ter alguém para tocá-lo, nem que fosse um dedo correndo pelo pulso ou a mão alisando um ombro. Um abraço? Algumas pessoas pagariam por isso. Acredite, há gente assim no mundo, mais do que você queira saber.

A professora, uma mulher de faces cobertas de ruge e batom vermelho vivo, dispõe as tigelas, caçarolas, copos de medição, batedeiras, colheres, espátulas e conchas. Talvez seja alguns anos mais jovem que o mais jovem dos Chefs Sazonados, uma mulher esbelta de cabelos louros — pintados, a confiar em meu julgamento — que usa calça escura e um suéter branco de gola rulê. Uma mulher que me parece vagamente conhecida.

— Esta é Vera. — Arthur enfia-me um avental pela cabeça e ajuda-me a amarrá-lo. — Tem aquele programa de mil dicas no rádio, *Muito Vera*. Já ouviu? Se precisar saber alguma coisa... como tirar mancha de molho de churrasco de uma camisa, fazer picles de geladeira... basta ligar pra ela e perguntar.

— Você já fez alguma dessas coisas? — pergunto-lhe.

— Ainda não. Mas poderia, se quisesse. — Ele se aproxima de mim e sussurra: — Às vezes eu ligo para o programa e faço uma pergunta a ela só pra ouvi-la falar direto comigo.

Vera bate palmas e diz que chegou a hora de aprender sua receita especial de *chili con carne*. Faz um pouco de sapateado flamengo, estala forte os classudos saltos das botas pretas no

| 35

piso. Estala os dedos acima da cabeça, e os Chefs Sazonados — "Prontos, rapazes?", ela pergunta — se reúnem em volta.

Faço uma dupla com Arthur.

— Fique perto de mim, Sammy, — ele diz — que tudo vai sair legal.

Vera demonstra-nos como dourar a carne moída.

— Mexam em fogo baixo. Não deixem grudar na frigideira.

— É um barato — comenta Arthur, enquanto colocamos mãos à obra.

É fácil cozinhar desse jeito. Eu mexo a carne, ele abre a lata de extrato de tomate. Preparamos tudo: carne, suco e feijão. Juntamos os temperos: pimenta caiena, chili em pó, sal e, por fim, o ingrediente secreto de Vera — uma gota de suco de limão.

— Ah, é picante — ouço um homem dizer.

E outro dos Chefs Sazonados concorda:

— É, picante. Uma gotinha. Muito Vera.

Não me incomoda admitir que me vi envolvido com tudo: o agradável aroma da carne fritando e dourando, o alto-astral dos homens, o sapateado de Vera no piso e a voz alegre com que nos estimulava.

— Sigam a receita, para não fazer besteira — diz a professora.

A certa altura, ela pára e me dá um tapinha nas costas.

— É maravilhoso. Arthur, você nos trouxe um azarão.

Por algum motivo, tenho um vislumbre de Stump no pátio lateral, carregando a ferradura de borracha que ele gosta de roer. Sem dúvida deixou-a cair no degrau, como sempre faz quando estou fora de casa. Ao voltar, encontrarei a ferradura e o próprio Stump sentado ao lado, à espera de que eu abra a porta e o deixe entrar.

Gostaria de poder expressar esse sentimento, só posso chamar de prazer, essa coisa que me sobe por dentro. Quero que Vera demore os dedos em minhas costas, porque neste momento, quando ela chama de maravilhoso o que faço, toca-me de um modo que não sinto há anos e esfrega a mão em círculos lentos e delicados.

— É meu vizinho — explica Arthur. — Sam Brady.

— Sammy? — Vera agarra-me pelos ombros e vira-me para me ver de frente. — Deus do céu — diz. — Você deve se lembrar de mim. Eu sou Vera Moon. Fui amiga de seu irmão.

Lembro-me então de quem é ela, precisamente; balanço a cabeça e cumprimento-a.

— Claro — digo. — Vera.

Ela e Cal não eram apenas amigos. Eram namorados. Na verdade, ele me contou que, de todas as garotas das quais gostava, talvez ela fosse a única que poderia segurá-lo.

— Falo sério, Sammy — disse-me na ocasião. — Ela ainda não sabe, mas acho que me tem na coleira.

Depois disso, ele se mudou para longe, e, até onde sei, esse foi o fim de tudo entre ele e ela. Voltava a visitar-nos de vez em quando, mas nunca ficava tempo suficiente para alguma coisa se concretizar; jamais a levou consigo, e agora, depois de todos esses anos, ei-la aqui no fim de uma vida vivida sem ele, sem sequer saber, talvez, como chegou perto de ter vivido uma outra completamente diferente.

— O que aconteceu a Cal? — perguntou-me ela.

Sinto-me envergonhado demais para dizer-lhe que não sei; fico aliviado quando um dos Chefs Sazonados grita seu nome, ela desculpa-se e eu não preciso dizer-lhe que vê-la me faz imaginar como seria a vida de todos nós se Cal não nos abandonasse. Foi para a Alemanha, pois o conflito na Coréia já acabava. Trabalhou numa clínica dentária na base do exército americano em Frankfurt e, quando voltou, aprendeu o ofício de carpinteiro e rodou o país — Carolina do Norte, Kansas, Califórnia — antes de acabar por radicar-se no Alasca, onde ganhou uma boa grana. Só voltou para nos visitar uma vez; já faz mais anos do que posso contar da última vez que o vi, tantos que na maior parte da minha vida é como se eu jamais houvesse tido um irmão. Não nos falamos por telefone. Não trocamos cartas. Verdade seja dita, eu nem tenho certeza de que ele continua vivo. A última coisa que me disse — lembro-me bem disso — foi:

— Acho que todos temos de viver a vida que construímos, mas não acho que possa viver mais aqui; agora, não.

Sinto prazer em dizer a Vera que, de certa forma, foi culpa minha Cal deixar a cidade. Passei esses anos todos lamentando o fato e desejando que ele entrasse pela porta da frente e dissesse:

— Oi, Sammy. Sou eu.

No fim da noite, agradeço a ela, como a alguns dos Chefs Sazonados, antes de ir embora — "Obrigado por permitir que me juntasse a vocês", "Muito obrigado pela conversa" —, e a Arthur, ao deixar-me em casa — "Obrigado por me convidar".

— Sammy — responde ele. — Esqueça. Somos vizinhos.

Insiste em que eu leve o resto do chili para casa, fechado num dos potes *tupperware* de Bess que trouxe.

A polidez, penso ao atravessar o meu portão. Sim, a ferradura de borracha está no degrau, e sim, Stump me espera. Essa cortesia, digo a mim mesmo ao abrir a porta e mantê-la aberta para o cachorro entrar em casa, é o máximo que posso esperar; é o que tenho.

NA SEXTA-FEIRA, QUANDO CHEGA O JORNAL, MAL POSSO deixar de olhá-lo e, claro, acabo por fazê-lo. É assim que somos, não é? Curiosos demais para nosso próprio bem.

Aqui estou eu na primeira página. Na foto, Arthur estufa o peito, um sorriso no rosto, como se estivesse em plena forma. Stump se sente do mesmo modo à vontade, sentado na proa, o focinho voltado para o céu, um digno comandante de seu navio.

E depois venho eu — um velho pequeno e careca, cabisbaixo, olhos erguidos apenas o suficiente para que você veja, mas não tanto como Arthur, para fitá-lo na cara. Aí estou eu, com uma aparência tão assustada quanto alguém pode ter. Ora, que tipo de cara é essa para se apresentar aos vizinhos? Nesse momento, em todas as casas da cidade, as pessoas devem estar gritando para outras: "Escute, venha dar uma olhada nisto. Que coisa triste".

É a verdade nua e crua a meu respeito. Velho solteirão, com

tempo livre de sobra, construiu uma casa de fantasia — "um navio, pelo amor de Deus" (ah, eu os ouço falando agora) —, tudo para um cachorro. "Diz aqui que ele planeja pôr um sistema de aquecimento. Minha nossa, eu achava que já tinha ouvido de tudo."
Dobro o jornal de modo a não deixar a foto à vista e enfio-o na lata de lixo. Então o telefone toca; é Arthur. Pergunta-me se vi a matéria, e, claro, tenho de dizer que vi.
— Sistema de aquecimento? — pergunta.
Ouço o farfalhar do jornal pelo telefone, e sei que ele olha a matéria enquanto fala comigo.
— Foi só uma idéia. Uma coisa que estou bolando.
— Nossa — ele diz.
Segue-se um longo silêncio.
— Que foi? — pergunto.
— Nada — ele responde, e sei que notou minha aparência na foto, um cara estranho que mal agüenta olhar para a câmera.
Receio estar decepcionando-o. Não sou do tipo confiante — um marinheiro cheio de ginga — que ele quer como amigo. Ainda assim, desde que construímos o navio de Stump, pegamos o hábito de fazer companhia um ao outro à noite, em geral na minha casa, já que ele sempre busca, por algum motivo, escapar da sua, onde passou tantos anos com Bess.
— Eu a vejo por toda parte — disse-me certa vez. — Só por um segundo, depois ela desaparece.
Por isso o admiti em minha casa. Jogávamos dominó. Eu fazia café. Víamos velhos filmes na televisão, que nos lembravam de quando éramos jovens. *Ponha uma fita amarela*, ou o favorito dele, *À procura de encrenca*. Em algumas noites, chegamos a cochilar na poltrona, e eu durmo até Stump lamber minha mão e acordar-me. Por alguns minutos, então, observo o sono de Arthur, e agrada-me poder oferecer este lugar de tranqüilidade e repouso. Então Stump late, ou um canhão dispara no filme da tevê, e ele acorda e diz:

— Dormi mesmo, Sammy. Fiquei apagado para o mundo. Então vai para casa, onde deixou a luz acesa acima dos degraus da porta da frente — luz de vigia, como a chama — para poder ver o caminho.

COMEÇA A CHEGAR GENTE QUE EU NEM CONHEÇO, durante todo o mês de novembro e dezembro adentro. Passam de carro devagar pela casa, param de vez em quando e ficam sentados lá dentro, apontando o navio de Stump. Se ele por acaso está a bordo, alguém vem até a cerca e fala-lhe com voz de bebê. Outro se intromete com o jargão dos velejadores.

— É, comandante — ouço um menino dizer, ao cair da tarde.

O sol se põe, pingando sangue abaixo das linhas de transmissão de força e dos pés de bordo, os galhos nus recortados contra o que restou de luz. Lembro-me que os veteranos diziam quando o sol se punha rubro: "Céu vermelho ao anoitecer, alegria do marujo ao amanhecer".

Na garagem, verifico o sistema anticongelamento do meu jipe Cherokee e vejo, pelas seis pequenas vidraças que se estendem de um lado a outro da porta da garagem, o sol partir-se quando afunda atrás das árvores. Raias laranjas cortam o céu, agora um tom de azul mais escuro, um azul perto do roxo, nessa hora próxima do escurecer.

O menino tem talvez uns dez anos ou algo assim, um garoto que tenho visto no bairro, mas ninguém sabe o nome dele. Usa um gorro de meia — não o apertado dos marujos, mas frouxo, com um rabo que desce pelo pescoço, uma bola branca de fio de lã na ponta entre os ombros. Faz uma continência a Stump, que não se impressiona e baixa devagar a cabeça para ver um esquilo branco que salta por uma linha de transmissão, a gloriosa cauda encurvada atrás. Outro cachorro começaria a latir e atravessaria correndo o quintal para dizer ao esquilo que se mandasse imediatamente. Mas não ele. Stump observa com toda a calma o mundo passar. Mesmo o menino, que tagarela com ele da cerca, nada que não tolere.

— Um pirata entra num bar. — O garoto conta-lhe uma piada, uma piada da qual gostou e agora quer apenas ouvir o som da história sair de sua própria boca. — Um pirata entra num bar — repete — com uma roda de leme dentro das calças.
Tudo bem, fui fisgado — encantado, pode-se dizer, pela premissa ridícula. Estou escutando às escondidas, e não sinto culpa porque, afinal, é ao meu cachorro que o garoto decidiu divertir. Ele encena a história, joga a estreita pélvis para a frente, como se tivesse a roda do leme no mesmo lugar que o pirata.
— O garçom do bar diz: "Parceiro, você está com uma roda de leme dentro das calças". — Ele retorce o rosto no que deveria parecer um pirata velho e enrugado com uma roda de leme. — "Argh!", diz o pirata. "E ela está me deixando louco!"
Não me contenho. Rio da piada idiota e da alegre narração do menino. Rio com mais prazer do que há anos, e ele me ouve. Olha para a garagem, onde pode ver meu rosto perto da vidraça, e só penso em acenar. O menino retribui. Depois se volta e desce a rua a correr, o rabo do gorro ondulando atrás.

ESTA MANHÃ, OLHO PELA JANELA DA COZINHA E VEJO UMA GAROTA — adolescente, eu diria — no convés do navio de Stump. É sábado, uma semana antes do Natal, e escuto o *Muito Vera* no rádio. Ela ensina aos ouvintes como fazer embrulhos natalinos profissionais.
— É preciso criar linhas nítidas, duras, quando se dobram e pregam com fita adesiva as bordas do papel de embrulho — diz.
— Por isso, o segredo é usar fitas de dupla face... podem-se escolher algumas na seção de artesanato do Wal-Mart. A fita tem cola dos dois lados, para darmos presentes que pareçam embrulhados nas lojas. Linhas nítidas, sem feios pedaços de fita aparecendo. Mesmo os homens podem fazer isso e, com certeza, vão impressionar aquele alguém especial.
Stump, que não é de apreciar as sutilezas dos embrulhos de presentes, cochila no tapete trançado, o queixo apoiado nas patas.

| 41

Desligo o rádio e vou à porta dos fundos para ver melhor a garota. Encostada no mastro, ela fuma um cigarro. Tem as canelas nuas. É o primeiro pensamento que me vem — não "Quem é ela?", não "Por favor, saia da casa do meu cachorro, que eu construí com minhas próprias mãos" — mas, em vez disso, "Como ela pode estar com calças tão curtas?" O dia é frio, frio demais para a menina andar com as pernas descobertas acima dos tênis pretos.

Abro a porta dos fundos, mas não a antitempestade, e sinto o frio no vidro. Stump acorda e vem farejar em torno de minhas pernas, farejar o ar de inverno que traz consigo esta manhã o cheiro de um céu cinzento. As nuvens acumulam-se no oeste, nos forçando a fechar os dedos das mãos. Calculo que à tarde teremos neve. Por isso o ar recende a roupa úmida, ao odor forte do fogão de Arthur, e a tabaco, que arde penetrante e doce, do cigarro da garota. Todos esses cheiros, acredita Stump, destinam-se à sua especial inspeção e prazer.

Ele bate com o focinho na porta antitempestade, e a garota deve ouvir, porque volta a cabeça para minha casa. Joga a guimba do cigarro em meu quintal e põe a mão no convés do navio de Stump, como pronta para apoiar-se nele e levantar-se.

Mas não se levanta. Apenas fica ali, de prontidão. Sinto tensos os músculos de minhas panturrilhas, como ela deve sentir os seus, e não me incomoda dizer que é uma sensação agradável, esse tremor da carne, essa pulsação que me diz: eis aí uma coisa que não planejei, essa garota no navio de Stump, que parece tão surpresa por ver-me quanto eu por vê-la.

Quem será afinal, e por que devo eu tomar a iniciativa de sair no frio sem sequer um suéter e dizer "Oi, oi, eu me chamo Sam"?

Stump vai na frente, late uma vez para a mocinha que não pretendia encontrar no convés de seu navio. Entra no porão e parte para investigar.

De joelhos agora, a garota apóia as mãos espalmadas no alto das coxas.

— Tudo bem — digo a ela. — Só vim dar um alô.
Stump atravessa o porão farejando e sai no convés. Cheira as solas dos tênis pretos da menina. Vai subindo pelas pernas e fareja os joelhos. Aperta o focinho contra a manga do suéter.
— Faz cócegas! — Ela dá uma risadinha e tenta livrar-se dele.
— Seu cachorrinho danado. — Toma nas mãos o focinho dele e afasta-o da manga do suéter. Alisa-o em torno das orelhas, vira-lhe a cabeça para trás e encosta o rosto na sua cara, convidando-o ao inevitável. Stump lambe-lhe o rosto. — Beijinho, beijinho — ela diz. — Garoto bonitão, você. Seu destruidor de corações. Bom menino. Que menino bom.
— Esse é Stump — digo. — Parece que ele gostou de você.
— Pelo menos alguém gosta — responde ela.
O vento aumentou agora — o vento oeste que empurra as nuvens de neve em punho para mais perto. A bandeira no alto do mastro de Stump drapeja e estala. O ar penetrante vara a fina gabardina de minha calça e, mais uma vez, penso nas canelas nuas da menina. Ela não veste sequer um casaco, — percebo então — só um suéter tricotado.
— Se importa se eu perguntar o que você faz aqui? — Apóio a mão na popa e curvo-me para ela. — Vir ao meu quintal num dia desses... sentir a secura do ar... a neve que chega, você com as pernas de fora, sem nem sequer um casaco?
— É ele — responde a garota.
Na casa ao lado, Arthur sai para o quintal. Traz um fio elétrico no punho, um fio cortado. A tomada pende de uma ponta, e a outra, a que devia estar ligada em alguma coisa, é fiação de cobre desencapada e gasta.
— Madeline. — Ele sacode o punho, a ponta do fio serpeia e pula. — Ao diabo com tudo — diz.
— Ele — explica a moça. — Meu avô... ou devo dizer Pope?
— Aponta o polegar para trás, e quando baixa o braço, uma faca de açougueiro desliza da manga do suéter e cai com a ponta en-

| 43

terrada no convés, a poucos centímetros da pata de Stump.
— Desculpe — diz. Arranca a faca do convés. — Desculpe — repete.
Em seguida, desce do navio e sai do meu quintal, esquecendo-se de fechar o portão atrás.
— O portão — digo; tarde demais. Ela cruza o terreno gelado até onde Arthur espera. Passa por ele e entra em casa. Bate a porta atrás. Ele encolhe os ombros para mim como a dizer: que é que a gente vai fazer?
— É a filha do meu filho — explica. — Maddie. Vai ficar a bordo por algum tempo.
Entra; eu atravesso o meu portão e fecho-o, tentando ao máximo não dar atenção às vozes que aumentam de tom atrás das paredes dele.

ERA O RÁDIO, EXPLICA-ME ARTHUR, O VELHO PHILCO. Transistor que fica na mesa do café-da-manhã. Ele próprio o reconstruiu, um receptor AM/FM de oito válvulas.
— Maddie não gostou do *Muito Vera* — diz após o almoço, ao pedir que o acompanhe na compra de um presente para ela.
— Você pode me ajudar, Sammy. Um velho como eu não sabe o que as garotas desejam.
— E você acha que eu sei mais?
— Você é meu primeiro imediato agora. Talvez juntos a gente bole alguma coisa.
Primeiro imediato. É como ele chamava Bess. A idéia de que me tornei tão importante para Arthur me estimula e, quando me pergunta se gostaria de ir de carro ao Wal-Mart, respondo que sim.
Então era o rádio; foi como começou a discussão, conta-me Arthur quando descemos a Rota 130. A neve cai pesada agora, grandes flocos brancos começam a grudar-se no gramado do parque da cidade, onde ligaram a exibição de luzes de Natal desde o Dia de Ação de Graças. É uma dessas neves bonitas, daquelas que

em geral gosto de ver do interior de minha casa, caindo nos galhos das sempre-vivas e amontoando-se nos telhados e calçadas. Mas hoje encontro-me sob ela com Arthur porque ele me convidou, e, enquanto meu amigo conta a história de Maddie, fico de olho na neve e nas pessoas que a atravessam diante da leiteria Queen e da loja de bebidas para festas Dave, onde ficava o Wal-Mart antes de tornar-se um supercentro e ter de mudar-se para um prédio maior um quilômetro e meio ao norte. Escuto Arthur, mas ao mesmo tempo penso na neve e como a primeira do ano sempre me faz sentir menino de novo, num dia de folga da escola. Então ele diz:

— Eu estava ouvindo Vera no rádio após o café-da-manhã. Ela dava algumas dicas sobre embrulho de presentes... escute, não me deixe esquecer de pegar uma fita adesiva de dupla face... quando de repente Maddie diz: "Eu não gosto dessa mulher. Nunca mais quero ouvi-la". Depois descubro o cabo do rádio arrancado da parede e cortado com uma faca. Ora, o que a levaria a fazer uma coisa dessas? Pode me dizer?

Claro que não posso. Nada sei sobre a neta, só sei que foi legal com Stump e ele pareceu gostar dela, e, embora me surpreendesse encontrá-la em meu pátio lateral, não foi de modo algum uma surpresa desagradável; ao contrário, foi uma bobagem que não me incomodou. Um gostinho, diria Vera. Um pouco de magia para animar o blablablá.

A verdade é que nada sei sobre meninas adolescentes, e só posso dizer a Arthur:

— Sinto muito. Não. Nem consigo imaginar. Eu nem sabia que ela era sua neta.

Ele reduz a velocidade enquanto nos aproximamos do sinal da 130, onde a rua vira para o estacionamento do Wal-Mart.

— Ela teve alguns aborrecimentos nos últimos tempos. Claro, mas será isso motivo para cortar o fio do rádio? Estou tentando ajudá-la. Sei que Bess ia querer que a gente viesse.

— Aborrecimentos?

— A mãe. — O sinal fica verde e ele entra com o Chrysler no estacionamento. — Bem, isso já é outra história. — A mãe de Maddie, nora dele, vive mais adiante na I-57, em Champaign-Urbana.

— Se é que se pode chamar aquilo de viver — explica Arthur. O couro da sua jaqueta, de bombardeiro, range um pouco contra o assento do Chrysler quando ele entra numa ala do estacionamento. — Ela se viciou numa droga, metanfetamina. Não pode oferecer um lar à filha. Diabos, mal se lembra de comer e dormir, e meu filho Nelson... bem, a verdade é que não sabemos por onde ele anda. Foi para o México alguns anos atrás e não temos notícia dele desde então. Ninguém do outro lado, nem os avós nem qualquer tia ou tio, quer nada com Maddie. Por isso cabe a mim, sacou? Sou o único com quem ela pode contar.

Encontra uma vaga no fim da ala, saltamos do carro e encolhemos os ombros contra o frio e o vento.

— Pronto, marujo? — ele pergunta.

— Sim, senhor — respondo, e dirigimo-nos à loja.

Um Papai Noel bate na chaleira, numa coleta do Exército da Salvação na porta da frente, e eu paro o tempo suficiente para pegar uma moeda no bolso e jogar dentro da vasilha.

— Por que você anda com essa coisa velha? — pergunta-me Arthur.

É uma dessas pequenas bolsas ovais feitas de vinil, abertas no meio, de modo que só precisa, quando se quer dinheiro trocado, espremê-la na palma da mão. Meu pai a trouxe da fábrica de pneus, onde as distribuíam como brinde. É negra com letras brancas, que diziam "Recauchutagem de pneus Kex", mas anos de uso desgastaram algumas das letras, de modo que agora se lê "chutagem ex".

— Acho que é sentimental. — Fecho a mão sobre a bolsa e guardo-a no bolso. — Ganhei quando era criança.

Uma vez na loja, temos de decidir exatamente o que uma garota de dezesseis anos, que anda com uma faca de açougueiro, corta fios de rádio e odeia o *Muito Vera* pode desejar. Rejeitamos os presentes que mesmo velhos antiquados como nós sabem que alguém como Maddie detestaria: brincos cúbicos de zircônio rosa-bebê de catorze quilates ("muito de menininha", diz Arthur), pantufas do ursinho Pooh ("muito 'esqueci a sua idade' ", sugiro), um conjunto de calcinha e sutiã pretos ("velho demais pra qualquer idade", ele diz).

— Talvez um vale-presente — digo. — Assim ela pode comprar o que quiser.

— Vale-presente não serve. — Sei que a voz é de Vera assim que sinto a mão nas costas e o cheiro do perfume dela, que me faz ver vasos de peônias e engomadas cortinas de linho pendendo nas janelas à brisa nos dias de primavera. E ei-la, entre Arthur e eu, os brincos como sinos de Natal a tilintar quando ela balança a cabeça.

— Um vale-presente é o mesmo que dizer: "Não me dei ao trabalho de escolher uma coisa especial pra você" — continua ela. — Por favor, me desculpem pela intromissão. Agora, meninos, quem é a garota de sorte pra quem vocês estão fazendo compras hoje?

— Minha neta — diz Arthur.

— Idade?

— Dezesseis.

Vera estala os dedos.

— Cavalheiros, — diz — sigam-me.

Trocamos o departamento de eletrônica pelo de moda feminina. Vera pára numa arara cheia de saias e blusas. O cartaz acima da arara tem a foto de duas moças, uma loura, uma morena, com as mesmas roupas que Vera nos aponta agora. "Trajes esportivos Mary Kate e Ashley", diz o cartaz, "moda de verdade para garotas de verdade."

Eu as via na televisão. Participavam de um quadro de comédia quando eram bem pequenas; agora já estavam crescidas.

| 47

— Para Maddie? — diz Arthur. — Puxa, Vera. Eu não sei. Ela tira um cabide da arara e estende uma saia que não me parece maior que um pano de prato.
— Eis uma saia legal. — Com outra mão, tira outro cabide.
— Ah, vejam este top. Que adolescente não gostaria deste conjunto?
— É meio sumário, não? — pergunta Arthur.
— Ora, vamos — diz ela. — Compre, marinheiro.
Arthur toma as roupas. Estende os cabides longe e dá uma olhada na saia e no top.
— Sammy? — pergunta-me.
— A especialista aqui é a Vera — digo.
— Confie em mim, Arthur — ela leva a mão à face dele. — Moda de verdade.
— Para garotas de verdade — ele completa.
Ela dá-lhe um tapinha.
— Agora você entendeu.

QUANDO VOLTAMOS DO WAL-MART, ESTACIONAMOS NA RUA, porque, quando parar a neve, Arthur vai querer limpar a entrada de sua garagem. Chegamos ao final da tempestade, apenas alguns flocos caem, e agora, no fim da tarde, a luz se azula com o crepúsculo próximo. Às cinco horas o que resta do dia afundará no horizonte, e ficaremos no escuro. Arthur vai pegar o soprador de neve e limpar a entrada e a calçada, para depois, como sempre, fazer o mesmo com as minhas. Insisti que é desnecessário esse favor. Tenho pá de neve. Posso estar com sessenta e cinco anos, mas gozo de boa saúde. Sou capaz.
— Sammy — diz-me ele. — Dá tão pouco trabalho.
Demoramo-nos no carro, nenhum dos dois parece demasiado ansioso para sair e enfrentar o frio. As luzes já se acenderam na casa dele, e vemos Maddie na janela panorâmica. Ela abre as cortinas com as mãos — um movimento tão elegante que quase

acredito serem mesmo a saia e o top comprados por recomendação de Vera o que Maddie deseja. Parece tão senhorial, meio oculta entre as cortinas, que imagino se, como eu, Arthur se lembra de Bess, e quantas vezes ela deve ter ficado exatamente assim, fez exatamente aquele movimento com a mão para abrir as cortinas e olhar o carro dele descendo a rua. Maddie espera à janela — não sei se nos avistou — e penso que deve sentir-se sozinha na casa do avô. Todos os aposentos estão bem iluminados. Ei-la longe de sua própria casa, que, como ele explicou, não tem sido muito um lar de qualquer modo, e agora parece ansiosa por outra voz, mesmo que pertença ao avô cujo fio do rádio cortou com a faca de cozinha.

Maddie provavelmente nos avista e sente-se constrangida por ser descoberta olhando atrás das cortinas, pois solta-as e afasta-se da janela.

— Não é fácil — diz Arthur. — Essa temporada com Maddie. Fala-me então da noite em que a mãe a trancou fora de casa.

— Estava nevando — diz —, e a menina descalça. Descalça, Sammy. Nossa mãe. — Aperta os dedos no volante, e sinto a raiva nesse aperto. — A mãe, Treasure... juro por Deus, Sammy, não estou inventando. Treasure... acho que você diria que ela jamais fez jus ao nome... jogou Maddie pra fora porque ela não queria ir ao Wal-Mart comprar Sudafed. Aquele remédio da moda. É o que usam pra fazer a droga, o cristal da metanfetamina. Eu lhe digo, Sammy, quando ficam doidões com essa droga, não ligam pra mais nada. A própria filha, descalça, a neve caindo, e a mãe não está nem aí com a filha do lado de fora desse jeito. Maddie teve de passar a noite no telheiro para se livrar do frio. Amarrou um trapo nos pés. Nossa, me parte o coração.

Como parte o meu.

— É bom ela estar com você — comento.

Ele relaxa o aperto no volante.

— Espero convencê-la disso — diz.

Depois abre a porta, o vento me envolve as pernas, e não consi-

| 49

go me mexer, tomado pela imagem de Maddie descalça na neve.

— Você vai congelar aí dentro — ele diz, a mão na porta aberta.

— Estou pensando nessa história que você me contou. — Balanço a cabeça. — Maddie e a mãe.

— Não se pode raciocinar sobre o que leva as pessoas a fazer o que fazem. Imagino que todos temos sorte se pelo menos alguém se apega a nós. — Volta-se e olha as janelas iluminadas da casa. — É o que pretendo fazer por Maddie. Amá-la. Quer ela queira, quer não.

5

HOJE DE MANHÃ, VEJO TELEVISÃO SOZINHO. Arthur ficou em casa com Maddie, agora somos só Stump e eu, e tenho de admitir que sinto falta da companhia dele. Penso em dar-lhe um telefonema, apenas para falar, mas não o faço. Ele tem sua própria vida, essa vida nova com Maddie, e quem sou eu para me meter? Stump cochila no tapete ao lado da poltrona e eu quase cochilo também. Coloquei na CNN, o volume baixo; as vozes dos locutores me acalentam e me dão sono. Então ouço um deles falar meu sobrenome, "Calvin Brady", e de repente me vejo bem desperto.

Aperto o botão de volume e corro para alcançar a história, um seqüestro num depósito e elevador de grãos em Edon, Ohio. Um pistoleiro mantém três funcionários como reféns. Um deles é Calvin Brady, de setenta e cinco anos. Vejo a cena, a maior parte filmada de um helicóptero que paira sobre o local. Vejo os galpões e o prédio de escritórios, que tem pregado na parede um cartaz xadrez vermelho e branco da Purina. Vejo os trilhos da ferrovia, o leito polvilhado de neve e os silos de cimento do elevador de grãos que se erguem para o céu cinzento. A câmera do helicóptero filma as barricadas policiais embaixo, os soldados com uniformes da SWAT, fuzis nas mãos. Os campos se estendem atrás do elevador. Gansos do Canadá alimentam-se do milho descascado que restou nos talos. Flocos de neve agitam-se no vento.

Então as fotos vão surgindo na tela: os reféns mantidos pelo pistoleiro ainda não identificado. Um deles é uma mulher, Mora Grove, de quarenta e três anos. Tem o rosto muito magro e ossudo, os cabelos num rabo-de-cavalo e os lábios apertados, como se soubesse que chegou o dia e não pode detê-lo nem para salvar a vida. O dono do elevador de grãos é o velho Herbert Zwilling, de cinqüenta e um anos, um sujeito rubicundo com um corte de cabelo batido e um grande sorriso cheio de dentes. Depois vem meu irmão — sei assim que o vejo — Cal. Mal consigo descrever o que sinto assim que vejo o rosto dele, emaciado pela idade, muito semelhante ao meu. Incho o peito com o conhecimento de que ele continua vivo, mas mantido refém por um lunático com uma arma.

Então o telefone toca; é Arthur.

— Está vendo a CNN? — pergunta ele.

Respondo que sim.

— Seu irmão...

— É — respondo. — É ele.

Fico com a televisão ligada o resto do dia, à espera de mais notícias, e enquanto espero falo com Stump. Falo sobre Cal e conto como, quando éramos crianças, eu achava que ele pendurava a lua no céu. Naquele tempo julgava-o semelhante a alguém que vira num filme, um daqueles roqueiros de cabelos lambidos, pronto para "botar pra quebrar". Era um "verdadeiro machão", segundo meu pai; usava calça de gabardina com chamas rubras costuradas nos bolsos de trás e sapatos de duas cores só para dançar ao som de Carl Perkins, Jerry Lee Lewis ou Lefty Frizzell nas espeluncas com vitrolas automáticas. Algumas noites, via-o todo arrumado numa das camisas brilhantes de raiom, mangas enroladas nos bíceps. Ia para o norte da cidade, sentado no capô do cupê, só à espera de que o mundo viesse ao seu encontro, e eu pensava: "Lá está ele, meu irmão".

Uma noite, Hines Sorridente saiu do Verlene Café e disse:

— Parceiro, essa camisa brilhante aí faz você parecer uma bicha.

Cal saltou do cupê, postou-se cara a cara com ele, aquele sujeito que faturava com atividades de jogatina da máfia em lugares como Saint Louis, Chicago e Detroit. Era um homem perigoso, mas Cal pouco ligava. Deu-lhe um soco entre os olhos e o derrubou. Assim era meu irmão, rápido na ação quando precisava, não levava desaforo para casa, o que me mata de preocupação agora que ele está naquele depósito de grãos com um pistoleiro.

Conto a Stump como nós dois, quando meninos, dormíamos no mesmo quarto, na casa caindo aos pedaços na Cidade dos Ratos. Havia dois quartos na casa: um para minha mãe e meu pai, outro para ele e para mim. Às vezes, quando eu era pequeno, acordava com medo do escuro — talvez tivesse ouvido um barulho do lado de fora, ou visto algum tipo de vulto nas sombras — e ficava deitado, tentando ao máximo não chamá-lo, para não admitir que morria de medo.

Uma noite, ele deve ter percebido que eu me assustara, porque me perguntou:

— Sammy, está dormindo?

— Não — respondi. — Você está?

Pergunto a Stump como eu poderia adivinhar que essa réplica era estúpida. Afinal, não passava de uma criança.

Esfrego com o dedo a cabeça dele, no chão, ao lado da poltrona.

Cal respondeu:

— Estou falando com você, então não estou, né seu babaca?

Na manhã seguinte contou a história a nossos pais, e isso imediatamente virou a piada da família. Um de nós cometia um erro — deixava cair um prato, dava uma topada, derrubava um copo de leite — e alguém dizia:

— Ei, está dormindo?

Quando lembro aquele tempo em que tudo era bom em nossa casa, lembro essa brincadeira bondosa e gostaria que nossa vida juntos pudesse ter sido sempre assim. Mas havia Dewey Finn e, por causa dele, tudo entre mim e Cal ia mudar para sempre.

ARTHUR VEM À TARDE E PERGUNTA:

— Puxa, Sammy. Será que você não deve ir lá? Não deveria estar lá para ajudar seu irmão?

| 53

Como admitir que o mais provável é Cal não querer nada que venha de mim? Como contar a Arthur que, tão logo descobriu que eu andava na contramão quando se tratava do vamos ver, foi o começo do fim do que significava ser irmão?

— Vou esperar o desenrolar da história — respondo, e mantenho a televisão ligada, à espera de mais notícias.

Chegam aos poucos. O pistoleiro é um homem chamado Leonard Mink. A CNN mostra agora uma foto dele; curvo-me para a frente na poltrona, examinando-o: um sujeito magro, de nariz comprido e queixo pequeno. Faces afundadas e cabelo espetado, mantido no lugar com gel, como fazem hoje os jovens. Para mim, parece uma avestruz, uma avestruz muito puta da vida, e é fácil imaginá-lo no escritório daquele depósito de grãos mantendo uma arma apontada para Mora Grove, Herbert Zwilling e meu irmão.

O impasse continua, e a CNN acaba por cortar e dar as outras notícias do dia: a recuperação de Nova Orleans depois do furacão Katrina, a guerra no Iraque. Cai a noite, e logo ouço a batida do vespertino na porta da frente e depois o chocalhar da corrente da bicicleta do entregador no paralama, quando ele desce pela calçada.

Stump acorda ao ouvir o barulho, boceja e fareja o ar. Eu ando pela casa, apago as luzes e, quando abro a porta da frente, encontro a neta de Arthur, Maddie, de pé na varanda, meu jornal enrolado na mão.

Sem uma palavra, entra. Mais uma vez, não usa casaco, apenas uma camiseta, os braços finos nus, e um jeans azul que pende frouxo dos quadris, juntando-se em dobras em torno dos tênis. Põe o jornal na mesa da biblioteca, junto à janela panorâmica. Depois se volta para mim.

— Se quiser companhia — diz, baixando os olhos para o chão. Cruza as mãos na frente. — Quer dizer, se não se importar, eu gostaria de me sentar algum tempo com você.

Olho a casa de Arthur, onde vejo uma luz na cozinha. Vejo ele junto à pia, lavando pratos, e percebo que deixei o tempo passar o dia todo sem me lembrar de comer alguma coisa.

— Seu avô sabe que você está aqui? — pergunto.
— Ele me disse que tudo bem.
Eu nunca teria adivinhado que estaria ávido por companhia; aí está ela, essa garota, e agrada-me saber que falou com Arthur hoje a meu respeito. O mais provável é ele ter ido para casa, após ficar aqui vendo televisão comigo, e contar a ela como era triste para mim saber que Cal era mantido refém. Agora aí está ela, e o gesto me deixa arrasado, como se de algum modo nós três fôssemos uma família.
— Tudo bem, então — digo, fechando a porta.
— Já jantou? — pergunta ela, e é como se soubesse que não, eu nem havia pensado nisso. — Tudo bem ficar preocupado — continua. — Eu não tenho irmãos ou irmãs, mas sei como é quando as pessoas nos abandonam. Pessoas que a gente ama. Imagino o que é pra você.
Lembro-me do que Arthur falou do filho, pai de Maddie, que partiu para o México e não retornou desde então. Desconfio que ela imagina como seria se ligasse a televisão um dia e visse uma foto dele na tela, da mesma forma como foi para mim ver Cal. É como abrir uma porta e os mortos simplesmente entrarem.
— Você deve ter coisas melhores a fazer do que passar o tempo comigo — afirmo.
Stump fareja em torno dos pés dela, e ela se ajoelha e coça-lhe a cabeça.
— Quem disse que eu vim ver você? — Ergue o olhar para mim e sorri. Que sorte a minha ter essa garota que mal conheço, disposta a oferecer um sorriso, uma delicada provocação, como a dizer que está aqui comigo por saber que ninguém, fora ela e Arthur, vai me facilitar as coisas. — Stump — diz ela. — Que tal arranjarmos alguma coisa pra comer?
Assim fazemos. Abro uma lata de pato com batata para ele, e ela esquenta outra de sopa de galinha com talharim no fogão. Põe-se à vontade em minha cozinha, procura uma panela no armário e abre a despensa para pegar biscoitos Saltine.

— Pode pôr a mesa — avisa-me, e fico feliz por ter essa tarefa. Encontro a terrina de sopa, uso até a porcelana Currier e Ives que minha mãe reservava para os feriados, as colheres e os guardanapos de pano que mantenho guardados numa gaveta. Com simplicidade, andamos pela cozinha, trombamos um no outro uma ou duas vezes e damos uma risadinha dos idiotas que somos.

Ela deixa cair uma colher, e sem pensar eu pergunto:

— Ei, está dormindo? — Maddie pega a colher e olha-me. — Era o que eu e meu irmão perguntávamos um ao outro — explico. Ela se aproxima e põe as mãos em minhas costas. Lembro-me de como Vera me tocou nos Chefs Sazonados.

—Vai dar tudo certo com ele — diz Maddie. — É só esperar. Você vai ver.

Então, como se ela o invocasse, dizem o nome de Cal na televisão, e corremos à sala de estar para ver o que se passa. Meu irmão está na tela, não apenas a foto, mas o próprio, em carne e osso. Já escureceu em Ohio, e ele está na frente do depósito de grãos, o rosto iluminado pelas luzes da emissora. Empurram-lhe microfones no rosto, e os repórteres gritam-lhe perguntas. "Que aconteceu lá dentro? Quem disparou o tiro? Mora está viva?" Dois policiais tentam escoltá-lo em meio à multidão. Neva agora, e a neve acumula-se na pala de seu gorro. Ele mantém o rosto baixo, e então desaparece; os policiais abrem a multidão de repórteres, e vejo-os fazê-lo entrar no fundo de um carro-patrulha. A última imagem que tenho dele é pela janela do carro, ao afastar-se. Ainda tem a cabeça abaixada, mas pelo menos sei que está em segurança.

A câmera focaliza um repórter da CNN, um sujeito bonitão de cabelos louros. Ele diz que ainda não é certo, porém mais cedo a mulher, Mora Grove, saiu do depósito. Contou que foi Cal quem convencera Leonard Mink a soltá-la. Simplesmente continuara conversando com ele, dizendo que ela nada tinha a ver com o que o trouxera, a ele, Mink, armado com um rifle de caça. Restaram apenas Cal e Herbert Zwilling lá dentro. Passou-se quase uma hora. E então se ouviu um único tiro no interior do depósito. Desse ponto em diante, ainda não se haviam estabelecido os fatos. Tudo que todos sabiam ao certo era que Leonard Mink morrera, e os reféns continuavam vivos.

— Segundo tudo indica, — diz o repórter — pelo menos duas famílias esta noite devem agradecer a Calvin Brady por seus entes queridos voltarem para casa sãos e salvos.

Mais uma vez, Maddie põe a mão em minhas costas.

— Está vendo? Eu lhe disse que tudo ia dar certo.

Não sei o que responder. Aqui estou em minha casa, agradecido por ver meu irmão vivo. Penso como os anos de silêncio entre nós têm sido pedras em meu coração, e tremo com o alívio que agora sinto, bem como a vergonha, porque ele é um herói, coisa que eu jamais poderia ser, nem em um milhão de anos.

Quando fico só (Arthur veio pegar Maddie, e nós três nos demoramos ainda um pouco, à espera de outras notícias de Ohio, mas nada mais apareceu), ligo para a assistência da lista telefônica e consigo o número de Cal. Procurei Edon no atlas, uma cidade no noroeste do Oregon. População de 898 habitantes, a três quilômetros de Indiana. Disco os números e ouço o telefone tocar na casa que ele ocupa na cidadezinha. Ninguém responde. Nem agora nem uma hora depois, nem em qualquer das vezes que tento na terça-feira de manhã, e acabo por desistir, pois tudo parece estar como deve ser, meu irmão e eu não temos nem uma palavra a nos dizer.

Depois, à tarde, quando saio para o jardim com Stump, um carro cruza a rua, um daqueles utilitários esportivos — um Ford Explorer preto, sem a calota de uma das rodas do lado do motorista e salpicado de lama no pára-choque traseiro. Que tipo de idiota, pergunto-me, é o sujeito atrás do volante, que não cuida de um jogo de rodas tão bacana?

Levo a mão à testa para fazer sombra aos olhos e enxergar melhor. A janela elétrica do Explorer se abre, e vejo que o homem ao volante é Cal.

Ele usa um chapéu com a inscrição "Eu gostaria que você fosse cabelo". É um chapéu grande demais para a cabeça, desabado nas orelhas. Ergue a mão, leva dois dedos à aba do desleixado chapéu e faz uma tímida saudação.

Dou uns dois passos no jardim, no intuito de sair à rua e falar com meu irmão, mas antes de chegar ao portão o vidro da janela do Ford sobe e ele vai embora.

No resto do dia, tudo parece ter sido um sonho, e por algum tempo chego a sentir-me em dúvida se foi de fato Cal quem eu vi no Explorer. Quando chega a noite, sento-me na poltrona com o *Daily Mail*. Stump desabou no chão, onde fica um momento quieto, apenas o barulho de um grunhido quando mergulha no sono, o farfalhar do jornal quando viro as páginas, o tique-taque do relógio de cuco na parede.

Para minha surpresa, encontro uma nota da Associated Press sobre a quase tragédia dos reféns evitada por Cal em Edon, Ohio. Ele ainda usa o tal chapéu. Mal começo a ler e Stump desperta. Empina o focinho e late. Então vem a batida na nossa porta, e eu me levanto para ir ver quem é.

Cal. Continua com o chapéu e, parado como está na escuridão da varanda, é difícil para mim distinguir o rosto sob a sombra da aba.

— Sammy, — diz ele — sou eu. Seu irmão.

— Vi você hoje à tarde — respondo.

Ele faz que sim com a cabeça.

— Eu não sabia o que lhe dizer. Não pude nem saltar da caminhonete. — Olha os próprios pés. — Levei algum tempo para reunir coragem, voltar e tentar de novo. — Tira o chapéu e torce-o nas mãos. Por fim, ergue a cabeça e olha-me. — Sammy, faz muito tempo.

Concordo. Então abro mais a porta para deixá-lo entrar.

No início, é estranho recebê-lo em minha casa. Pergunto se quer comer ou tomar algo, um café ou um refrigerante, mas ele recusa.

— Sammy, — diz — só quero me sentar um pouco. Eu desisti.

É o que fazemos. Sentamo-nos na sala de estar, ele, no sofá

ainda com uma colcha de retalhos embolada em cima, eu, na poltrona reclinável.
 Stump faz menção de aproximar-se para investigar, mas eu o agarro pela coleira e o mantenho afastado, pois não sei como Cal o receberá.
— Tudo bem — diz ele, e eu solto o cachorro. Meu irmão estende a mão e Stump fareja-a e lambe-a. — Agora pegou o meu cheiro — afirma Cal. — Já somos amigos.
 Eu desejaria que fosse tão fácil assim para nós dois, mas temos todos esses anos de silêncio entre nós, e precisamos ir devagar.
— O inverno está chegando — comento.
 Cal balança a cabeça, agradecido, tenho certeza, por esse papo inofensivo sobre o tempo.
— Geou hoje de manhã. — Ele tem um bracelete de cobre no pulso esquerdo, desses que as pessoas usam para afastar a artrite, e não pára de brincar com o objeto. — Tive de raspar as janelas do carro.
— Os bichos-da-seda parecem mais pardos que pretos este ano. Isso significa que vamos ter um inverno difícil.
— Papai falava de sinais como esses. Lembra?
— Lembro, sim — respondo. — Bichos-da-seda e bengalas, cascas duras nas nozes, peitoral escuro nos gansos.
— Geou hoje de manhã — afirma ele, embora já tenha dito isso antes. — Geada forte. Já tivemos neve em Ohio.
 Claro, vamos acabar tendo de chegar à questão do motivo de ele estar aqui.
— Cal, esse tempo todo — digo.
 Ele coça atrás da orelha de Stump, e o cachorrinho, sem vergonha como é, se encosta em busca de mais coçadas.
— Eu sei, Sammy, acredite. Eu sei.
— E agora você está aqui.
— Eu vi a matéria no *Daily Mail* sobre a casa de fantasia desse cachorro, e achei que era hora de remendar tudo.

| 59

— Você assina o *Daily Mail*?
— Sempre assinei, onde quer que vivesse. — A voz se parte. — Nossa, Sammy, você acha que o esqueci, acha que me esqueci de casa? — Deixei passar alguns instantes, apenas para maravilhar-me com o fato de que esse é o meu irmão. Quero estar com ele. Quero abraçá-lo e dizer como é bom vê-lo. Quero que todos esses anos sem qualquer palavra se derretam e nos deixem como éramos, dois meninos que se amavam antes de os fios de nossas vidas se separarem, querendo nós ou não. Mas não consigo me forçar a dizer quanto senti saudade dele durante toda a minha vida; não posso deixá-lo saber como a distância entre nós me doeu.

— Vi você na televisão — digo. E faço a pergunta que desejava fazer desde que ele entrou em minha casa. — Cal, que diabo aconteceu naquele depósito de grãos?

Ele baixa a cabeça, como se mal agüentasse pensar a respeito.

— Quando você escapa de uma coisa assim, começa a avaliar sua vida; isso eu lhe digo. Começa a reunir tudo o que fez errado, os erros que deseja consertar. — Ergue a cabeça e me encara. — Sammy, eu passei muito tempo tentando esquecer o que aconteceu aqui com Dewey Finn, e agora essa bagunça em Ohio trouxe tudo de volta.

— Isso foi há muito tempo — respondo. — Éramos outros naquela época.

— Sou um herói — diz Cal. — Pelo menos, é o que as pessoas lá em Ohio pensam, mas a verdade é que estou enrolado, uma encrenca da qual nem lhe conto... e preciso de um lugar pra ficar.

— Ergue as mãos do colo, e por um instante acho que as estenderá para eu pegá-las. Depois junta as palmas e toca os lábios com os dedos, como se rezasse. — Às vezes o coração nos diz o que devemos fazer, e, se tivermos juízo, escutamos. Eu sei que você não me deve isso, Sammy, mas ainda espero que se lembre do que significa ser irmão. Os anos não mudam o que corre entre nós.

60 |

Conhecemos um ao outro melhor que qualquer um, devido ao que aconteceu com Dewey. As pessoas lá em Ohio julgam saber quem eu sou, mas, Sammy, não sabem a verdade.

A HISTÓRIA DELE COMEÇA COM UM *PENNY*. EXATAMENTE com uma coisinha dessas, um centavo, como muitas vezes começam as histórias.

— Um *penny* — diz Cal. — Bem diante da porta do McDonald's. Passei por ele a princípio. Depois pensei: bem, um centavo é um centavo. Se você não pegar, outro pega. Por isso voltei. — Lança-me um olhar desamparado. — Tudo o que queria era aquele *penny*. Não fazia idéia do que viria depois. Por isso curvou-se para pegar a moeda.

— Tinha o lado da cara voltado para cima, Sammy. Ora, você sabe que dizem que isso traz boa sorte. — As portas do McDonald's abriram-se. — Foi a primeira vez que encontrei Leonard Mink.

Só que não era Leonard Mink então. Pelo menos quando Cal o encontrou naquele McDonald's em Bryan, Ohio. Chamava-se Ansel King. Era o nome que usava.

— Foi pouco antes do Dia de Ação de Graças — continua ele.

— Já se fizera a colheita do milho, e os dias haviam-se tornado frios e chuvosos.

Usava o nome Ansel King porque ele, Leonard Mink, não estava aprontando nada de bom. Era membro da Milícia do Michigan, um grupo de sobreviventes, alguns dos quais tinham decidido fazer mais barulho para que a região fosse notada por Deus. Mink precisava de fertilizante... nitrato de amônia... e muito. Isso e nitrometano, um explosivo muitas vezes usado em combustível para carros de corrida, e teria o que precisava para fazer um caminhão-bomba forte o suficiente para botar abaixo a Torre da Sears em Chicago. Fazer o que Timothy McVeigh fez na Cidade de Oklahoma parecer um estouro de pipoca.

Mas naquele dia, diante do McDonald's, em Bryan, Cal não sabia nada disso. Segundo pensava, Mink era apenas um daqueles homens meio ossudos e magros, um sujeito de trinta e poucos anos com um narigão e um corte de cabelo espetado.

— Parecia apenas um garoto para mim — diz Cal. — Você sabe. Como a gente vê em qualquer cidadezinha. Ninguém que você julgue estar aprontando alguma coisa. Ele disse: "Desculpe, senhor". Então viu o que eu procurava... o tal *penny*... e acrescentou: "Parece que é o seu dia de sorte". Como eu disse, foi a primeira vez que o vi.

— A Torre da Sears — exclamo, lembrando que subira nela uma vez, quando viajei a Chicago, para ver a paisagem. Cento e dez andares de altura, trezentos e quarenta metros no ar. Do convés do céu naquele dia... um dia claro no início de maio antes dos dias quentes de verão, quando o calor e a umidade diminuem a poluição, eu via quatro estados: Illinois, Indiana, Winsconsin e Michigan. Penso naquele prédio do governo federal na Cidade de Oklahoma e em como explodiu em 1995.

— Misericórdia — espero só precisar dizer isso para informar Cal de que entendo exatamente o que haveria ocorrido se Leonard Mink tivesse obtido sucesso com seu plano. — Outra Oklahoma. Outro World Trade Center. Eis o mundo em que vivemos hoje.

— Misericórdia está bem — diz Cal. — Por isso tivemos de detê-lo.

O relógio de cuco atrás de mim marca a hora — oito — e Stump ergue a cabeça para ver o passarinho sair da casinha e começar a cantar. Aproxima-se e põe as patas dianteiras sobre minhas pernas, à espera de que eu o ponha no colo para ele poder aproximar-se mais do cuco. Suspendo-o, e ele fica olhando até o pássaro voltar a entrar no chalé e reinstalar-se o silêncio na sala.

— Detê-lo? — Ponho Stump no chão e o empurro de leve com a perna, agora atento ao que Cal acabou de dizer. — Como ia detê-lo? Como até mesmo adivinhou o que ele planejava?

Por um bom momento, Cal não responde. Apenas olha as mãos. Depois balança a cabeça e, quando acaba por falar, tem a voz miúda e tão distante quanto os anos que se estendem entre nós.

— Digamos apenas que descobri — responde. — Agora sei demais, e algumas pessoas ficaram furiosas. Por favor, Sammy, não me peça que eu diga qualquer coisa além disso.

Penso que esse homem podia ser qualquer um, um estranho que agora se senta em minha casa. Podia ser alguém que jamais conheci, um estranho que veio dizer o que jamais conseguiu dizer a qualquer outro. Ou pode ser quem é, meu irmão, Calvin Brady, que viveu a vida longe de mim e me escolheu para ouvir sua confissão.

— Você estava...? — detenho-me antes de terminar a pergunta.

— Se fazia parte disso? — Ele estreita os olhos. — Sammy, você acha mesmo que eu ia me envolver numa coisa dessas?

Envergonho-me de que tal pensamento tenha sequer passado pela minha cabeça por um instante.

— Só estou feliz por vê-lo bem — digo-lhe, e por enquanto deixo que isso baste. — Cal, pra mim é um prazer você estar aqui.

FAÇO A CAMA DELE NO QUARTO DEFRONTE AO MEU, o quarto de reserva que sempre mantive em ordem como faz quem espera hóspedes para pernoitar de vez em quando. A cama é aquela em que eu dormia quando garoto, na Cidade dos Ratos: trilhos, a cabeceira e a parte dos pés feitos de ferro fundido. A mesinha de cabeceira tem o mesmo abajur de então. É surpreendente como uma coisa dura quando é deixada de lado e usada raras vezes. Uma lâmpada com o quebra-luz mostrando um mapa-múndi desenhado em traços finos — rotas de exploradores — que atravessam os oceanos e contornam continentes e ilhas. Eu passava o dedo por essas rotas, sentia a saliência do tecido do abajur, o calor da lâmpada. Gostava de adormecer imaginando os exploradores — Colombo, Magalhães, Vasco da Gama — nos sombrios oceanos, apenas com as estrelas acima para guiá-los.

— Deus do céu — diz Cal, quando ligo a lâmpada. — Há quanto tempo você tem essa coisa?
— É velha — respondo. — Como nós.
Ele balança a cabeça.
— Velha mesmo.
Pego um jogo de lençóis na cômoda; Cal me ajuda a esticar o lençol de baixo e enfiá-lo firme nas quinas do colchão. Juntos, ele de um lado e eu do outro, sacudimos o lençol de cima, deixando-o pairar e depois afundar. Alisamo-lo com as mãos e fazemos as dobras como nos leitos de hospital, do modo como nossa mãe nos ensinou quando éramos crianças.
— Você fez essas dobras a vida toda? — pergunto. — Essas dobras de hospital que mamãe nos ensinou?
— A vida toda — ele responde. — Algumas coisas a gente não esquece.
A idéia reconforta-me. Imagino nós dois, em todos esses anos em que não tive a menor noção de onde ele andava, levantando-nos dia após dia e fazendo a cama da mesma forma, arrumando os lençóis com aquelas dobras de hospital, uma coisa pequena e simples que trouxemos de casa. A maneira como os dedos dobram um lençol num triângulo e enfiam-no debaixo do colchão — uma coisinha de nada que nos faz lembrar que somos irmãos.
— Sammy — ele diz, e a voz racha-se, como se fossem palavras que vem tentando arrancar da garganta há muito, muito tempo. — Sammy, — repete — você e eu... bem... porra.
Sei que tenta me dizer que sente muito ter ficado fora todos esses anos.
— Temos tempo — digo. — Temos muito tempo. — Estendemos os cobertores. Enfiamos as fronhas nos travesseiros. Trabalhamos em silêncio e, quando acabamos, ficamos parados um de cada lado da cama, olhando-nos. — Você deve dormir um pouco, Cal. Veio de muito longe.

— Larguei a caminhonete na rua, Sammy, porque não sabia se você ia me deixar ficar.
— Pode botar na garagem — respondo, e percebo que lhe estou dando abrigo contra qualquer problema que o persiga desde Ohio.
Ele balança a cabeça.
— Tenho uma sacola.
— Eu o ajudo — digo, e saímos juntos.
Estamos na fase da lua nova, e sem a luz da lua as estrelas brilham mais. "Estrela de luz, você me conduz", penso, lembrando a antiga rima infantil que ele e eu cantávamos naquelas noites de verão em que nos sentávamos na varanda com mamãe e papai e buscávamos com os olhos a primeira estrela. Esta noite, vejo a Estrela do Norte, na ponta da Ursa Maior, e faço o pedido de que este seja o início de alguma coisa entre eu e Cal.
Ele abre a porta do Explorer e as luzes do teto se acendem. Vejo o lixo que cobre o banco do passageiro e transborda no chão: invólucros de barras de chocolate Hershey, copos de papel para refrigerante, um par de meias negras enroladas numa bola, um exemplar do *USA Today*, uma *Bíblia de Gideão* de bolso, uma chave de fenda Phillips, um guia de estradas do Wal-Mart, um CD dos Três Tenores em concerto (Carreras, Domingo e Pavarotti), tudo dele. O mais fascinante é o CD; alguma coisa espanta-me na idéia de Cal dirigir pelas estradas cantando "Core 'ngrato", ou ainda "Il lamento di Federico". Meu irmão, fã de ópera. Meu irmão, que de algum modo saiu daquele depósito e elevador de grãos em Edon, Ohio, como um herói, e agora não consegue viver com isso por motivos que, desconfio, vai acabar me contando no devido tempo. Coisas que não sabemos e não adivinharíamos nem em um milhão de anos.
Coisas que eu jamais imaginaria, creio, enquanto nos recolhemos. Vamos cada um para seu quarto e adormecemos, do mesmo modo como fazíamos tantas noites quando éramos meninos e não tínhamos idéia do que nos aguardava no mundo

| 65

que já fizéramos, do qual só saberíamos quando nos víssemos no meio dele, balançando a cabeça, pasmos ao ver como tudo aquilo passara a existir, imaginando como nossas vidas haviam se tornado histórias que jamais poderíamos ter sonhado.

6

PELA MANHÃ, CAL LEVANTA-SE ANTES DE MIM. DESPERTO COM o cheiro do café que ele côa e a lingüiça que frita no fogão. Na cozinha, Stump já ataca o pato com batata.

— Ei, dorminhoco — recepciona-me Cal. — O Homem de Areia fez uma longa visita, não foi?

São apenas sete e meia, mas pela aparência geral ele já deixou a cama há algum tempo.

— Eu não podia deixar Stump morrer de fome, por isso remexi por aí e encontrei a comida dele. Depois pensei em fazer um café-da-manhã para a gente.

— Obrigado — digo.

Sento-me à mesa da cozinha, com a sensação de ser de certa forma um estranho em minha própria casa.

Então ouço a batida habitual de Arthur na porta dos fundos. "Barba e cabelo." Sempre respondo batendo na parte de dentro. Duas batidas distintas. "Dois toques."

— É o vizinho — digo. — Arthur Pope.

— Arthur Pope — diz Cal, e sei que ele se lembra de Arthur.

Levanto-me para abrir a porta. Do degrau, Arthur aponta para atrás.

— Você tem outra caminhonete na garagem. O que é que há, marujo?

— Tenho companhia — respondo. — Meu irmão. — Recuo, e ele enfia a cabeça ao lado do batente da porta. — Lembra-se de Cal?

Arthur entra na cozinha.

— Cal Brady — diz. Fica parado com as mãos nos quadris.
— Você se meteu numa confusão, ein? Eu vi tudo na tevê. Nunca mais ouvi falar de você. Teria jurado que você estava morto.
— Não — diz Cal. — Só andei fora por uns tempos.
— Veio para uma visita, então?
— Isso mesmo. Vim ver Sammy. Estivemos colocando o papo em dia.
— Quanto tempo faz?

Cal e eu nos olhamos, e depois desviamos os olhos. Nenhum dos dois quer responder. Por fim, o silêncio torna-se demasiado e eu digo:

— Muitos anos, Arthur. Você sabe como o tempo passa.
— Passa rápido. Isso é verdade. Passa rápido, até que a gente morre.
— Ou se sente como se fosse melhor estar morto.
— Marujo, é verdade — responde Arthur; ele conta como Bess morreu, deixando-o só, e como algum tempo depois nós construímos o navio para Stump. Segue tagarelando. Os Chefs Sazonados e o *Muito Vera*, blablablá, blablablá. — Então eu disse a Sammy. — Puxa uma cadeira da mesa, vira-a de frente para si e acavala-se no assento. Dá uns tapas na coxa como um rufar de tambores. — Nunca pensei que sobreviveria ao perder Bess, mas agora tenho outra vida, e às vezes fico espantado por haver tanta coisa que adoro fazer. — Aponta-me um dedo. — Não foi o que eu lhe disse, Sammy?

Se disse, eu não me lembro, mas respondo sim, sim, sim, não é verdade?

— A vida é cheia de surpresas, — digo — por mais velhos que fiquemos.

Olho para Cal ao dizer isso. Quero que ele saiba que já o perdoei pelos anos de silêncio entre nós, todos esse anos em que não sabia por onde ele andava. Pode acontecer rápido assim. A mágoa torna-se outra coisa, um antigo amor que o coração lembra.

É o que costuma dizer Arthur. Passa-se por uma porta e entra-se numa vida que não mais julgava sua. Eis meu irmão, Cal. Quem teria pensado nisso?

— É como você deve se sentir — diz-lhe Arthur — em vista do que passou. Qual era a história daquele cara mesmo? O tal de Leonard Mink?

— Era um louco. — Cal passa manteiga numa frigideira para fritar panquecas. — Eu só cruzei o caminho dele.

— Escute. — Arthur estala os dedos. — Parece que você gosta de cozinhar. Deve ir com Sammy e eu ao Chefs Sazonados hoje à noite.

Esqueci que esta noite haverá mais uma aula de culinária de Vera. Não imagino o que será para Cal tornar a vê-la após todo esse tempo.

— Vera Moon — digo a meu irmão. — É ela que dá as aulas de culinária.

Olho o rosto de Cal, em busca de um sinal do que significa esse fato para ele, mas não vejo reação alguma.

— Puxa, Arthur — digo. — Você vai ter de me dar uma folga esta noite. Cal e eu temos muito papo para pôr em dia.

Isso o decepciona, não tenho dúvida.

— Sammy, — responde ele — é nosso encontro habitual.

— Desculpe.

— Sem problema — diz Cal. — Será um prazer dar uma volta com vocês.

VAMOS NO CHRYSLER DE ARTHUR, EU NO BANCO DA FRENTE e Cal atrás. Ele passou um pouco de água de colônia de cheiro forte, daquelas que às vezes sinto nos rapazes quando cruzo com eles numa loja ou restaurante, e penso por um instante como seria voltar a ser jovem, com toda a vida pela frente. Imagino se é o que ele pensa esta noite, como se recuasse cinqüenta anos e estivesse a caminho de ver uma garota na parte norte da cidade.

| 69

Arthur fareja o ar. Ergue o olhar para o espelho retrovisor.
— Cal, você está cheirando bem aí atrás.
Meu irmão bate nas bochechas e cheira as mãos.
— Está demais? — pergunta.
— Não. — Arthur dá-me uma piscadela. — No ponto certo. Adoro meu irmão por essa colônia e pelo fato de ele ter usado demais, ansioso por causar uma boa impressão esta noite. Vejo que está nervoso — não pára de girar o bracelete de cobre no pulso — e meio tímido, e isso me faz amá-lo ainda mais. Deixou o chapéu em casa, o que diz "Eu gostaria que você fosse cabelo", e colocou uma camisa limpa, uma camisa branca de cotelê que parece nunca ter sido usada; vejo a marca dos vincos na frente e o colarinho ainda duro de goma. Usa jeans azul — quantos de nós podemos vestir um desses em nossa idade sem parecermos idiotas? — e uns chinelos desses abertos atrás — tamancos, acho que os chamariam assim. Parece um homem com alguma quilometragem no motor, mas que ainda sabe impressionar. O que sempre fez quando era jovem, freqüentando as espeluncas com vitrolas automáticas, dançando como uma tempestade. Agora se dirige a uma aula de culinária com os Chefs Sazonados. Está prestes a ver Vera Moon.
— Relaxe, Cal. — Quem diria que seria eu a dizer isso a meu irmão? — É um bando de gente legal.
No Centro de Idosos, Vera toma a mão dele nas suas, e comove-me ver os dois juntos.
— Cal Brady — diz ela. — Foi uma eternidade e mais um dia. Deus do céu, olhe só pra você.
— Vera — responde ele, levando aos lábios uma das mãos dela. — Os anos a trataram bem. Claro, você sempre foi linda.
Ela enrubesce.
— E você sempre foi bom de lábia. — Ela recolhe a mão. Toca de leve na manga da camisa dele, pega o cotelê entre os dedos e alisa-o. — Bem-vindo ao lar, Cal Brady. Bem-vindo aos Chefs Sazonados.

Arthur puxa-me de lado.

— Nervoso — diz em voz baixa para Cal não ouvir. — É, com certeza. Colocamos os aventais. Ajudo Cal a amarrar o dele.

— Fui precipitado demais, Sammy? — olha a sala em volta, em busca de Vera. — Não pretendo ofender ninguém. Tenho a impressão de que Arthur achou que saí da linha.

— Não se preocupe com ele — retruco. — Tem uma paixonite, só isso.

— Ele e Vera?

— Da parte dele, claro. Ela? Na verdade eu não saberia dizer.

Cal balança a cabeça.

— Se é assim, tudo bem então. Não me sinto tão mal.

Abre-se a porta e fico surpreso ao ver Duncan Hines entrar. Vem com as pontas das orelhas vermelhas de frio e traz uma prancheta e lápis nas mãos, uma câmera pendurada por uma correia no pescoço. O ar quente dentro da sala bate na superfície fria dos óculos, que se embaçam. Ele tem de tirá-los, e fica ali parado, estreitando os óculos.

A voz de Vera grita:

— Senhor Hines — ela corta a multidão dos Chefs Sazonados para recebê-lo. — Que bom que você veio.

— Olhem, é aquele repórter do jornal — diz-me Arthur; a visão de Duncan o faz esquecer a ferida anterior que foi o beijo de Cal na mão de Vera. — Acha que a gente pode sair no jornal de novo, Sammy? Mais relações públicas? Cara, eu me sinto uma celebridade.

Vera bate palmas, e os Chefs Sazonados, excitados com a chegada de Duncan, aproximam-se para ouvi-la. Parada no meio da sala, ela tem, como sempre, uma aparência de realeza, muito composta.

— Cavalheiros, hoje é uma noite especial — diz. — Não apenas nos aproximamos do Natal, mas temos conosco o senhor Hines, que vai fazer uma matéria para o jornal.

| 71

Os Chefs Sazonados aplaudem. Alguns tiram pentes do bolso e dão uma geral no cabelo. Um alisa o bigode com o dedo.
— E ainda por cima — acrescenta ela com um sorriso — damos as boas-vindas a um recém-chegado. — Com um floreio da mão, como fazem as garotas bonitas nos programas de concurso ao apontarem o prêmio, dirige nossa atenção para Cal: — Cal Brady — apresenta. — Irmão de Sam. Sei que vão fazê-lo sentir-se em casa.
A receita desta noite é a bala divindade. Um trabalho delicado, claro, explica-nos Vera, acentuando como é importante cozinhar a calda na temperatura exata.
— É o que vocês chamam de termômetro da bala. — Ergue um para o vermos, e noto que outros nos aguardam em nossos postos, junto às caçarolas e os ingredientes: o mel Karo, os ovos, o açúcar granulado, o sal e a baunilha. — As receitas estão todas à frente de vocês —continua ela. — Combinem as medidas certas de açúcar, mel, água e sal, e aqueçam até atingir cento e setenta graus, o estágio em que viram bolas duras.
— Muito científico — comenta Arthur.
— Se cozinharem demais, a bala chegará ao estágio quebradiço — acrescenta Vera. — Aí, cavalheiros, vocês vão ter problemas.
Diz que teremos de bater as claras enquanto cozinhamos o mel e talvez devamos trabalhar em pares, para não nos esquecermos de manter o olho no termômetro.
— E não deixem que ele toque o fundo da panela, pois vão ter uma marcação errada e o termômetro acabará por explodir. Nada como um pouco de caco de vidro para arruinar um doce.
— Hum, quebradinho — diz Cal, e os Chefs Sazonados riem.
Quando estamos prontos para pôr a mão na massa, digo a ele que pode juntar-se a Arthur e a mim.
— Não é preciso — responde Cal. — É muita gente. Eu fico sozinho.
Arthur finge-se de mortificado, mas vejo que em segredo gostou.

— Sozinho? Ficou maluco, marujo? Estamos falando do perigo de um estágio quebradiço. Casca dura e explosão. Cal desabotoa os punhos da camisa e enrola as mangas.
— Marinheiro, — responde — acho que me viro.
E se vira mesmo. Muito melhor que qualquer um de nós. Enquanto os outros Chefs Sazonados parecem personagens de desenho animado — espremem os olhos por trás dos óculos bifocais tentando ver os graus no termômetro, acabam com bolas moles demais ("A história da minha vida", diz um deles, balançando a cabeça) ou cozinham o mel além da conta e o queimam —, ele trabalha com habilidade e eficiência, batendo a clara dos ovos e mantendo os olhos no termômetro. Não demora muito para que a informação de sua habilidade se espalhe; os Chefs Sazonados já desistiram e o observam. Cal despeja o mel sobre a clara de ovo endurecida e continua a bater — um braço despeja, o outro bate. É uma beleza, de fato, parece ser duas pessoas ao mesmo tempo; por fim mexe a baunilha, um pouco de nozes moídas e só uma pitada de colorante vermelho, para dar um rosado, antes de começar a depositá-los com a colher em bolotas no papel encerado.

Não parece perceber que o observam; para ele, não é nada de extraordinário, mas para nós — e até para Vera, parada com um braço na barriga e o outro apoiado no primeiro, a mão na face, a boca ligeiramente aberta, como se visse a coisa mais extraordinária — tal brilho e desenvoltura na cozinha são maravilhosos.

— Macacos me mordam — diz Arthur, e começamos a aplaudir.
Cal fica constrangido com a demonstração de admiração.
— Que foi? — pergunta, e Vera diz que ele é uma inspiração.
— Uma inspiração divina — acrescenta, e passa as mãos nas costas dele, como fez comigo na primeira noite em que fui aos Chefs Sazonados.

Por isso eu sei o que ele sente quando se volta; pelo menos tenho um bom palpite. Percorreu um longo caminho. Passou pelo incidente em Ohio, e agora aqui está essa mulher, Muito Vera.

| 73

Apressa-se a afastar-se dela, mas ei-lo aqui, e o toque dela é a coisa mais maravilhosa do mundo. Eu gostaria de dizer que não sinto ciúme, mas não seria verdade.
— Bravo, Cal — ela diz. — Sem dúvida fez um belo trabalho.
— Vivi sozinho muito tempo — responde ele numa voz tímida, e sinto meu irmão ter de dizer isso. — Acho que aprendi umas coisinhas.
Então entra Duncan Hines, e diz a Cal que gostaria de fazer-lhe algumas perguntas.
— Nossa, você vai dar uma boa matéria.
— Pro jornal? — ele pergunta.
— A seção *Somos Nós* — diz Arthur. — Sai toda sexta-feira. Sammy e eu saímos no último outono. Não saímos, Sammy?
Cal estende a mão para trás e desamarra o avental.
— Você não tem por que querer falar comigo — diz a Duncan. — Sou apenas um visitante. Todos os outros são alunos. São eles que vão interessar aos seus leitores.
— Ah, só algumas perguntas — estimula Vera.
Ele tem o avental na mão; deixa-o embolado na bancada, bem em cima das balas divindade que acabou de fazer.
— Eu não sou ninguém — responde.
E tenta afastar-se, esperando, imagino, enfiar-se em algum canto, talvez até sair por um instante.
Mas Arthur agarra-o pelo braço.
— Meia volta, marujo. Você ouviu a dama. — Vera tira o avental de cima das balas. — Agora faça o que ela deseja — continua Arthur. — Diabos, você não é nenhum estranho. Foi criado na Cidade dos Ratos.
— Minha avó foi criada lá — explica Duncan. — Nancy Finn. Talvez você a conheça.
Cal olha-me e balança a cabeça. Arthur solta seu braço.
— Sim, conheço — responde por fim meu irmão, sem erguer o olhar.

— Que tal uma foto, então? — pergunta Duncan. — Uma foto sua com Vera.

Ela estende o avental para ele, convidando-o a mergulhar de novo no que era um clima festivo alguns momentos antes. Mas é tarde demais; qualquer prazer que tenhamos conseguido já se rachou e se desfez.

— Desculpe — diz Cal.

Duncan ergue a câmera e olha pelo visor.

— Só uma, é rapidinho.

Mas, antes que consiga fazer a foto, Cal estende o braço e fecha a mão em torno da lente.

— Eu disse que não queria fotos. — Puxa a câmera do rosto do repórter. — Nada de fotos — repete, desta vez com a voz mais baixa, um pedido discreto. — Sinto muito — diz a Vera. — Eu não pretendia ser rude. É apenas...

Interrompe-se, incapaz de encontrar palavras para explicar por que a idéia de uma entrevista ou foto para o jornal o desagrada tanto. Quero dizer-lhe que o entendo. Lembro-me do que senti quando vi minha foto no *Somos Nós*, como se pusesse minha vida ali para todos verem. O que quer que ele tenha vivido nesse tempo com Leonard Mink, vejo que o deixou atordoado e com medo do que pode mostrar ao mundo.

— O que eu quero dizer é que...

Tenta de novo, mas ainda assim as palavras não vêm.

— Nós todos chegamos a uma certa idade — digo — em que mal toleramos olharmo-nos no espelho, quanto mais deixar que milhares de pessoas nos vejam no jornal. Você entende o que meu irmão está tentando dizer, não, Vera?

Ela puxa de volta o avental e dobra-o, com muito cuidado para mantê-lo arrumado. Claro que entende. Não imagino alguém da nossa idade que não tenha sido pisoteado o suficiente para saber que, às vezes, todo esse viver é demais e tudo o que queremos é esconder-nos. Mesmo Vera, tão ativa. Mesmo ela deve saber disso.

| 75

— Vou salvar você desta vez — diz a professora, balançando o dedo para ele. — Mas realmente, Cal, você deve saber a verdade. É um homem muito bonito. Não é, Arthur?

A pergunta pega Arthur de surpresa. Ele morde o lábio inferior, recua a cabeça, respira fundo. Como responder sem parecer mesquinho, mas também sem dar respaldo à opinião de Vera?

— Eu na verdade não examino a aparência dos homens, — acaba por dizer — mas lhe digo o seguinte: ele sem dúvida está cheiroso.

— Loção de barbear — diz Cal, mais uma vez constrangido.

Vera aproxima-se de Cal. Encosta-se no pescoço dele.

— Não, é colônia. Tem um cheiro oriental sedutor. Eu diria folha de mandarim verde e essência de yuzu seco com camadas de noz moscada e anis.

Arthur tenta fazer uma graça.

— Macacos me mordam, isso é de usar ou comer?

Mas ninguém ri. É como se Vera e Cal estivessem em seu próprio mundo.

— Só uma pontinha de sândalo — responde ele.

Ela balança a cabeça.

— Couro e tabaco quente. Muito masculino. Muito aromático. Muito, muito Vera.

7

LÁ PELO FIM DA TARDE, QUANDO QUASE TODOS OS Chefs Sazonados se foram, Duncan me encontra perto da porta, onde espero que Arthur acabe de ajudar Vera a apagar as luzes e assegurar-se de que o Centro de Idosos fique em segurança. Cal já saiu e anda na calçada, ávido por encerrar a noite. Sei que, ao ter concordado em vir conosco, não planejava de modo algum ser o astro da festa e atrair muita atenção para si, nem sonhou que toparia com um parente de Dewey Finn.

— Vovó Nancy conta que vocês eram amigos do irmão dela — diz Duncan. Tem o mesmo sorriso simpático de sempre, como se apenas esperasse surpreender-se com a próxima novidade. — Dewey — explica. — Ela tinha um irmão chamado Dewey. Você se lembra dele?

Examino o rosto de Duncan, tentando descobrir se ele sabe mais do que admite.

— Sua avó lhe falou de mim e Dewey?

— Só disse que vocês eram amigos e que ele morreu jovem. Você se lembra como aquilo aconteceu?

— Sim, é verdade. Éramos amigos.

— Senhor Brady. — Duncan dá um passo em minha direção. O sorriso desapareceu; ele fala baixo e tenso. Vejo que percebe minha esquiva da pergunta sobre as circunstâncias da morte de Dewey e não se dá por vencido. — Estive no anexo da delegacia outro dia. Aquele prédio em Whittle que antes era a cadeia. Descobri uma coisa que gostaria que o senhor visse.

— Alguma coisa sobre Dewey?

— Sim. — Pode me encontrar na redação do *Daily Mail* pela manhã?

Fico aliviado quando Vera e Arthur nos interrompem.

— Pronto, Sammy? — pergunta Arthur.

— Boa noite, senhor Hines — diz Vera. — Boa noite, Sam.

— Olha pela vidraça da janela. — Ah, e lá está Cal. Preciso dar boa noite a ele.

Todos saímos, e o pedido de Duncan arrisca-se a deslizar pelo ar frio.

Ponho-me a andar para o Chrysler de Arthur. Então Duncan grita.

— Dez horas?

Arthur, pensando que ele pergunta a hora, olha o relógio.

— Não, são nove e quinze.

— Senhor Brady? — grita de novo Duncan, e eu lhe aceno com a mão.

— O QUE ELE QUERIA COM VOCÊ? — PERGUNTA CAL, quando enfim estamos a sós em minha casa.

— Falar de Dewey.

— Nossa mãe! O que foi que você disse?

— Nada. É sério, Cal, eu não falei nada. — Tento manter a voz firme, mas sei que ele viu como Duncan parecia nervoso. — Mas a coisa vai sair.

— Não se a gente não contar a ele.

— Talvez devêssemos. Contar tudo. Não acha que Nancy Finn tem o direito de saber?

— Não fale desse jeito. Continue com esse papo que eu pego a caminhonete e vou-me embora.

— E me deixar sozinho para enfrentar isso, exatamente como fez esses anos todos? — Endureço a voz, tentando cobrir o desespero que sinto agora, após haver-me convencido de que Duncan prepara alguma coisa. — Você precisa ficar desta vez; me deve essa. Sabe disso, não sabe? Por favor, Cal, não sei quanto mais posso guardar tudo comigo. — Paro de falar, na esperança de que ele fale em seguida e me dê a garantia que eu quero. Como não o faz, continuo. — O que estou dizendo é que preciso de você aqui comigo da mesma forma como precisei naquele tempo. A única diferença agora é que, como você mesmo deixou claro, também precisa estar aqui.

Ele morde o lábio e desvia os olhos.

— Você teve alguém, Sammy? Sabe o que estou perguntando. Alguém foi importante pra você?

Dói admitir como vivi só esses anos todos.

— Não, na verdade não — respondo. — Ninguém de quem valha a pena falar.

Ele inspira fundo e expira antes de endireitar os ombros e balançar a cabeça.

— Vou aceitar — afirma. — Você entende o que estou dizendo? Serei eu a enfrentar a verdade, se chegar a hora em que precisemos encará-la. Até então, fique de bico fechado. Entendeu?

Digo a mim mesmo que, em troca, não farei mais perguntas sobre o que se passou em Ohio. Ficou claro para mim que ele entende isso e que fizemos um acordo. Eu lhe ofereço este lugar, e em troca ele não me traz encrencas.

— Tudo bem — respondo.

Ele me olha nos olhos pelo que parece um longo tempo. Depois diz:

— Às vezes penso que aquela noite com Dewey moldou toda a minha vida.

— A minha também.

— Tornou-a uma coisa que eu não desejava que fosse. Mandou-me por uma estrada que acabava em Ohio.

— Agora você está em casa. Agora somos você e eu.

— Bom Deus, Sammy. — Ele solta um suspiro tremido, e eu conheço tanto o peso de sua vida quanto o da minha.

Comove-me saber que está disposto a ficar ao meu lado para o que der e vier. Significa tudo para mim, tê-lo em minha casa esta noite. O Natal logo vai chegar, e pela primeira vez em anos vou passá-lo com meu irmão. Lembro como era na Cidade dos Ratos, como era antes de Dewey morrer, antes de Cal partir. Lembro a neve caindo, o cheiro da fumaça de carvão das chaminés, a tangerina que meu pai trazia para casa em sacos de papel, do Mercado do Pequeno Fazendeiro. Minha mãe pregava cartões de Natal no batente da porta que levava da sala da frente à cozinha e fazia biscoitos, balas divindade e bombons. Todo ano, meu pai e eu saíamos para a mata atrás da cancela da ferrovia, cortávamos um pé de cedro, trazíamos para casa e o instalávamos na janela. Lembro-me de que eu descia pela rua à noite — provavelmente voltava de um jogo de basquete na escola, ou do Verlene, aonde ia para conhecer as novas músicas da *jukebox* — e, quando via as luzes de nossa árvore, corria, ansioso por sair do frio e chegar em casa, onde meu pai ligara o rádio — talvez Burl Ives estivesse cantando "Frosty, the Snowman", ou Gene Autry, interpretando "Rudolph the Red-Nosed Reindeer" — e minha mãe preparava os embrulhos.

— Não espie — dizia ela, quando eu entrava pela porta, e em seguida fazia um grande estardalhaço tentando cobrir tudo o que houvesse sobre a mesa dobrável. Lembro tudo isso, uma sensação de me encontrar no lugar certo com as pessoas certas. Lembro o que era ter uma família.

— Parece uma noite de fantasmas — diz Cal, ao acabar um copo de leite na cozinha. — Primeiro, Vera Moon, e depois Dewey. Houve uma época em que eu achava que construiria toda uma vida com ela.

Enxágua o copo e o põe na pia. Encara-me; vejo a emoção em seus olhos, e sei que me culpa por aquilo que sua vida se tornou.

— Olhe para nós agora — digo. — Talvez tenhamos uma oportunidade de consertar tudo.

Ele balança a cabeça.

— Depois do que aconteceu em Ohio, vai passar muito tempo até que as coisas fiquem bem comigo. Não paro de pensar: se não parasse para pegar aquele *penny*, naquele dia na frente do McDonald's... Talvez se não tivesse feito aquilo. Passa a mão na boca. Fico calado, compreendendo que ele quer me contar mais da sua história, que vem sentindo necessidade de tirá-la do peito, e tão logo comece só vai conseguir parar quando houver contado tudo.

— FOI ASSIM, SAMMY. — CAL EVOCA A CENA, E ACONTECE uma coisa espectral. Ele imita a própria voz e a de Leonard Mink, e é como se o morto entrasse na sala conosco.

Para ser mais exato, é como se eu nem mais estivesse aqui, como se fossem Cal e Mink, em abril, em Bryan, Ohio.

Cal pegou aquele *penny* e Mink disse:

— Você não sabe onde um cara pode conseguir um carro bem barato, sabe? — Apontou uma perua azul, um velho Pontiac, no estacionamento do outro lado da rua. — Acho que estourei a gaxeta daquele velho guerreiro, e desconfio que vai custar mais pra consertar que o valor do carro.

— Posso lhe arranjar alguma coisa, — respondeu Cal. Sabia que Herbert Zwilling, no depósito de grãos, sempre tinha um ou dois carros usados para vender. — Será que essa perua ainda faz uns vinte quilômetros?

— Estou disposto a tentar, — respondeu Mink — se você for na frente e me mantiver no retrovisor para o caso de ela pifar.

— Que tal a gente tomar um café-da-manhã primeiro?

Cal jogou o *penny* no ar. Fecho os olhos e vejo a moeda girando. Ele comenta comigo:

— Sei como é quando um sujeito está por baixo. Às vezes só precisa de uma boa refeição. "Deixe a conta comigo", disse a ele, e então Mink estendeu o braço e agarrou o *penny* no ar.

— Senhor, eu lhe agradeço.

Empurrou a moeda na mão de Cal e fechou sua mão sobre a dele, de modo que por um momento seguraram a moeda juntos. Então Cal puxou a mão, e o *penny* desaparecera. Não estava na mão de Mink, nem na dele. Mink deu uma piscadela. Depois levou a mão até a orelha de Cal — o velho truque de mágica — e lá estava a moeda.

— É um prazer conhecê-lo — disse. — Sou Ansel King.

Esse era seu nome para Cal, Ansel King, e lá estavam eles no McDonald's, meu irmão e aquele homem que depois iria saber chamar-se Leonard Mink, que devorava bolos quentes, panquecas e *milk-shakes*.

— Eu via que ele estava faminto — diz-me Cal. — Era um morto de fome.

— Estive andando por aí desde que saí do exército — disse Mink. — Você sabe, vou aonde há trabalho, tentando encontrar um emprego estável.

Cal envolveu a xícara de café com as mãos.

— Esteve no Iraque, aquela zona? — perguntou.

Mink fez que sim com a cabeça.

— Na primeira, Tempestade no Deserto. Era artilheiro num Bradley M2.

— Infantaria.

— Isso mesmo. Disparava canhões de vinte e cinco milímetros.

— E dava conta do recado?

— Senhor, ganhei a Estrela de Honra de Bronze.

— Sei o que significa — disse Cal. — Também estive no exército.

Como eu contei, Cal alistou-se depois que deixou a Cidade dos Ratos.

— A última coisa que eu soube de você — digo — foi quando estava em Fairbanks, no Alasca.

Ele balança a cabeça.

— Fiz uma boa grana trabalhando naquele oleoduto depois que saí do exército. Aí decidi viajar um pouco. Foi assim que acabei em Ohio. Você sabe, apenas visitando os lugares. Jamais me casei, Sammy. Jamais tive alguma coisa para me prender num lugar.

Ele sabia o que era desejar algo mais sólido e duradouro, fincar raízes em algum lugar que pudesse chamar de casa. A verdade é que sentiu pena de Mink, o jovem touro magrela.

— Onde está hospedado? — perguntou Cal, e Mink contou que acabara de chegar à cidade e ainda não havia encontrado um lugar. — Tente a Hospedaria Paraíso, em Edon. Trinta e quatro paus por noite, mas aposto que a proprietária baixa um pouco se você pedir com jeitinho.

Mais uma vez, Mink agradeceu. Disse que, se conseguisse outro carro barato, podia sair e procurar emprego.

— Sou um bom trabalhador — afirmou. — Quando tenho uma tarefa a fazer, me agarro a ela até acabar.

Cal riu.

— Eu vejo isso pelo jeito como você come. Deus do céu, cara. Dá pra ver que você acaba de chegar à cidade.

Alguma coisa de Mink colou em Cal. Havia aquela história de azar, sim, e o fato de que era um veterano condecorado com a Estrela de Bronze, mas era mais que isso. Uma coisa nos olhos — um pouco de aço nos olhos azuis, que o fazia parecer louco como o diabo e morto de medo, como se vivesse entre esses dois extremos exatamente como vivera Cal assim que deixara a Cidade dos Ratos, sem saber o que o aguardava em outra parte, nem dar a mínima para isso.

— E quanto ao meu carro? — perguntou Mink. Tomou o último gole do *milk-shake*, chupando-o pelo canudinho.

— Está pronto? — perguntou Cal, por sua vez, e ele respondeu que sim.

Podia ter sido assim, diz-me agora meu irmão. Podia ter sido uma boa ação prestada a alguém que andava por baixo, nada que se notasse e desse em alguma coisa, a não ser o que se esconde por trás da bondade.

| 83

— Levei-o a Edon e apresentei-o a Herbert Zwilling — continua Cal. — Deixei que me seguisse até lá com sua perua, e de fato ela tinha uma gaxeta estourada; ia custar mais para consertar que o valor do carro, como ele previra. Herbert Zwilling tinha um Plymouth Volare. Um velho modelo 1970, marrom desbotado, a tinta toda descascada em alguns pontos. O forro, remendado com fita isolante; o volante, coberto com um plástico vermelho. Lembro-me de tudo, Sammy. Mink deu o Pontiac a Herbert como ferro-velho e pagou duzentos e cinqüenta paus em dinheiro pelo Volare. Descobri depois que esse ia ser o carro da fuga; o que ele ia usar pra deixar Chicago após explodir a Torre da Sears.

Cal pára nesse ponto. Respira fundo e suspira. Desconfio que está soltando tudo e imagina, como deve ter feito repetidas vezes, que a história teria sido outra se não houvesse voltado para pegar o *penny*, se não houvesse parado apenas o suficiente para topar com Leonard Mink. Ali estava ele sentado em minha sala de estar. Penso por um instante como o tempo às vezes é engraçado, como pode nos atropelar num segundo, como uma enxurrada de gente passa por nós e transforma-se em ar, deixando-nos sem fôlego, deslumbrados, na outra ponta do que jurávamos ser nosso sólido lugar neste planeta a girar sob nossos pés.

— Eu não estava metido naquilo — acaba por dizer Cal.

— Já lhe falei isso. Mink e eu nos tornamos companheiros de bebida, e ele por fim me contou que pretendia pôr abaixo a Torre da Sears. Aí, antes que me desse conta, me vi lá dentro daquele depósito de grãos... eu, Herbert Zwilling e Mora Grove... e Mink com o rifle.

Ele queria nitrato de amônia e esperava que Herbert Zwilling lhe vendesse, mas este pediu mais dinheiro do que ele se dispunha a pagar.

— Acho que ia fazer o que fosse preciso — diz Cal. — Só que Mora Grove era contadora da firma... estava no escritório, viu Mink entrar com o rifle e imediatamente ligou para o 911.

Foi assim que nos achamos acuados ali, com Mink ameaçando matar todo mundo.
— Por que esteve lá uma segunda vez, Cal?
— Como eu disse, sabia o que Mink andava aprontando. Fui lá avisar Herbert Zwilling.
Cal tinha consciência de que ia ter problemas, porque na noite anterior estivera na Associação dos Veteranos com Leonard Mink. Adquirira uma casa no campo e, como às vezes sentia-se muito solitário, ia à associação para ter companhia por algum tempo.
— Em casa éramos só eu, o vento e os coiotes, tudo fúnebre à noite. Eu não tinha de quem cuidar. Nenhuma família.
Não me contenho. Digo:
— Tinha a mim, Cal. Tinha um irmão.
Por um bom tempo, o silêncio é tão grande na casa que ouço as engrenagens mexerem-se no relógio de parede e os baixos grunhidos de Stump ao se instalar para dormir no chão ao lado da poltrona.
— Tem razão, Sammy. — Quando ele por fim fala, tem a voz miúda. — Não sou um bom irmão. Que posso fazer?
— Diga o que veio dizer — respondo, e espero.
Cal sente a antiga infelicidade por dentro nesta noite.
— Foi apenas aquela época em minha vida, Sammy. Sabe o que quero dizer, não sabe? Aquela época em que a gente vê mais coisas atrás que à frente. Eu fazia um balanço, sabe, digerindo tudo o que tinha feito, todos os dias em que tinha falhado e deixado na mão as pessoas que mais significavam para mim. Pensava em como era na Cidade dos Ratos. Éramos você, eu, mamãe e papai. Eu nem estava presente quando ele morreu. Apenas li no jornal.
— Podia ter voltado quando soube de papai. Seria muito fácil, Cal. A qualquer momento podia ter voltado pra casa.
— Não seria tão fácil assim, Sammy. Acredite.
Portanto, essa infelicidade, essa tristeza, resulta do conhecimento de que a maior parte da vida já passou, e, o que é pior, grande parte se compôs de coisas que lamentamos. Nada a fa-

| 85

zer, além de seguir em frente pelo resto dos dias. Tanto para mim quanto para meu irmão.

Cal soube de Mink, da Milícia de Michigan e do complô para pôr abaixo a Torre da Sears porque naquela noite na Associação dos Veteranos os dois tomaram doses de uísque barato, e Mink começou a dizer que o governo tinha sangue nas mãos, a falar de Ruby Ridge e dos delegados federais que caíram sobre Randy Weaver.

— Lembra-se dessa história? — pergunta-me ele.

Respondo que sim, que lembro-me de Weaver, um dos sobreviventes, com uma montanha de armas e munições, e lembro-me de que os federais cercaram a cabana dele, nas florestas do norte de Idaho, e acabaram por matar sua esposa e filho. Mink ficara puto com isso, e depois houve a Seita Davídica, a comunidade nos arredores de Waco. Os federais atearam-lhe fogo, segundo ele, queimando todo mundo, mulheres e crianças.

— A gente pensava que este país tinha aprendido alguma coisa com o que McVeigh fez em Oklahoma — disse Mink.

— Mas não, as pessoas não aprendem porra nenhuma até a gente atacar de novo, atacar tantas vezes quanto for preciso. Entende o que quero dizer?

Cal, que já enchera a cara de uísque barato, disse que entendia, sim, e foi quando Mink se pôs a falar da Torre da Sears, do nitrato de amônia e da quantidade exata de que precisava.

— Vejo que você é um homem que sabe defender seus direitos — disse. Foi a coisa mais perfeita que podia dizer em vista do que desejava: fazer meu irmão concordar em molhar a mão de Herbert Zwilling.

A coisa mais perfeita porque, bem lá no fundo, Cal ainda era o menino sentado no capô do cupê, ouvindo Hines Risonho dizer-lhe que a camisa de raiom brilhante o fazia parecer uma bicha. Ainda era o menino doido por ação.

— Você é esse tipo de homem, não é? — perguntou Mink.

E ele respondeu:

— Com certeza.

Isso foi na noite anterior àquela em que Mink entrou no depósito de grãos com o rifle, como Cal intuía que iria fazer.

— Como você vê, Sammy, — ele diz agora — acordei na manhã seguinte morto de medo, pelo que me comprometera a fazer. Em meio ao papo de uísque e de machão, descer o cacete, porra, vamos pegar eles, dissera que cuidava de tudo. Merda, sim, diria uns desaforos a Herbert Zwilling.

— Deixe comigo — disse a Mink, e continuaram a beber.

A manhã, porém, clareou-lhe as idéias, e ele mal agüentava olhar-se no espelho.

Assim que caiu em si, saiu dirigindo. Entrou na caminhonete e pegou a estrada. Ouvia música — alguma coisa triste de George Jones, depois algo afiado como uma navalha de Johnny Cash, e até ópera, não importava se não via pé nem cabeça na letra; ainda sentia toda a mágoa, e esse era o único sentimento que o tomava, ali dirigindo na manhã seguinte àquela em que prometera a Leonard Mink dar um jeito de arranjar o nitrato de amônia.

— Sammy, é assim. Às vezes a escuridão baixa sobre mim e, quando isso acontece, não posso prever o que sou capaz de fazer.

Tinha um revólver, um Ringer Single Six com cabo de nogueira, e quando saía dirigindo por estradas e ruas dava uns tiros de vez em quando num sinal ou caixa de correspondência só para soltar um pouco de pressão.

— Ah, era uma coisa idiota, — diz — mas é o que sou de vez em quando: um cara idiota.

Já cumprira pena de prisão antes. Na maioria das vezes por embriaguez, outras por lesões corporais. Alguém dizia alguma coisa que ele não gostava, e cuidado.

— Às vezes eu sou um filho-da-puta. Sei que ao me ver ninguém diria isso. Deus do céu, Sammy. Estou velho e só fiz merda.

Assim, dirigia naquela manhã, e viu-se no caminho da Hospedaria Paraíso. O Volare estava lá, estacionado de ré diante

do quarto número um. Cal parou, saltou e bateu na porta. Mink deixou-o entrar. Fechou a porta e pegou-o pelo braço, apertou-lhe o bíceps com tanta força que doeu.
—Já planejou tudo? — Deu-lhe uma sacudidela. — Já? Vai conseguir aquele fertilizante? Cal olhou o quarto em volta. A cama não fora desfeita, o cobertor enfiado sob o travesseiro e alisado sobre o colchão. Uma bota caíra no chão aos pés da cama, uma bota militar camuflada, como a que Mink haveria usado na Tempestade no Deserto. A outra ficara no pé direito, os cadarços desamarrados, a lingüeta pendendo solta. Ele ligara o aquecedor, e o ar úmido retinha os odores do hóspede; cheiro de toalha molhada do banho; o agradável mentol do creme de barba, o rico e metálico odor que Cal reconheceu como de óleo, daqueles que se usam para limpar armas.
Foi quando viu o rifle desmontado e espalhado numa folha de jornal na cômoda.
— Ontem à noite — disse Cal. — Aquilo era só papo, certo? Todo aquele negócio sobre a Torre da Sears. Era só papo furado entre companheiros de copo, certo?
Mink tornou a sacudi-lo.
— Eu não brinco, parceiro. Quando digo uma coisa, falo sério.
— A gente estava bêbado — disse Cal.
O outro empurrou-o sobre a cômoda.
— Está vendo aquele rifle? — Esperou uma reposta, então apertou com mais força o braço de meu irmão, até ele responder que via, sim. — Acha que não sei o que fazer com ele? Agora, ou você se entende com seu amigo Zwilling, ou vou ter de ser o mais convincente possível.
Empurrou-o; Cal bateu na cômoda.
Mink ia dar-lhe outro empurrão, quando ele puxou do bolso o Ringer Single Six. Ergueu o braço, enfiou o cano do revólver embaixo do queixo do outro e continuou a erguê-lo, fazendo Mink pôr-se nas pontas dos pés. Apertou mais e viu que o veterano sen-

tiu o que podia acontecer, pois jogou a cabeça para trás e seguiu-o, o cano do Ringer ainda embaixo do queixo. Viu com prazer a fúria desaparecer dos olhos do inimigo e soube que estava em apuros.

— Eu podia tê-lo matado. — A voz de Cal torna-se amena na cozinha, como se apenas relatasse um fato que revirou na cabeça repetidas vezes, até ter certeza de que fosse verdade. — Estava furioso o suficiente pra puxar o gatilho. Cheguei muito perto disso, e Mink sabia. Não vou mentir; senti prazer com aquilo. Depois, por mais estranho que fosse, ouvi sua voz, Sammy, e era como quando éramos crianças. Ouvi-a clara como o dia. "Ei, está dormindo?" Nesse momento, recuei. Deixei cair o braço, com o pesado Single Six.

Mink adiantou-se um passo na direção dele, mas Cal conseguiu erguer de novo a arma, e o outro parou. Deixou Cal recuar até sair do quarto, entrar na caminhonete, guardar o revólver no porta-luvas e afastar-se.

Cal foi até o elevador de grãos e disse a Herbert Zwilling que receava que o tal Ansel King — o homem que logo ficaria conhecido como Leonard Mink — vinha a caminho dali, e não ficaria surpreso se alguém acabasse morto.

Antes de acabar de contar toda a história a Zwilling, Mink já chegara, com o rifle que levara apenas alguns segundos para remontar, e Mora dera o telefonema ao 911; num instante a polícia chegara, depois a equipe da SWAT, e então ele disse:

— Bem, pessoal, parece que nos metemos numa fria.

Nesse ponto, Cal pára a história. De pé na cozinha, deixa correrem os minutos.

Por fim, não agüento o silêncio e pergunto:

— Você o matou? Foi assim que Mink acabou morto?

— Você sabe o resto, não sabe?

— Não, — respondo — só sei que Mink acabou morto e todos saíram.

— A Torre da Sears, Sammy. Ele encontraria um jeito de fazer o serviço. Mink. É o que faz gente como ele. Encontra um jeito.

Eu o convenci a deixar Mora Grove sair, e aí chegou a hora de ver se Herbert Zwilling e eu íamos conseguir ou não. Eu disse a Mink: "Bem, que é que vai ser? Estou cansado de esperar e curioso para ver como você pretende sair dessa confusão. Está vendo aquela equipe da SWAT lá fora? Eles também estão à espera. Acho que é hora de você jogar a sua carta". Ele disse que talvez eu quisesse acompanhá-lo até lá fora e contar tudo à polícia.

Inspiro fundo e prendo a respiração, tentando decidir se pergunto pelo resto da história, o que talvez não deseje ouvir. Depois digo:

— O que você sabia, Cal?

Ele aproxima-se, chega perto do meu rosto como imagino que fez naquele quarto de hotel quando enfiou o Ringer Single Six sob o queixo de Mink.

— Quer falar de Dewey Finn?

— Não.

Ele recua.

— Tudo bem, então. Eu não queria contar à polícia o que sabia. Ainda não. Por isso lá estávamos nós, eu, Herbert e Mink, e ele me perguntou se eu ainda tinha o revólver. Respondi que não, tinha deixado no porta-luvas da caminhonete. Era verdade, Sammy. Fui com tanta pressa avisar a Herbert Zwilling que nem pensei em trazer a arma comigo quando entrei no elevador de grãos. "Vou ter de ver por mim mesmo", disse Mink, e me mandou pôr as mãos na parede para me revistar. Foi quando vi minha chance. Ele segurava o rifle na mão esquerda e usava a direita para me apalpar, e eu me virei. — Demonstrou como girou com o cotovelo erguido. — Atingi-o no rosto e ouvi a cartilagem do nariz se partir. Ele ergueu as mãos e largou a arma. Peguei-a primeiro e pus fim a tudo. Foi o que fiz, Sammy. Por Deus, dei um jeito de Leonard Mink jamais ter a chance de fazer o que tenho certeza de que ia fazer: matar Herbert Zwilling e eu. Encostei o cano do rifle na cabeça dele e puxei o gatilho.

É isso, fim da história, e deixa-me com a idéia de como tudo poderia ter acontecido de outro jeito se Cal fosse um tipo diferente de homem, daqueles que teriam esperado o destino traçar seu caminho. Teria acabado morto, e a mim caberia enfrentar sozinho esse fato e a verdade sobre a morte de Dewey Finn. Mas não foi isso o que ocorreu. Cal está em minha casa. O cuco na sala de estar bate dez horas. Ele estende a mão e dá-me um tapinha no rosto.

— A gente se divertiu um bocado esta noite, não foi, Sammy?

— Foi — respondo.

Ele me deseja boa noite e atravessa o corredor até seu quarto. Fico parado na cozinha, com Stump fuçando o chão onde meu irmão pisou. Sinto-me abalado pela história que ele me contou, mas também aliviado, pois o que se passou naquele depósito de grãos o trouxe de volta. Comove-me a idéia de que agora, após todo esse tempo, posso ter uma sensação de família, embora não saiba o sentido exato da palavra. Cal trouxe-me essa oportunidade, junto com a tristeza e o mistério de tudo que acabará — eu sabia isso do fundo do coração — indo dar na história de Dewey Finn. É o que nos liga agora, meu irmão e eu: os segredos que cada um guarda, essas coisas que nos têm perseguido. Logo saberemos o que virão a significar para o modo como viveremos o resto de nossa vida, e, seja o que for, pelo menos estaremos juntos, irmãos daqui em diante. Ouço-o cantando agora, a voz de barítono ainda desafinada. Canta uma daquelas músicas antigas que me lembro de ouvi-lo tocar no fonógrafo quando éramos pequenos e ele ainda morava em casa. "Travelin' Blues", de Lefty Frizzell.

Stump adianta-se para o arco que separa a cozinha da sala da frente e o corredor que leva aos quartos. Ergue as orelhas. Fareja o ar. Depois volta e olha-me.

— É melhor ir se acostumando — digo-lhe. — Temos companhia.

8

POR MAIS QUE EU O QUEIRA AQUI, É ESTRANHO TER CAL EM CASA. A verdade é que me acostumei a viver só. Tornei-me bom nisso. Perguntem a Stump. Ele conhece nossa rotina. Levantar toda manhã por volta do nascer do sol, café com torrada ao desjejum, o programa *Today* na televisão. Deixo-o dar uma olhada no quintal. Se faz frio, volta na hora, e, enquanto lavo a louça da manhã, ele rói a ferradura de borracha. Nas manhãs de inverno, a televisão fica ligada nos programas de entrevistas. Vejo os programas onde pessoas comuns se apresentam para falar a todo o país de seus pecados, ferimentos e deformidades. Stump fica no chão junto à poltrona, e de vez em quando pergunto-lhe se algum dia ouviu uma coisa assim, a maneira como as pessoas falam. Depois, há o almoço a cuidar, um cochilo à tarde, e antes que percebamos o menino entrega o jornal e chega a hora do jantar e de um passeio. Assim tem sido minha vida há anos, e nas últimas semanas desfruto da companhia de Arthur à noite, para tornar tudo mais agradável. Já estava me acostumando à troca dessa amizade, quando apareceu Cal. Sinto-me feliz por tê-lo comigo, verdade seja dita, em particular agora com o receio do que Duncan deseja mostrar-me no anexo da delegacia.

Como ele deixou claro nos Chefs Sazonados, Cal é um mago na cozinha, e agora diz ter prazer em fazer toda a comida em troca do quarto.

— Sammy, relaxe — ele diz, quando protesto que devia ser eu a cozinhar para ele. — Eu gosto. É o que faço, e sou bom nisso.

Baixa a cabeça e dá um sorriso tímido de "ora bolas". É essa doçura dele que eu lembro tão bem de quando éramos crianças, uma doçura sob o mau gênio e a pinta de machão que gostava de mostrar ao mundo. Nessa idade agora, perdeu o gume do mau gênio, mas também, sem aviso, se eriça todo. Hoje de manhã prepara uma lista de compras, e eu lhe digo que vou ao Wal-Mart após o almoço e pego tudo de que ele precisa.
— Não pode cuidar disso agora de manhã? — ele pergunta, cerrando as maxilas. — Quero fazer um assado para o jantar. Você poderia se esforçar para me ajudar, pelo amor de Deus. Afinal, estou cozinhando pra você. — Fecha as mãos em punhos e relaxa-as. Abre os dedos e dá-me um sorriso, uma risadinha forçada, tentando fazer piada desse momento de atrito entre nós. Acho que ainda estou no horário da Costa Leste. Parece um pouco mais tarde do que de fato é.
— Não posso ir esta manhã — digo. Quando menos espero já deixei o breve show de raiva levar-me a uma coisa que não planejei: encontrar-me com Duncan Hines na redação do *Daily Mail*. — Tenho um encontro no norte da cidade — explico. — Dez horas. Duncan Hines quer me mostrar uma coisa.
— Alguma coisa a ver com Dewey?
— Acho que sim.
— Você devia ficar aqui. Vai deixar escapar alguma coisa.
Balanço a cabeça.
— Vai parecer esquisito se eu não for. Como se tivesse alguma coisa a esconder.
Por um instante, sinto-me tentado. Depois, tenho de admitir que estou curioso, não apenas por saber o que Duncan descobriu, mas também o que significará para mim. Digo-me que talvez o que veja não tenha a menor importância, e poderei saber como faria se fosse uma das matérias do *Somos Nós* — sobre outra pessoa — e eu saísse do anexo finalmente livre dessa parte de minha vida.

| 93

O telefone toca, é Arthur ligando para dizer que vai ao parque estadual almoçar na Lakeview e quer saber se eu gostaria de ir com ele. Digo-lhe que não, dessa vez não. Meu irmão continua aqui e eu não seria um bom anfitrião, seria, se o deixasse sozinho?

— Ora, bolas, Sammy — diz Arthur. — Traga-o junto. Três marinheiros de folga em terra. Ninguém a quem prestar contas. Vamos fazer uma farra.

Respondo que talvez outra hora, e fico surpreso com a pontada de pesar que sinto. Imaginem — eu, o velho caseiro, meio triste por perder uma chance de juntar-me a Arthur. Por que não dizer sim? Tenho de fazer as compras de Cal no Wal-Mart e receio que, se tirar um horinha para almoçar com o vizinho e depois voltar às compras na cidade, Cal se encha de mim, e quando chegar em casa descobrirei que ele foi embora (se aconteceu uma vez, pode acontecer de novo), coisa que não vou agüentar. Outrora, quando eu tinha como única imagem dele a aparência jovem, todo cheio de gás e de si, era muito fácil pensar que, estivesse onde fosse, estava bem. Mas agora, depois de vê-lo como um velho, — e depois de sentir a tristeza que traz consigo — não suporto imaginá-lo sozinho, cada vez mais ranheta e puto.

— Sabe, Sammy? — observa. — As pessoas andam perguntando por você.

Alegra-me saber disso, que me tornei uma dessas pessoas das quais as outras sentem falta.

— Pessoas? — pergunto.

— Alguns dos rapazes dos Chefs Sazonados. Ninguém em particular.

E num instante me sinto insignificante.

— Então por que você disse isso? — pergunto, a voz mais ríspida do que pretendia.

— Nossa, não é preciso ficar azedo. Já pensou que talvez eu sinta falta de sua companhia?

— Sente?

— Ah, meu saco, Sammy, você vai me fazer dizer isso? — Segue-se um longo silêncio, que me recuso a preencher. Simplesmente espero. Ele continua: — Tudo bem, vou desligar. Falo sério, Sammy. Não vou dizer. Pode esperar sentado, que eu não vou dizer mais nenhuma palavra. Sammy, ainda está aí?

— Estou.

— Ótimo. Ótimo mesmo — ele diz, e desliga o telefone.

APÓS O CAFÉ-DA-MANHÃ, CHEGAM AS PESSOAS PARA VER A CASA de Stump. Desde que saiu a matéria do *Somos Nós* no *Daily Mail*, isso acontece de vez em quando. Alguns até vêm à porta da frente e deixam-lhe presentes de Natal: brinquedos para morder, biscoitos de cachorro, coisas assim. Ele graciosamente os aceita com uma farejada e uma lambida.

— Parece que você vai indo muito bem — digo-lhe.

Parado do lado de dentro da casa, curvo-me e coço atrás das orelhas dele, que gane de prazer.

— Muito movimento hoje por aqui — diz Cal.

Depois volta para o quarto e fecha a porta.

Não lhe digo como me emociona a vinda das pessoas, bater um papo com elas.

Faz um desses dias de inverno com muito sol, e solto Stump no quintal. Ele sobe nas pranchas de embarque para o convés do navio. Saio para conversar com as pessoas que não param de chegar com seus presentes, para que não venham até a porta e perturbem Cal.

Por fim, são quase dez horas; digo a ele que vou me encontrar com Duncan e, quando acabar, farei as compras no Wal-Mart.

— Vai ficar tarde demais para o assado — ele responde; deixo-o falar e curtir sua irritação.

Na zona norte, as fitas de papel laminado envolvem os postes de luz; acima, as gigantescas estrelas e velas de mesmo material faíscam à luz do sol. O relógio de horas e temperatura do First

| 95

National marca 10h06, -5°C. A fumaça escapa dos canos de descarga parados nos estacionamentos ao lado da redação do *Daily Mail*, e uma mulher de calça preta e suéter vermelho vivo entra às pressas na agência dos correios. Tiro o porta-níqueis e pesco vinte e cinco centavos para o parquímetro. Alegra-me pensar em mim mesmo como um cidadão respeitador das leis, com dinheiro no medidor e cuidadosa atenção ao horário. Não fosse por tudo o que rola ao redor — a história de Cal e agora a intimação de Duncan — eu me veria tentado a apaixonar-me por este glorioso dia.

Duncan espera no balcão da frente, onde uma mulher com argolas em forma de esquilo digita num computador. O telefone toca e ela atende.

— Feliz Natal.

Ele olha o relógio.

— Senhor Brady — diz. Usa casaco, uma jaqueta azul acolchoada e um gorro de meia com listras negras e alaranjadas. Está pronto para começar e sei que pensou que eu não viria. — Quase passa das dez — acrescenta.

— E aqui estou eu.

— É, está. Tudo bem, então vamos.

Atravessamos a Whittle, contornamos o lado sul do tribunal e, na Kitchell, dobramos para o sul e caminhamos meia quadra até o anexo da delegacia, um velho prédio de pedra preta, ainda com barras nas janelas. Durante esse tempo todo não trocamos uma palavra. Então, na porta do anexo, ele se volta para mim e diz:

— Fiquei atordoado quando dei com isso. Estou trabalhando numa matéria sobre o anexo e a policial que cataloga as coisas guardadas no porão. Eu não fazia idéia do que iria encontrar.

Entramos no escritório no primeiro andar, e uma mulher de óculos numa corrente no pescoço diz a Duncan:

— Veio dar mais uma olhada?

Não espera pela resposta. Abre uma gaveta na escrivaninha e entrega-lhe uma chave.

No porão, ele abre a porta de um quartinho, acende a luz, um velho círculo fluorescente, e entramos. Prateleiras cobrem as paredes, empilhadas de caixas de papelão. O repórter encontra a que procura e a põe numa mesa de madeira no meio do quarto. Tira a tampa.

— Vá — diz. — Dê uma olhada.

Aproximo-me da caixa e espio seu interior. O quarto cheira a paredes de pedra — umidade e mofo — e ao bolor que sai da própria caixa e do que ela contém: embora rasgados, sei que vejo uma calça rústica de pano da Índia; uma camiseta com listras azuis e amarelas; um par de basqueteiras, os bicos de borracha branca amassados e rasgados; um cinto de couro marrom cravejado de tachas prateadas do tamanho de cinco centavos; e uma fivela-cofre, uma arca do tesouro que precisa ser aberta antes com uma chave para abrir a fivela. Sei disso porque esse cinto era a posse mais valiosa de Dewey Finn. A parte de trás tem um zíper, como um cinturão de dinheiro, e ele guardava a chave numa bolsa de couro ao lado da fivela.

— São dele — digo, a voz rachada.

Reconheço, tarde demais para fazer alguma coisa, que Duncan notou meu abalo por estar aqui vendo essas roupas, a camisa e a calça rasgadas e manchadas com o que sei ser o sangue de Dewey.

— Isso mesmo — confirma ele. — De Dewey. As roupas que usava naquele dia nos trilhos.

— Quer dizer que você sabe o que aconteceu?

— Li a matéria no jornal.

Lembro-me da primeira página do *Daily Mail* e da manchete: MENINO LOCALIZADO MORTO EM CANCELA DA B & O. Fizeram uma foto do trem, o National Limited, depois que ele parou, naquela noite. Os leitores do jornal viam a locomotiva de frente, como teria visto Dewey, se é que virou a cabeça e viu a composição fazer a curva e avançar sobre a cancela. O texto dizia que ele se deitara atravessado. Dewey Finn, quinze anos, da Cidade dos Ratos.

Por um bom tempo nada consigo dizer. É como se houvesse voltado cinqüenta anos, e não me ocorre dizer mais nada além do que disse a Hersey Dawes quando ele veio contar a história de Dewey caído nos trilhos.

— Não faço idéia do motivo pelo qual ele fez uma coisa dessas — digo por fim.

— Não foi por isso que chamei você aqui. — Duncan quase sussurra, e eu me lembro como as pessoas, sem saber que diabos deduzir daquilo, falavam num tom baixo e pausado no funeral de Dewey. — Achei que você ia querer ver isso porque vovó Nancy me disse que vocês dois eram íntimos. Mais íntimos que apenas amigos.

Ignoro a insinuação.

— Era meu vizinho.

Duncan enfia a mão na caixa e pega o cinto de tachas. Segura-o nas palmas, longe do corpo, como se fosse uma cobra.

— Um senhor cinto — diz. — Imagino por que alguém o teria cortado. Deve ser alguma coisa ligada ao acidente.

Vejo agora que o cinto foi de fato cortado. A ponta continua enfiada na fivela, fechada, e a outra parece seccionada pela faca que a cortou.

— O que estou tentando saber — continua o repórter — é como essa fivela se abriu, para começar.

— Tinha uma chave — digo, lembrando como Dewey gostava daquele mistério todo. Mostro a parte de dentro do cinto, o couro dividido, mal visível. Abro-o e encontro o zíper escondido.

— Era nesta bolsa — explico — que ele guardava a chave.

Duncan enfia o dedo na bolsa e torce-a.

— Não está aqui.

— Era apenas uma chavinha — respondo. — Uma chavinha dourada.

— Quem sabe aonde foi parar? — Ele repõe o cinto dentro da caixa. — Imagine minha surpresa quando o chefe de polícia me disse que ainda havia artigos guardados aqui, coisas de casos passados, e encontrei essa caixa com um rótulo bem visível, o nome de Dewey e a data em que ele morreu.

Mostrou-me a tampa, o rótulo e o nome escrito com marcador de texto.

— Por que essas coisas estariam aqui? Por que os pais de Dewey não as levaram consigo, ou por que não foram guardadas na agência funerária? Por que a polícia?

Ele tampa a caixa.

— Acho que examinaram o caso a certa altura. O juiz de instrução faz um inquérito, como você deve saber. — Lembro que de fato houve um inquérito. — É o procedimento habitual quando se trata de suicídio.

— Ou quando há jogo sujo.

Apenas algumas horas atrás, convenci-me de que podia vir aqui, ver o que Duncan tivesse a mostrar e talvez me sentir distante como se nada significasse para mim, mas agora vejo que tudo não passava de um blefe meu. Levei algum tempo para encontrar voz firme o suficiente para falar.

— O inquérito determinou que foi suicídio. Lembro disso claramente. Ele se deitou nos trilhos.

— Isso mesmo — confirma Duncan. — O inquérito. Eu o li. Examinei o relatório anexo do médico sobre os ferimentos no corpo, e alguma coisa não bate, senhor Brady. Os ferimentos eram verticais... do crânio ao peito e à pélvis. Pra mim, isso mostra que ele estava paralelo aos trilhos e não atravessado na horizontal, como faria alguém que desejasse se matar. — Pára neste ponto e olha-me um longo tempo, à espera, tenho certeza, de que eu concorde. — Essas coisas na certa ficaram guardadas até o fim do inquérito. Então, por qualquer motivo... talvez a família simplesmente não agüentasse recebê-las de volta... foram guardadas aqui, e depois passaram todos esse anos, e aqui estamos nós, não é, senhor Brady?

Olho-o direto nos olhos.

— Eu nada sei sobre a condição do corpo de Dewey ou o que isso significa. Foi um acidente horrível, que jamais deveria ter ocorrido, é só o que sei. Agora, se me dá licença, tenho de ir andando. Prometi a meu irmão cuidar de umas compras para ele, que deseja fazer um assado.

— Tudo bem, então — diz Duncan. — Espero que não se importe por eu ter-lhe mostrado essas coisas. Espero não tê-lo perturbado demais.

— Estou ótimo — respondo.

E volto-me para sair. Antes de chegar à porta, ele diz:

— Aposto que Dewey curtiu um barato com essa fivela de cinto. Duvido que houvesse outras iguais.

— Era única — digo, e me despeço.

PRECISO DE MUITO TEMPO PARA OBRIGAR-ME A LIGAR O jipe e tocar o dia a diante, pois, agora que vi aquelas roupas e aquele cinto, só consigo pensar na noite em que Dewey e eu andávamos pelo beco atrás de nossas casas e ele pegou minha mão.

— Sammy, — disse — você é um bom companheiro.

Tínhamos quinze anos. Achávamos que seríamos amigos para sempre. Mas ele pegou na minha mão. Depois, na porta do fundo de minha casa, curvou-se e beijou-me os lábios, e eu deixei.

— Sammy, meu namoradinho — disse ele, antes de deslizar para a escuridão.

Às vezes fecho os olhos e sonho que voltei àquela noite. Sinto o calor de sua pele. Ainda trago na mente o modo como aquele beco na Cidade dos Ratos parecia ao mesmo tempo um lugar assustador e maravilhoso. Não tinha palavras para descrever como me sentia. Podia apenas ir para casa, ficar lá sentado, sozinho na escuridão, e tentar dizer-me que não era o que Dewey me julgava, não era como ele, não era seu namoradinho.

Morria de medo porque ele me conhecia por dentro, antes mesmo de eu saber. Era errado um menino gostar de outros como devia gostar das meninas. Eu sabia que, criado na Cidade dos Ratos, onde homens como meu pai e meu irmão estraçalhavam qualquer um que os julgassem sem muita bala na agulha, os chamassem de mariquinha ou coisa pior, veado ou bicha, perguntassem a quem andavam dando. Deve-se entender que eu teria dado qualquer coisa para não ser o menino que Dewey de algum modo sabia que eu era.

Então Cal me contou que nos vira. Aquela noite no beco. Viu Dewey pegar na minha mão. Viu o beijo.

Entrou em meu quarto uma noite, pouco depois, e disse:

— Qual é o babado?

— Babado? — perguntei, sem saber ainda que ele vira o que vira.

— Você e sua namorada.

— Eu não tenho namorada.

— Foi o que pareceu lá no beco. — Eu estava sentado no lado da cama. Ele pôs as mãos em meus joelhos e curvou-se para perto do meu rosto. Franziu os lábios e beijou o ar entre nós. — Claro que pareceu amor — disse. — Claro, namoradinho Sammy. — Então me deu um tapa na cara, não apenas um tapinha, como fazia às vezes quando queria chamar minha atenção, mas um tabefe com força suficiente para fazer meus olhos arderem. — Ei, está dormindo?

LIGO POR FIM O JIPE E SAIO PARA O WAL-MART, onde me demoro. Deixo que meu lento desfile para cima e para baixo nos corredores, os tímidos acenos às pessoas em volta, me tragam de volta ao mundo dos vivos. Procuro as coisas na lista de Cal — acém sem osso, cenoura, aipo e batata, azeite de oliva, dentes de alho, orégano — e deixo o tempo que passa afastar-me mais e mais daquele quartinho no anexo da polícia e das coisas de Dewey que, embora eu não deixasse Duncan saber, me haviam arrepiado até o osso.

Quando volto para casa, o sol já quase se pôs, e sei que é tarde demais para Cal fazer o assado do jantar.

Ao abrir a porta da cozinha, ouço a voz dele vindo da sala de estar. A princípio, acho que fala com Stump, mas não, o cachorro espera junto à geladeira, ansioso pelo pato com batata.

— Zwilling? — pergunta meu irmão, e o nome do homem daquele depósito de grãos me faz parar subitamente e provoca-me calafrios. Será que fala comigo? Espera Herbert Zwilling, ou já estará o homem — lembro a cara carnuda na televisão — parado em minha sala de estar neste momento? — Zwilling, continua aí? — pergunta Cal. — Pensei que a ligação tinha caído. Não, é a porra do telefone. A bateria está arriando.

Compreendo que fala no celular.

— Não me ameace — diz, erguendo a voz. — Deixe que eu cuido de tudo.

Não sei bem o que escutei. Quero pensar que não é nada, apenas uma conversa, mas receio que Cal não tenha me contado toda a história sobre ele, Leonard Mink e o tal complô para explodir a Torre da Sears, e agora fala com Herbert Zwilling, fala com raiva na voz, e a promessa de cuidar de tudo. Nada disso me sai da cabeça, como se houvesse entrado no meio de uma coisa que não devo saber.

Stump, cansado de esperar pelo pato com batatas, late. Bato a porta com força, bato com os pés no tapete, faço da minha chegada um estardalhaço. Depois grito:

— Sou eu.

Cal não responde logo, e o silêncio me assusta, pois ele o usa para recompor-se, imaginando até onde ouvi a conversa. Receio mexer-me. Essa conversa que escutei mudou tudo entre nós, por motivos que nem eu mesmo sei.

— Estou aqui, Sammy — ele diz por fim, e que mais posso fazer senão entrar na sala onde meu irmão se encontra sentado no sofá, um revólver — o Ringer Single Six — no colo.

9

ANTES QUE EU POSSA LHE DIZER UMA PALAVRA SOBRE O QUE DUNCAN me mostrou no anexo e as coisas que disse sobre o inquérito do juiz de instrução, Cal fecha o tambor do revólver.
— Andaram ligando — diz. Sobre a mesa de café, vejo uma parte de jornal e, em cima, o que ele precisa para limpar o Single Six: chumaços, solvente, pedacinhos de pano branco e uma lata de óleo 3 em 1. — Ligaram o tempo todo desde que você saiu.
De pé no arco que separa a cozinha da sala de estar, receio mexer-me, receio tirar os olhos de cima do revólver.
Ele aperta a mão no cabo.
— Quem? — pergunto. — Quem andou ligando?
— As pessoas. — Ergue a arma e usa o cano para coçar o queixo. — Batem na porta, contornam a casa, põem a cara nas janelas. Não sei quem são. Só sei que andaram fuçando. — Bate com o cano em meu peito, como se não passasse de um lápis. — Não sei o que deduzir de toda essa gente — acrescenta. — Só não ia abrir a porta.
Mantenho a voz calma. Tento compreender o que se passa, se é que se passa alguma coisa.
— Cal — digo. — Esse revólver...
Ele baixa os olhos para as mãos, como se houvesse esquecido o que segura.
— Nossa, desculpe, Sammy. É apenas essa gente. Eles me deixam nervoso.
— Não é nada com você. — Assobio para Stump e ele se aproxima. — É com Stump; são pessoas que vêm ver o navio dele.

— Ah, o navio — ele responde com um toque de nojo. Não me contenho. Digo-lhe que esta é minha casa e, se desejo construir uma casa de cachorro em forma de navio à vela, construo. E posso deixar que as pessoas parem para vê-lo, posso convidá-las a entrar, oferecer-lhes café e um lugar para descansar um pouco. Estou com a corda toda e sigo em frente.
— Você falava com Herbert Zwilling — digo. — Eu ouvi quando entrei pela porta. Você disse que vai cuidar de tudo. Eu não sei do que se trata, mas não gostei do que ouvi. — Passo a mão na cabeça. — Está vendo? Você me deixou nervoso.
— Você ficou nervoso à toa. Parece que você e Arthur andam vendo muitos programas de detetive. — Coloca a mão em minhas costas. — Nossa, Sammy. Vamos nos sentar. Vamos relaxar.
Sentamos no sofá e ele me contou que Herbert Zwilling, além de ter o depósito e elevador de grãos em Edon, é colecionador; percorre o país em busca de objetos únicos. Ele, Cal, o ajudava nessa busca. Saía e encontrava as coisas que Zwilling queria. O trato começou quando o outro soube que ele era de Mount Gilead. Sabia que um homem daqui, um cego, havia feito uma garrafa de Coca-Cola folheada a ouro. Única no mundo.
— É disso que devo cuidar — explicou. — Zwilling quer que eu veja se posso encontrar essa garrafa enquanto estou aqui, ou pelo menos descobrir alguma coisa sobre onde ela possa estar.
Assusta-me ouvir Cal falar da garrafa de Coca-Cola folheada a ouro, a que encontrei na caixa de porcarias comprada no leilão do cego. É uma coincidência tão grande que mal sei se acredito no que ouço. Fico sentado no sofá, ciente de que estou em minha própria casa, mas é como se voltasse no tempo, bem antes do dia do leilão, antes mesmo do dia em que li sobre a garrafa no *Daily Mail*, e desse momento no passado eu me visse aqui hoje. Aquela matéria em *Somos Nós*, aquela garrafa, aquele leilão. Como diabos tudo se junta a este instante com Cal? Quem jamais pensaria que um momento contém o outro... Não encontro palavras para

expressar isso, essa sensação de que, se existe um Deus, de algum modo ele está vivo no mundo, de algum modo está em torno de nós e entretecido nas menores coisas, nos pedacinhos de tempo nos quais nem pensamos mais até um momento como este — um momento em que tenho a mais estranha sensação de que o que vai acontecer entre Cal e eu foi escrito em alguma parte há muito tempo e espera com paciência que cheguemos a ele.

— A garrafa — digo. — A garrafa de Coca-Cola. Está no porão. Assim que falo, sinto o tempo acelerar-se. Sei que Cal ainda fala, continua a boquejar sobre tamanha coincidência, Herbert Zwilling vai ficar contente, ninguém jamais pensaria nisso, e só sei que nos levantamos do sofá, atravessamos a cozinha até a porta do porão e descemos a escada. Mal reparo que Stump salta atrás de nós; só tenho consciência de meu corpo e dos passos que dou, enquanto me dirijo a uma prateleira lá embaixo e procuro uma caixa de papelão.

Embrulhei a garrafa em papel de açougue e escondi-a nessa caixa. Parece tolice, agora que a desembrulho e mostro a Cal. Pense só. Um cego faz esse objeto único, morre, e ninguém dá a mínima para a garrafa, de modo que ela acaba numa caixa desse leilão de bobagens, onde um homem que vive sozinho e não sabe se ainda tem um irmão vivo nesta terra a compra, traz para casa e a esconde no porão. Que sentido faz isso? Essa bela garrafa. Estendo-a a Cal. O folheado a ouro faísca à luz. O delgado pedestal alarga-se em cima e, de um lado a outro, estampa-se, em letras vermelhas, a palavra Coca-Cola, num desenho fluido.

— Aqui está — digo e, assim mesmo, sem pensar duas vezes, entrego-a.

— Bem, é isso aí — diz Cal. — Exatamente o que o médico receitou. — Pergunta-me como a consegui, e eu lhe conto do leilão. — Imagine só — ele diz. — Uma garrafa dessa simplesmente jogada fora. É bom que você a tenha encontrado, Sammy. — Dá-me uma piscadela. — Claro que Zwilling vai ter uma surpresa. — Ergue-a como se brindasse a um amigo. — Vai-lhe pagar uns bons dólares por ela.

| 105

— Por que acha que vou vendê-la?

Ele me olha como se jamais lhe houvesse ocorrido a possibilidade de eu não vender a garrafa. Olha-me como um homem pouco acostumado a ouvir um não.

— Você apenas a guardava enfiada nessa caixa — diz. Tomo-lhe a garrafa.

— Isso não quer dizer que não significa nada pra mim.

— Sammy, não seja cabeçudo. Pra que lhe serve isso?

Embrulho a garrafa no papel e, ao fazê-lo, penso no cego planejando seu trabalho, imaginando exatamente como fazê-lo, como folhear a garrafa. Penso na primeira vez em que ele a segurou pronta nas mãos, como deve ter passado os dedos por ela, talvez até a tenha levado ao nariz e respirado esse ouro, apertou-a no rosto, sentiu a frieza e as bordas salientes das letras desenhadas. Sem dúvida apalpou-as repetidas vezes, escrevendo as palavras de novo com o dedo, e se sentiu feliz.

— Diga a seu amigo que, se quer fazer negócio, tem de falar comigo. Ligue para ele agora, se quiser. Vamos ver o que tem a dizer.

— Zwilling? Não, a gente não liga para Herbert Zwilling. Quando Herbert Zwilling quer falar, ele entra em contato com a gente.

Cal deixa claro que nada mais há a dizer sobre o assunto, e parece estranho encerrar sem mais nem menos, ao menos por hora, a conversa sobre essa fantástica história da garrafa de Coca-Cola. Não sei o que dizer. Lembro, então, que não falei a ele do que aconteceu no anexo da polícia.

— Você não vai acreditar, Cal, mas ainda guardam as roupas que Dewey usava naquela noite, nos trilhos. Lembra-se daquele cinto de tachas?

— Lembro — responde ele. — Como se fosse ontem. Como poderia esquecer?

— Duncan leu o inquérito do juiz de instrução.

— Dizia que foi suicídio, não dizia?

— Sim, mas Duncan começa a pensar diferente.
— Conte-lhe de Arthur, Sammy. De Arthur e daquela noite. Dê a ele alguma outra coisa para pensar.
— Deixe Arthur fora disso — digo. — Ele já teve encrenca suficiente. Não ligo se nunca mais vir aquele rapaz de novo, se quer saber a verdade. Espero que ele não queira mais nada comigo.
— Eu não contaria com isso — diz Cal. — Parece que o cara cravou os dentes num osso e não pretende parar de roer enquanto não parti-lo em dois.

ZWILLING NÃO LIGOU. A SEXTA-FEIRA PASSA. E NO FIM DO dia começa a parecer que Cal e eu jamais conversamos sobre ele. É como se não tivéssemos descido ao porão e encontrado a garrafa de Coca-Cola. Quando menos espero, já é sábado, véspera de Natal. Minha correspondência tem um envelope endereçado com aquela que talvez seja a mais bela letra que já vi. Sr. Samuel Brady. O envelope é vermelho, e a tinta, dourada. O endereço do remetente, escrito acima da aba, diz: 1515 N. Silver, um endereço que não reconheço.

O primeiro pensamento que me vem é que se trata de um cartão de Natal, mas quem dos meus conhecidos me mandaria tal cartão? Cal não foi; ele não teria motivo para colocá-lo no correio quando poderia me entregar. Nem Arthur, que faria o mesmo.

Meu irmão diz que não devo abri-lo. Pode conter antraz.

— Antraz? — pergunto, estupefato com a idéia. — Quem diabos faria uma coisa dessas?

— Nunca se sabe, Sammy. — Ele termina o café-da-manhã.
— Simplesmente nunca se sabe.

Tiro a idéia idiota da cabeça de Cal e torno a examinar o envelope. Letra feminina, como das meninas que escreviam o que as professoras sempre chamaram de "bela caligrafia". Eu invejava as garotas que faziam o ato de escrever parecer um ato de amor. Mesmo quando escreviam com giz no quadro-negro, conseguiam. Faziam-me sentir um aperto no coração. Cada traço, volta e cauda me encantavam. À noite, naqueles dias após a morte de Dewey, eu tentava imitar o gracioso movimento das mãos daquelas garotas, mas jamais acertei. Toda palavra que tentava — até meu nome — me parecia feia.

— Jogue no lixo — disse Cal. — É o que eu faria. Ou, melhor ainda, leve lá para os fundos e enterre.

Eu apalpo a tinta dourada no envelope; meu nome jamais faiscou assim, jamais pareceu tão puro, tão... bem, perdoem-me... tão dourado. Enfio o dedo sob a aba.

— Antraz? — pergunto. — Francamente, Cal.

— Essas coisas acontecem assim — ele diz. — Sammy, por favor.

Mas eu abro o envelope antes que ele possa me deter. Dentro, um convite para uma reunião especial de feriado dos Chefs Sazonados na Hospedaria Cem-Folhas: Cama e Café-da-Manhã, da senhorita Vera Moon. "Favor Confirmar: 395-2845."

É um tal "Jantar de Mistério do Assassinato", a ser realizado na véspera do ano-novo, um desses jogos de festa onde os convidados assumem identidades e tornam-se suspeitos e detetives particulares. Essa noite em particular terá um motivo gângster: "O caso da desaparecida tapeçaria de John Dillinger". O convite explica que alguém roubou o forro da poltrona favorita de Dillinger, que ele teceu com as próprias mãos. Convidavam-me ao "Valhala do Vício e da Vaidade de Muito Vera" para ajudar a desvendar esse crime desprezível. Devo fazer a personagem "Feliz Mickey Finn". Trata-se de "um pianista de bar clandestino conhecido por pingar sonífero na bebida das pessoas".

É o sobrenome, claro, que me assusta. Finn. O Feliz também não ajuda. Ouço mais que uma pincelada de ironia, convencido como estou de que Vera certamente entende que não sou feliz de modo algum.

Por um instante, é como se ela me falasse em código. "Eu sei, eu sei", parece dizer. "Eu sei tudo a seu respeito." Depois decido que é

apenas o mundo fazendo seu truque diabólico com a coincidência. O tipo de coisa em que eu não acreditaria se lesse num livro.
— É um convite. — Estendo o cartão aberto a Cal. — Um convite para uma festa — acrescento. — Não tem antraz.
— Dessa vez, não — responde ele.
Em seguida, atravessa o corredor até o quarto e fecha a porta.
Apresso-me a telefonar para Vera e digo-lhe que não vai dar. Não vai dar de jeito nenhum para ir a essa festa.
— Sou avesso a eventos como esse — explico.
— Ora, não seja tolo — responde ela. — É só uma festa de feriado, uma reunião de amigos, um pouco de faz-de-conta para apimentar a noite. Pra curtir, rir, tirar onda. É apenas uma história policial de brincadeira.
Esse, como você vê, é o problema. Durante parte muito grande de minha vida tive pavor de que de algum modo, em algum lugar, um dedo apontasse em minha direção e uma voz dissesse: "A-há!"
Mas sabia que jamais aconteceria assim. Pelo menos era o que eu pensava antes de Duncan me levar àquele anexo da polícia. Agora tenho uma sensação por dentro, a antiga preocupação de volta. Quinta-feira, quando fazia as coisas mais triviais — comprar cadarços de sapato no Wal-Mart, pagar a gasolina na Amoco, depositar o cheque da previdência no Trust Bank, — num instante me vi como de fato sou, uma fraude. Alguém me abria uma porta, sorria e dizia bom-dia, e eu jurava que minha voz não saía, um impostor, não tinha direito a andar no meio daquela gente boa e simpática. Vi um homem no Wal-Mart fazer um truque para uma criança, aquele em que parecia tirar uma moeda da orelha da menina — até Leonard Mink sabia essa — a fim de que ela parasse de criar caso e a mãe continuasse com as compras. Ouvi uma mulher dizer à caixa do banco: "Bonitos esses seus brincos". E imaginei como seria maravilhoso estar tão apaixonado pela própria vida a ponto de falar com estranhos.

— Querido, na realidade você não pode recusar — diz Vera.

Stump de algum modo puxou uma lata vazia de pato com batata do lixo e meteu o focinho dentro, do outro lado da cozinha. Vejo-o, admiro sua persistência e, ao mesmo tempo, tento dar atenção ao que diz Vera.

— Você é um ingrediente fundamental nesse mistério. Sem você, querido, quem será o Feliz Mickey Finn?

— Ouso dizer que você me deu o papel errado. A não ser pelas gotas de sonífero. Receio ser meio dorminhoco quando se trata de festas.

Stump empurra a lata para um canto ao lado da lavanderia e ali se instala para farejar e lamber, o traseiro no ar, balançando a cauda.

— Você é tímido — diz Vera. — Que doçura de rapaz. Eu vi isso naquela primeira noite em que veio à nossa aula de culinária. Talvez seja exatamente o que precisa, uma chance de ser um novo alguém.

— Ah, mas você não vê? — pergunto. — Sou um velho. Tarde demais para aprender truques novos. Independente da maneira que você me vê, serei sempre o mesmo.

— Precisa apenas de um pouco de sabor. Um pouco de Muito Vera.

Vejo o que Arthur quer dizer sobre a voz dela, e como no rádio deve parecer estar falando com ele. "Queridinho", diz. "Doçura de rapaz." A voz é como a bela letra que as meninas tinham na escola. As palavras mergulham, deslizam, dão voltas e deixam caudas. Fica claro por que um dia Cal se apaixonou por ela, e por que até hoje deve estar se perguntando se é tarde demais para rolar alguma coisa entre eles.

— Sam — diz ela. — Confie em mim. Sou a Vera, sei o que é melhor.

— Tem razão — respondo, embora não queira estender a conversa, só agradecer polidamente pelo convite e desculpar-

me por não poder aceitar. — Sou meio tímido. Não saberia atuar como outra pessoa.
— É só festa, queridinho, só alegria. E precisamos começar escolhendo a fantasia. O que vai ser? Chapéu coco, ligas para mangas de camisa, umas polainas? Eu o ajudo. Está livre hoje? Passo aí depois do almoço. Stump desistiu da lata. Agora senta-se a meus pés, um ar de expectativa nos olhos.
— Desculpe — digo a Vera. — Não posso. Meu irmão continua aqui.
A voz dela se anima.
— Cal? Ora, você tem de trazer esse rapaz consigo. Quanto mais gente, mais alegria, certo?
— Não posso.
— Mas deve — afirma ela. — Você está bem aqui na minha lista. Arthur já aceitou por você.
Volto-me para a janela da cozinha e vejo Arthur e Maddie na entrada da garagem deles. Ele segura uma cobra de papel laminado para a árvore de Natal, torcida e embolada num nó. Ela agita um feixe de pingentes, aqueles fios que as pessoas gostam de pôr na árvore. A respiração de Arthur sai em pufes brancos de vapor quando ele fala. Maddie bate os pés, joga-lhe o feixe de pingentes e desce a rua pisando forte.
— Ele não tinha o direito de fazer isso — digo a Vera. — Não tinha direito de falar por mim.
— Estava apenas tentando ser amigo, Sam. Se não gostou, creio que vai ter de se acertar com ele.
É o que faço.
Encontro-o ainda na entrada da garagem, um único fio de pingente grudado na orelha.
— Pingentes — ele diz. Bate na orelha com a mão que ainda segura o feixe. — Por que diabos ia querer pingentes e papel laminado? — Por fim, joga tudo no chão. — Ela só

| 111

quer brigar, Sammy. Vive procurando uma briga, e pelas coisas mais estúpidas. Mal posso dizer o nome dela. "Maddie", digo, e ela me responde: "Me deixe em paz. Só me deixe em paz". Depois, tenho de apaziguá-la.
— Talvez ela tenha razão. — Pego o feixe de papel laminado e começo a desembaraçá-lo, odiando-me por isso, porque vim aqui para mandá-lo cuidar de sua própria vida, e agora me vejo fazendo-lhe esse favor. — Sua mãe joga você na neve, e descalço. Posso imaginar que você guarde essa situação na cabeça por um tempo. Como reagiria se alguém vivesse tentando dar-lhe ordens? Ela vai ficar magoada muito tempo por uma coisa que você nunca saberá de fato. Já pensou nisso? Vá com calma, Arthur. Você não está em alto-mar. Maddie não é um de seus marinheiros.

Ele me arranca o papel laminado das mãos.

— Está tentando me dizer como cuidar de minha própria neta? Como pode saber o que é ter uma família?

Aí está, brilhante como a luz do sol sobre a neve: exatamente o que Arthur pensa de mim, um velho solteirão que não pode saber como se ama alguém. Gotas de neve derretida caem do telhado nas calhas; ouço um fraco pinga-pinga descer pela bica.

— Estou tentando lhe dizer... — sinto a garganta trancar-se. — Porra, Arthur — recomeço, dessa vez com mais força. — Estou tentando falar que não me agrada o fato de você ter dito a Vera que eu iria à festa dela. Sou adulto. Posso tomar minhas próprias decisões.

— Muito ruins por sinal — responde ele. — Olhe só pra você.

— Indica minha casa com o braço, e o papel laminado se solta e me bate no rosto. — Você e seu cachorro — diz — e um irmão a quem não via há sabe Deus quanto tempo.

É o pior que pode me dizer, deixando claro que durante anos a única coisa que tive para cuidar neste mundo, e para cuidar de mim, foi um bassê de perninhas curtas.

— Parece-me que você não tem tanta moral para falar sobre família — respondo. — Quando foi a última vez que conversou com seu filho?

A explosão de Arthur passa. Ele puxa o papel laminado com o punho.

— Não pretendia lhe atingir desse jeito.

Fica tímido e impede-me de continuar e repreendê-lo, como Maddie. Eu podia dizer que ele é um velho demasiado cheio de si, tão solitário sem Bess que só pode tentar impor-se na vida dos outros. Podia mandá-lo deixar-me em paz, mas não tenho coragem. Ele diz:

— Desculpe.

Mas eu já lhe dei as costas e dirijo-me à minha casa.

— Uma festa — ouço-o gritar. — Uma história policial de assassinato. Vamos dar boas risadas. Vamos, Sammy. Vai ser engraçado.

CAL NÃO SAI DO QUARTO PARA O ALMOÇO. PASSA O MEIO-DIA e depois meio-dia e meia, e, embora eu esteja faminto, não me mexo para pôr comida na mesa. Percebo que isso se tornou o que espero dele, a comida feita. Continuo aguardando que ele venha à cozinha fazer sopa e sanduíche; depois nos sentaremos à mesa e comeremos como se tivéssemos uma vida bem tranqüila.

Acabo por bater na porta.

— Cal — chamo. — Já é quase uma hora.

Segue-se um longo silêncio. Até que ele responde:

— Estou sem fome, Sammy. Estou sem vontade para nada.

O que deu nele para que fique nessa irritação eu não sei, e não tenho tempo para me demorar no assunto, pois logo ouço alguém bater na porta da frente e lembro que Vera prometeu vir depois do almoço.

— É Vera — explico. — Combinamos de fazer compras. Quer vir com a gente?

— Vera? — pergunta ele, erguendo um pouco a voz, e não sei se pensa em ir. — Sammy, não sirvo pra nada hoje. Não gostaria que ela me visse desse jeito. Batem de novo na porta da frente, e vou atender.

— Queridinho. — O cheiro da colônia vem com um ar frio quando ela entra em minha casa. Bate a neve das botas — um par de botas creme, os canos tão altos que desaparecem embaixo da bainha do casaco de lã preta. — Sam — diz. — Então é aqui que você mora.

De repente, sinto vergonha da casa. Que tenho eu? Alguns bricabraques sobre a mesa do café, o velho console da televisão, a mesa de biblioteca junto à janela panorâmica. Sobretudo coisas que tirei da casa de meus pais depois que eles morreram: um peso de papel do Courtyard Brulatour, em Nova Orleans; outro do Concurso Nacional de Arado de 1954, realizado mais adiante na rua em Dundas, Illinois, na época o centro da população regional (um igual número de pessoas vivia a leste e a oeste); um vaso de flores em forma de espiga de milho; um outro que parece metade de um penico, lembrança de Biloxi, Mississipi, com a inscrição: PARA UM AMIGO BUNDA-MOLE.

— Não é nada de mais — digo a ela.

Penso em como é antiquada a minha casa: o tapete felpudo laranja aqui na sala de estar, os painéis de madeira, os tampos de fórmica na cozinha, o linóleo sujo no chão.

— Não seja tolo — retruca ela. — É ótima.

Mas não é. Vejo, agora que ela está aqui, que tenho de imaginar a casa da perspectiva dela. As coisas a que me acostumei — o tapete na cadeira, descolorido no lugar onde tenho apoiado a cabeça todos esses anos; a velha manta marrom no sofá, coberta de pêlo de cachorro; o reboco rachado acima do arco que leva à cozinha; as rasgadas cortinas de puxar para baixo das janelas, — todas essas coisas dizem ser esta a casa de um homem que perdeu a fé e decidiu que o mundo pode existir sem ele.

— Permita-me pegar seu casaco e chapéu — digo. — Depois podemos ir.

— E Cal? — Ela inclina a cabeça para um lado e olha o corredor atrás de mim. — Eu esperava que ele nos desse a honra de sua companhia.

— Está tirando um cochilo — respondo. — Talvez outra hora.

Seguimos para o norte no carro dela, um Cadillac último tipo. Uma bola de neve feita com fio de lã verde pende do retrovisor. Tem uma cara gorducha: olhos negros de botão, nariz de cenoura e um sorriso torto. De um gorro de lã de meia com listras vermelhas e brancas, em cima da bola de neve, pende uma cauda de pompom. A cara de neve balança alegremente quando Vera dobra para a Christy e continua a subir.

Hoje a região já não é mais o mesmo subúrbio de outrora, agora que abriram o Supercenter Wal-Mart dando para a auto-estrada. Foram-se as lojas de cinco centavos Tressler's, onde um dia vi Rock Hudson tomando uma tulipa de cerveja sem álcool no balcão do almoço. Foram-se o Salão do Sorvete de Mike, a Loja Janet e a Banca de Jornal de Ball Rexall e Beal. Não existem mais o restaurante Conversa da Cidade, a loja Sementes de Nabo, a Joalheria de Gaffner ou o Armazém Autêntico. O que temos agora são frentes de lojas ou prédios transformados em lugares de encontro para congregações de igrejas, partidos políticos e organizações de assistência social. Até as pereiras Bradford, sempre tão lindas toda primavera com suas flores brancas, foram cortadas, e os pássaros pretos não têm onde se aninhar. Esse é o nosso subúrbio agora, um lugar que nem os pássaros que catam lixo querem visitar.

Umas poucas lojas agüentaram. Uma delas é de roupas antigas e fantasias, chamada Déjà New. Está ali desde quando me lembro, passada adiante por três gerações da família proprietária. Criaram uma clientela do outro lado da Tri-Estadual. As pessoas vêm de Champaign, Terre Haute e Evansville. Nem mesmo o Supercenter Wal-Mart conseguiu mudar isso. É entrar na Déjà

New e esquecer por algum tempo que estamos nos dias de hoje. A qualquer hora. Escolha uma prateleira — ternos velhos, vestidos de antes da Guerra Civil, saias poodle, vestidos de melindrosas, ternos de passeio, casacos com cauda de martelo, cartolas, chapéus derby, gibões, faixas de cabeça — e finja que os anos se derreteram, que você nem é a pessoa que vê no espelho, mas outra a quem fica emocionado por conhecer.

Enquanto Vera dirige, pego-me falando sem mais nem menos das pessoas que não param de vir ver o navio de Stump. Conto a Vera que, claro, é tolice, mas ainda assim me espanta o fato de que de repente eu, que jamais pareci ser muito importante para ninguém, agora atraio toda essa gente.

— Sei que é errado me sentir assim, — explico — mas não posso deixar de me sentir feliz com toda essa companhia. Jamais pensei ser alguém que tivesse qualquer importância para os outros.

Vera põe o Cadillac numa vaga do estacionamento e desliga o motor. Abro a porta para saltar, mas ela estende o braço e segura o meu, e não me resta escolha senão voltar-me.

— Sam — diz ela.

Depois desvia o rosto, como se de repente pensasse duas vezes. Imagino se por acaso já a desapontei de algum modo, e ela quer me dizer. Vera puxa os dedos das luvas de couro negro e tira-as das mãos. Jamais notei suas mãos antes, como faço neste momento, em que ela as deixa cair no colo e vejo a carne enrugada, as manchas de velhice e a aliança, o corte do aro na pele. Se alguém me mostrasse essas mãos, eu jamais adivinharia que pertencem a Vera Moon, a voz brilhante no rádio, a professora confiante nas aulas dos Chefs Sazonados, a Vera graciosa, a Vera emproada, a Vera que sempre parece destemida diante da marcha do tempo.

— Meu marido morreu há muito tempo. — Ela corre o dedo pela pedra da aliança. — Tanto tempo que parece que nada aconteceu em minha vida. Mas não é a verdade, né, Sam? As coisas reais... as que importam... colam na gente.

Não posso deixar de me sentir próximo a ela neste momento em que somos honestos e diretos sobre nossas vidas e como os acontecimentos nos deixam estonteados e cambaleantes.

— É, é assim mesmo, Vera. Exatamente.

— Eu sinto tanto por Arthur — ela continua. — Ele perdeu sua querida Bess. Todos aqueles homens nos Chefs Sazonados, eu não devia dizer isso, Sam, mas vocês são tão queridos para mim. Todos sabem o que eu sei. A infelicidade adora companhia, Sam. Mas dizem que é pecado desejar que nossas mágoas pertençam a outra pessoa. — Endurece o rosto e vejo que faz força para conter as lágrimas. — Depois que meu marido morreu, retomei meu nome de solteira. Sei que devia me envergonhar disso, mas era duro demais ser a mulher que eu era. De algum modo, o fato de voltar a ser Vera Moon me fez sentir melhor. Talvez seja assim para as pessoas que vêm ver seu cachorro e o navio. Quem sabe o que vai tornar nossos dias um pouco mais fáceis?

Vejo-me balançando a cabeça. Sim, respondo. Sim, tem razão.

Então ela faz a coisa mais surpreendente. Estende a mão e puxa um fio solto de meu casaco.

— Você está desfiando — diz, com um sorriso, e é como se houvéssemos passado anos e anos juntos e possamos fazer isso, como marido e mulher.

QUANDO CHEGO EM CASA, VEJO QUE CAL CONTINUA COM A porta do quarto fechada. Tento não fazer barulho ao andar pelos aposentos e pendurar a fantasia para a festa de Vera no armário (camisa listrada, colarinho de plástico, gravata borboleta, calças pretas com a frente plissada, polainas e ligas para mangas, suspensório, chapéu derby). Ouço então passos na varanda da frente, e, quando abro a porta, um pedaço de papel dobrado cai flutuando a meus pés.

O funcionário do Serviço de Entrega Postal pega-o e me entrega.

— Parece que alguém lhe deixou um bilhete.

| 117

Então me entrega um embrulho, deseja-me um feliz Natal, desce aos saltos os degraus da varanda e volta à sua caminhonete. Deixo Stump farejar o embrulho.

— É seu presente de Natal, — sussurro-lhe — mas você tem de ser um bom menino e esperar.

Guardo o pacote na cômoda. Depois desdobro o bilhete e mordo o lábio quando vejo que é de Duncan. "Sr. Brady", diz, "preciso falar com o senhor. Por favor, ligue para mim. 395-3281." Rasgo o papel em tiras e jogo na lata de lixo.

No corredor, paro diante da porta de Cal, à escuta de algum barulho dele a andar pelo quarto. Começo a sentir-me culpado por haver saído com Vera quando sabia que ele estava tão melancólico. Decido fazer alguma coisa legal para meu irmão. Vou ao Wal-Mart comprar-lhe um presente de Natal — talvez um CD, talvez um boné ou um par de meias.

Saio para a entrada da garagem, onde deixei o jipe, e ao passar pela porta lateral vejo pela vidraça que o Explorer dele se foi. Abro a porta e entro na garagem. Sinto um levíssimo cheiro de escapamento, sinal de que não estou sonhando, que de fato meu irmão andou por aqui, e agora — sem dúvida foi justamente quando Vera me trazia para casa — ligou o carro e, como fez muito tempo atrás, foi embora, deixando-me sozinho para enfrentar qualquer coisa que, graças a Duncan, me venha a acontecer.

Então vejo um pedaço de papel no chão da garagem, um pedaço de papel de caderneta de apontamentos dobrado pela metade: a dobra tão puída que começou a rasgar-se. Escrito logo acima da dobra, numa letrinha apertada que reconheço como sendo de Cal, um endereço. "5214 Larkspur Lane." Desdobro o papel, com o cuidado de não rasgar a dobra além do que já se rasgou, e a luz passa pelo centro.

Levo um tempo para compreender o que vejo, mas acabo por perceber que é um mapa desenhado à mão: uma grade de ruas e uma série de retângulos e quadrados, alguns rotulados com os nomes dos prédios que representam e outros com sinais de interrogação dentro. As ruas que correm de cima para baixo têm nomes, — Jefferson, Clinton, Canal, Wacker, Franklin, Wells e LaSalle — e as da esquerda para o centro, onde a dobra se rasga, são designadas como Jackson e Adams. A letra miúda e apertada tem uma ligeira inclinação para trás. Sei que o mapa só poder ter vindo parar na garagem porque caiu do Explorer, deslizou da pilha de papéis soltos ou do lixo no banco da frente e foi soprado pela brisa quando ele bateu a porta nesse dia em que fugiu de mim. Espremo os olhos para ler a letrinha miúda. Dentro de um quadrado há as palavras CENTRO DA CIDADE. Em outro, BANCO. Um retângulo é identificado como AMTRAK, outro como GARAGEM. Mas é o nome do centro da página que faz meu coração disparar. Fecho os olhos e torno a abri-los, aproximando-os do papel, para ter certeza do que leio. Lá está, exatamente, o que eu julgava ter lido: TS. Sei que olho um mapa de Chicago. Sei que vejo a Torre da Sears. Uma linha pontilhada parte dela, dirige-se para Adams a leste, ao que sei agora ser a Union Station e os estacionamentos em volta. Após uma seta no fim da linha pontilhada, as palavras PARA O CARRO.

10

EM CASA, ABRO A PORTA DO QUARTO DE CAL E VEJO QUE a mochila dele continua no armário. As camisas e calças jeans pendem da vara no armário. Meias, camisetas e calções de boxeador bem dobrados na gaveta da cômoda. Um vidro de água de colônia em cima do móvel. Abro-o e sinto o cheiro. Então vou à cozinha e espero.

Passo todo o entardecer sentado perto da janela, aguardando ouvi-lo entrar na garagem a qualquer minuto. Quando o fizer, vou lhe perguntar logo. Vou jogar esse mapa na mesa, esse mapa de fuga, e perguntar: "Cal, o que há?"

Chega a noite; abro uma lata de sopa de tomate e esquento-a no fogão. Tomo-a com biscoitos Saltine.

Stump não pára de atravessar o corredor e farejar o quarto de Cal. Deixo-o fazê-lo, embora saiba que ali só há o cheiro de meu irmão, detectado apenas pelo cachorro, que vem de uma longa linhagem de cães de caça. Os bassês são curiosos em relação a tudo o que farejam e são capazes de seguir qualquer rastro que sintam pelo cheiro. Sei que, se o soltasse, seguiria a pista de Cal. Não pararia. Ele volta à cozinha e me olha; juro que vejo a decepção em seus olhos. Arranha a porta com a pata e geme para sair ao quintal. Asseguro-me de que o portão está fechado e solto-o. Ele fareja em volta e late, sabendo que o conhecido cheiro continua do outro lado da porta.

Saio e abro a porta para ele entrar na garagem e dar uma olhada. Stump fareja o chão onde estacionou o Explorer. Vai até a larga porta automática e olha-me atrás, como se esperasse que eu a levante para ele sair até a trilha e descobrir de uma vez por todas aonde foi Cal.

— Somos só nós dois — digo. — Ponho-me de joelhos e tomo o focinho dele nas mãos. Ergo seu rosto para que ele me olhe. — Só nós — repito, e ele desprende a cabeça. Bufa, como a dizer que acha a situação inteiramente inaceitável.

NA ESPERANÇA DE ANIMÁ-LO — TUDO BEM, A QUEM desejo enganar, para evitar pensar no mapa e no que ele quer dizer, — decido dar o presente a Stump. É um uniforme de marinheiro francês que encomendei numa dessas empresas que fazem roupas para cachorro. Em geral, oponho-me a essa prática horrível. O que pode ser mais infeliz que a visão de um chihuahua metido num tutu ou, pior ainda, um majestoso pastor alemão num vestido de noiva? Mas encomendei a fantasia no outono, depois que Arthur e eu construímos o navio para ele. Vi o uniforme de marinheiro francês num catálogo e pensei: Arthur vai tirar um sarro com isso! Ele me levava aos Chefs Sazonados, e, como eu disse, jogávamos dominó, víamos filmes antigos e tomávamos café. Eu passara a considerá-lo um companheiro, e pensei que a visão do cachorro vestido de marinheiro francês ia fazê-lo rir.

Enfio a coleira no pescoço de Stump. É azul com borda branca, gravata vermelha na garganta e uma fita caindo no peito. Ponho o boné azul achatado na cabeça dele, e, como bom cachorro que é, ergue os olhos para que eu estique com mais facilidade a fita elástica sobre o focinho e a passe por baixo. Após um latido, o pompom vermelho em cima do boné dá um salto.

É o pompom que me liquida. Traz de volta o que Arthur me disse antes: "Olhe só pra você. Você e seu cachorro". É, olhe só pra mim: um gay de sessenta e cinco anos, vestindo seu bassê com uma fresca fantasia de marinheiro francês. Você devia se envergonhar por achar que eu não tinha senso de humor sobre mim mesmo. Por um instante, sinto vontade de tirar a fantasia de Stump e jogá-la no lixo. Que triste e ridícula imagem nós dois formamos.

Então ele corre, o máximo que pode um bassê, até a porta dos fundos. Torna a latir, informando-me de que está pronto para o passeio da véspera de Natal. Pronto para desfilar pela rua abaixo, um alinhado marinheiro francês de folga. É a noite do faz-de-conta e da magia, — logo os *disc-jockeys* do rádio e os locutores da televisão estarão anunciando que os radares captaram Papai Noel e o trenó — portanto, por que não posso vestir meu cachorro com uma tola fantasia e exibi-lo ao mundo apenas pelo simples prazer da coisa? Saímos para o ar frio da noite, e o silêncio é tão grande que ouço música de Natal nos alto-falantes do parque da cidade. É uma dessas noites — calma — e, embora esteja à distância de cinco quadras, ouço as mesmas notas de "Joy to the World" que as pessoas escutam nos carros enquanto atravessam sem pressa o parque.

Ao longo de toda a rua, luzes enfeitam as casas. Luzes em torno das janelas. Luzes desenhando os picos dos telhados. Luzes nos arbustos de sempre-vivas. Luzes nos pinheiros, nos cedros, nas píceas. Luzes brancas, luzes verdes, luzes vermelhas. É o bastante para fazer-me desejar que Stump e eu encontremos alguém neste passeio, alguém que repare na fantasia de marinheiro e faça uma piada. "Que belo francesinho. Está atrás de um poodle? Espera encontrar uma Fifi ou quem sabe um Pierre?"

Talvez esse alguém seja um homem, um homem como eu. Talvez você ache que já passei da idade do romance. Cal perguntou-me se já tive namorados, e respondi que não, o que não era de todo verdade. Sei que você não vai acreditar, mas lembra quando eu disse que vi Rock Hudson num verão tomando uma taça de sorvete no balcão da lanchonete Tressler's? Digamos apenas que iniciamos uma conversa. Digamos apenas que nos tornamos amigos, e fiquemos por aí.

E um homem certa vez chamou minha atenção no supermercado. Eu andava pela casa dos quarenta na época, jovem o suficiente para sentir desejo e velho o suficiente para saber que isso vinha da solidão. "Velho o suficiente para não cair em qualquer uma", dizia meu pai quando alguém lhe desejava feliz aniversário e perguntava sua idade, "mas jovem demais para resistir." Seja como for, o tal homem no supermercado atraiu meu olhar. Lá estávamos nós, cada um empurrando seu carrinho de compras, e eu não tinha a menor idéia de quem era ele. Apenas um homem, — que eu jamais vira na cidade — apenas aquele homem alto, de bigode bem aparado e os punhos da camisa enrolados. Um homem, da minha idade, o cabelo começando a embranquecer, a cheia cabeleira penteada da testa para trás e mantida presa com tônico: senti o cheiro quando nos cruzamos num dos corredores. Ele sorriu para mim, um belo sorriso, daqueles que me fazem imaginar como seria voltar para casa e encontrar aquele homem toda noite em minha vida. No fim do corredor, voltei-me e lá estava ele me olhando. Não se mexera um centímetro de onde se encontrava quando eu passara por ele. Afastou-se do carrinho. Lembro que tinha apenas três artigos no carrinho: um pacote de pão Wonder, outro de carne — sanduíche para um homem que não cozinha — e uma pequena caixa de doces, desses pelos quais a loja cobrava caro demais, doces de gourmet, com chocolate e hortelã, que se compra como pitéu. Às vezes eu próprio os comprava, — por isso notei no carrinho dele — para comer um após o jantar, de quando em quando.

Parado no meio do corredor, ele ergueu as sobrancelhas e fez o mais leve aceno com a cabeça, indicando a frente da loja. Era primavera, lá fora o sol brilhava e, quando eu saísse, como sabia que logo faria, esse sol me aqueceria o rosto e o ar cheiraria a neve derretida.

O homem demorou para atravessar o estacionamento. Bandeirolas azuis e laranjas tremulavam em altos postes, subindo e descendo na brisa ociosa. O sol faiscava nos pára-brisas e párachoques cromados. Protegi os olhos com a mão e vi-o abrir a porta de um Ford Galaxy. Parou um instante, uma das mãos na porta, a outra estendendo-se para o volante. Mantinha os olhos em mim, e eu soube que devia entrar em meu carro e segui-lo.

| 123

Dirigimo-nos para o campo, a Aldeia Lukin, e depois o Galaxy entrou numa estrada de cascalho. O homem reduziu a velocidade, e percebi que tinha cuidado com a poeira que os pneus levantavam atrás, tentando poupar-me. Esse gesto bondoso torna-me difícil contar o que aconteceu depois. Comecei a pensar em Dewey e no beijo que me deu na noite em que descemos o beco atrás de nossas casas, de mãos dadas. Um beijo gostoso. Daquele ponto em diante, embora eu não soubesse na época, jamais poderia sentir um homem junto a mim com a mesma doçura daquela noite com Dewey.

O Galaxy desceu uma alameda que levava a uma granja abandonada. Parei meu carro na estrada de cascalho e fiquei de motor ligado na boca da alameda, incapaz de virar o volante e seguir. As luzes dos freios do Galaxy acenderam-se, e o homem parou, à minha espera. Então eu meti o pé no acelerador e subi a estrada. Encontrei o caminho de volta ao asfalto e retornei à cidade. Voltei ao supermercado, e acredite ou não, nossos carrinhos continuavam exatamente onde os deixáramos. Mal pude olhar o dele — o pão Wonder, carne de sanduíche e doces que eu jamais poderia comprar para mim após aquele dia. Se soubesse onde andava o homem então, pediria desculpas por deixá-lo naquela alameda.

Mal agüento lembrar isso tudo quando dou o passeio com Stump. A única pessoa que encontramos é Arthur, na esquina, com tanta pressa que quase se mete na frente de um carro. Tenho de pegá-lo pelo braço e segurá-lo no meio-fio.

— É Maddie. — Quando me olha, tem os olhos ensandecidos. — Ela tornou a ir embora e não a encontro.

— De novo?

— Ela voltou pra casa e eu disse tudo bem, vamos ter papel laminado e pingentes. Tudo nos trinques. Então mandei que abrisse o presente.

— A saia e o top.

Arthur faz que sim com a cabeça.

— Digamos apenas que dessa vez Vera não acertou na recomendação. Vejo o medo nele e, por mais que tenha me magoado antes, disponho-me a ajudá-lo. Então ele baixa o olhar para Stump e pela primeira vez vê o uniforme de marinheiro francês.

— Nossa mãe.

Diz isso como se acabasse de ver a coisa mais profética do mundo, e só posso me forçar a dizer:

— Espero que você a encontre.

Volto-me, puxo a coleira de Stump e desço a rua. Contorno a quadra e volto para casa. A casa de Arthur está às escuras. Não vejo o Chrysler na garagem; imagino que ele deva estar percorrendo as ruas atrás da neta. Abro o portão para o pátio lateral e, quando passamos pelo navio, sinto cheiro de fumaça de cigarro. Stump força a coleira e deixo que ele me conduza. Leva-me para o navio, onde fareja a pequena porta do casco. Depois puxa com mais força a coleira e começa a recuar. Alguma coisa arranha o navio por dentro. É preciso algum esforço da minha parte, mas me ajoelho na neve. Puxo a porta, e é quando vejo a brasa de um cigarro e digo:

— Maddie, é você?

— Não — responde ela. — É o Papai Noel tirando uma pausa para fumar um cigarro.

Só a vejo quando ela dá uma tragada e a brasa espalha uma claridade mortiça no queixo e na ponta do nariz.

— Não pode ficar aí dentro — digo.

— Parece muito aconchegante.

— Seu avô está preocupado com você. Saiu à sua procura agora mesmo. — Maddie nada responde. Apenas torna a tragar, e ouço a respiração quando ela exala a fumaça. — É véspera de Natal — insisto.

| 125

Ela começa a chorar nesse instante; desmancha-se em soluços que não conseguiria esconder mesmo que tentasse. Tenta dizer alguma coisa entre os soluços.
— Você... sabe...
— Eu sei o quê? — Embora o som do choro seja uma coisa que sinto na garganta, mantenho a voz paciente e calma. — Que foi, Maddie? Pode me contar.
— É ele. Não sabe nada a meu respeito.
Alguma coisa vem voando em minha direção; é um pedaço de pano, que me bate no peito e cai na neve. Pego-o e, pela sensação do material e pelo que Arthur me disse antes, tenho um bom palpite do que seguro.
— A saia ou o top? — pergunto.
— Metade do top — responde ela. Vários pedaços saem voando da portinha. — Aí está o resto, e a maior parte da saia. Por que ele algum dia pensaria nisso?
— Bem, ele tentou — digo. — Não pode culpá-lo por isso.
— Somos estranhos — afirma ela, num sussurro cansado. — É o que somos. Eu o vejo uma ou duas vezes em toda a minha vida e, depois, bam, estou vivendo com ele. Que tal?
Imagino que tenha razão. Como deve ser difícil os dois verem-se juntos agora, forçosamente, porque a mãe dela se encrencou com drogas e o pai está incomunicável ao sul da fronteira.
— Acho que vão ter de conhecer um ao outro — digo. — Que escolha você tem?
— Posso ficar aqui mesmo.
— Não, acho que ia acabar congelando.
— Você podia ter posto aquecimento.
Não lhe digo que tenho pensado nisso. Andei estudando como pôr fiação no casco do navio, com elementos de aquecimento elétrico controlados por termostato. Não digo porque não quero que me julgue ridículo em relação a Stump, que começou a mastigar alguns dos pedaços de pano jogados para fora do casco por ela.

— Parece que Stump concorda com você sobre essas roupas — afirmo.
Maddie arrasta-se até a portinha e põe a cabeça para fora. Começa a falar como criança.
— Stumpinho... É, bom menininho. Que menino bonzinho. Velho Stumpinho. — Estende a mão para alisar as orelhas dele e nota então o uniforme de marinheiro francês. — Ah, olhe só pra você. Seu diabinho bonitão. *Très chic. Oui, oui.*
— Presente de Natal — digo. — Exagero, não acha?
Ela passa os braços em torno do pescoço do cachorro e aperta-o contra si com uma ternura que sinto no peito.
— Nem um pouco — responde. — Está perfeito.
Não posso dizer exatamente o que dá em mim. Só sei que é uma sensação que não sentia há muito tempo, uma impressão de que ao lado dessa garota poderei ser exatamente quem sou. Digo a ela:
— Venha para dentro de casa; aqueça-se. Vamos arranjar algo pra fazer.
Ela tira as mãos de Stump e olha para mim. Aqui estamos nós dois, ajoelhados na neve na véspera de Natal, e ouvimos a música ao longe, no parque da cidade — está tocando "Noite feliz".
Maddie responde:
— Tudo bem. Só por um tempo.
Levanta-se e estende-me a mão; deixo que me ajude a levantar.

DENTRO DE MINHA CASA, MADDIE DESABA NA POLTRONA reclinável e pega o controle remoto na mesa da ponta. Chuta o descanso de pés e liga a televisão. A música cresce; é o tema do programa *I Love Lucy*.
— Realidade da tevê — diz, com aceno presunçoso de cabeça. — É. Isso serve pra você.
Curvo-me para tirar a coleira de Stump.
— Como você sabe?
Ela emudece o som.

— Veja.
Eu me endireito e olho para a tevê. Tudo em preto e branco, claro. Em seu apartamento em Nova York, Lucy toca piano, a saia estampada soprada em torno das pernas. Parado ao lado do piano, Ricky usa um traje de Papai Noel, pelo menos o casaco, a calça e as botas. Não tem o gorro, nem o bigode e a barba falsos. O glorioso cabelo negro num perfeito penteado, ele estala os dedos enquanto canta. Os Metz estão presentes. Sempre estão. Fred está com a cintura das calças acima da grande pança e repousa as mãos sobre ela. Ethel exibe no rosto aquela angélica expressão que diz que, embora seja casada com um velho como Fred, ainda acha sua vida maravilhosa.

Sem som, é como se eu estivesse vendo um filme caseiro. Lucy acaba a música, baixa as mãos sobre o teclado. Todos seguram a última nota, — qualquer que seja a música — as bocas escancaradas, e então Fred dá tapinhas nas costas de Ricky, Ethel passa o braço em torno dos ombros de Lucy e aperta-a, e tudo está bem com eles. Sente-se isso mesmo sem palavras. Tudo bem, bem, bem.

Então começa a sensação, como sempre acontece quando vejo velhas fotos ou devaneio tempo demais com alguma coisa ocorrida no passado, de que desconheço muitas coisas na vida daquelas pessoas. Essa vida inevitável. Apenas à espera delas. Mais cedo ou mais tarde Cal vai voltar, — as coisas dele continuam aqui, portanto vai voltar, certo? — eu lhe perguntarei sobre o mapa e, então, quem sabe o que acontecerá a seguir?

Quero explicar a sensação a Maddie, mas é difícil encontrar as palavras certas, e só consigo dizer:

— Lá estão eles...

— Exatamente — responde ela. — Também me dá arrepios.

O telefone toca; ela desliga a tevê, baixa o descanso de pés da poltrona e fica de pé num salto. Olha-me e leva o dedo aos lábios.

— Tenho de contar a ele — digo.
— Deixe tocar.
— Maddie, ele sabe que estou em casa. Vê as luzes.
— Não quero voltar pra lá.
— Vamos dar um jeito — respondo. — Vamos ver.

Mas não é Arthur ao telefone. É Vera.
— Nosso garoto está aqui.

Por um instante, imagino se se refere a Cal; quem sabe ele não tenha ido lhe fazer uma visita? Então ela diz:
— Ele não encontra a neta — nesse momento, sei que fala de Arthur.
— É, — digo — foi o que ele me disse antes. Eu saí pra passear com meu cachorro. Era naquele horário da noite, sabe, no horário em que Stump... meu cachorro... precisa dar um passeio. — Não sei por que me dou esse trabalho para explicar como saí ao mesmo tempo em que Arthur procurava a neta. Como se a gente não pudesse dar um simples passeio com seu animal de estimação. — Saí pra passear com meu cachorro — repito — e topei com Arthur.
— Ele está muito preocupado. — Nesse ponto, a voz de Vera se encolhe para um sussurro; ouço os saltos dos sapatos estalarem no chão quando ela se mexe, e presumo, portanto, que se dirige para fora do alcance do ouvido de Arthur. — Oh, queridinho. Ele está louco de preocupação. Está sentado em minha sala de estar agora, chorando. Um homem como ele, Sam, isso me parte o coração.

Maddie põe-se junto a mim, perto o bastante para inclinar a cabeça até minha orelha, tentando ouvir toda a conversa. Sinto um leve cheiro de fumaça de cigarro dos cabelos dela, da lã do suéter e um traço de baunilha — xampu, pó ou loção. No conjunto, é um cheiro agradável; não me incomodo com ele. Uma mecha dos cabelos dela faz-me cócega no pescoço. A menina ergue-se nas pontas dos pés, tentando chegar ainda mais perto do aparelho. Tem de pôr a mão em meu ombro para se equilibrar, e essa intimidade faz parecer que moramos confortavelmente juntos nessa casa há anos.

| 129

— Sinto muito que isso esteja acontecendo — digo a Vera. — Sinto por Arthur.

— Ele acha que deve procurar a polícia, mas queria que eu ligasse pra você antes e perguntasse se está vendo luzes na casa dele. Talvez Maddie tenha voltado.

— Não. Não tem luz nenhuma.

— Então acho que ele vai ter de chamar os policiais.

— Vera, espere.

Maddie afasta-se de mim. Um sopro passa pelo meu rosto, um último vestígio de baunilha. Forma com a boca as palavras "Por favor". Não tenho nem coragem de dizer-lhe que não quero fazer isso, explicar que estou feliz com sua companhia, que desejaria podermos fingir um pouco mais. Não sei explicar que não tenho direito a ela, que a família, por mais instável que seja, sempre é mais importante que a solidão individual.

— Diga a ele que ela está aqui — falo a Vera. — Diga a Arthur que ela está comigo.

Desligo o telefone e Maddie bate com a mão no balcão da cozinha.

— Eu não acredito que você me dedurou.

— O que eu poderia fazer? — pergunto. — Mentir? Arthur está preocupado com você. Vera falou que ele está lá com ela, chorando de tanta preocupação.

— E devia estar mesmo.

Maddie cruza os braços no peito e dá uma empinada de cabeça, como fazia Jeannie, no seriado de televisão, sempre que desejava mudar alguma coisa. Cruzava os braços, piscava os olhos, sacudia a cabeça, e pronto: um homem adulto reduzia-se ao tamanho de um grão de ervilha, um cachorro virava um camelo, as pessoas voltavam no tempo.

Mas nada muda para Maddie. Aí está ela, ainda em minha casa na véspera do Natal, fula da vida com o avô, que, tenho certeza, vem buscá-la.

— Ele ama você — digo. — Veja o que está fazendo por você. Recebendo-a em casa. Cuidando de você até sua mãe ficar boa.
— Ficar boa? — Ela desdobra os braços e põe as mãos na cintura. — Abre a boca e me olha fixo, como se tentasse ter certeza de que acabou de ouvir o que julga ter ouvido. — Que tipo de piada você está tentando fazer? Pelo que me consta, caro senhor Sam, ninguém "fica bom" — ao dizer isso, ergue os braços e dobra os dois primeiros dedos de cada mão, formando aspas no ar — "depois de morto".
Agora é minha vez de questionar se ouvi direito. Torno a contar a história que Arthur me contou sobre a mãe dela e o vício em metanfetamina.
— Sua mãe — digo.
— Morta.
— Mas...
— Morta. — Ela agora grita. — Morta, morta, morta.
Stump aproxima-se dela. Fareja em torno das pernas, late, até que ela pára, curva-se e acaricia-o. "Não grite", ele diz ao lamber-lhe o rosto. "Não grite. Estou aqui."
Sinto pedras na garganta. Sinto tê-la magoado. Tento explicar.
— Seu avô me disse que sua mãe tinha problema com drogas, e por isso você veio pra cá.
— É essa a história dele? — Maddie dá uma última coçada atrás da orelha de Stump e ergue-se de frente para mim. — Não me surpreende. Isso mostra como ele sente vergonha.
Maddie conta-me então a verdadeira história. A mãe morreu de Aids, que pegou fazendo sexo sem proteção com um sujeito que usava heroína.
— Se picava legal — diz, e tenho de pedir-lhe por favor que fale numa linguagem que um homem como eu, que não conhece tal jargão, compreenda. "Heroína", ela explica. "Usuário de droga intravenosa. Troca de fluidos corporais." Ela empurra a pélvis para a frente — Você sabe — acrescenta. — A velha churumela.

Ergo a mão em protesto.

— Por favor — peço. — Isso não é da minha conta.

Ela passa a língua nos dentes da frente, projeta o queixo e curva os lábios numa expressão daquilo que só posso chamar de nojo.

— É demais pra você?

— Por favor — torno a pedir. — Isso é um assunto da sua família. Uma coisa entre você e seu avô. Não devo fazer parte.

— Mas você faz parte — diz ela, agora com uma voz muito doce, como Vera quando ensina aos Chefs Sazonados a forma de preparar um prato no programa de rádio. — Você conhece a história — continua. — A verdadeira história. Agora é sua também, meu senhor Sam. Cabe a você fazer o que quiser. Pode ignorá-la. Pode contar aos outros. Pode balançar a cabeça e dizer: "Ora, ora, ora". Pode pensar: "Ah, que gente mais fodida". Perdoe meu francês. Escolhas, Sam. Todos fazemos escolhas. — Vai até a janela da cozinha e vê do outro lado do pátio lateral um par de faróis de carro que agora varrem a entrada da garagem de Arthur. — Aí vem o Pope. Que vai ser, Sam? — Volta-se para mim, e vejo lágrimas em suas faces. — Vai me deixar ficar aqui com você ou não?

— Aqui? — pergunto.

— Escolhas — repete ela. —Sam, não me resta muita coisa.

Arthur não bate na porta dos fundos. Abre-a e entra num passo de soldado.

— Maddie — diz. Não se dá ao trabalho de fechar a porta, e a antitempestade, após grudar-se no batente, cobre-se de condensação, pois o ar quente de dentro de casa se juntou com o ar frio de fora. — Maddie — repete ele. — Deus do céu.

Tem o rosto rubro e, apesar do frio, o suor forma gotas em sua testa. Sinto o cheiro de bebida. O que não significa embriaguez. Não creio. Mas é claro que tomou um ou dois goles, alguma coisa que, imagino, Vera lhe ofereceu para encorajá-lo quando falava da neta.

— Você está bêbado — diz ela.

— Maddie, — responde Arthur — não seja assim. Você sabe que não é verdade. Agora vamos pra casa. Vamos largar do pé de Sam.

Ela me olha fixo e ergue as sobrancelhas, como a dizer: "E então?"

Lembro o que acabou de me falar sobre escolhas; como vou ignorá-la, julgá-la ou torná-la objeto de mexericos? Tão logo conhecemos a vida oculta, os segredos que alguém guarda, como podem deixar de ser nossos? Como pode não ser uma coisa que vivemos? Lembro-me de Cal e tudo o que ele me contou. Lembro-me daquele mapa e de todos os segredos que vão tornar-se meus.

Minha vida era tão simples que ninguém esperava nada de mim, ninguém, a não ser Stump — e é sempre fácil agradá-lo. Agora aqui está essa gente toda. Agora tenho todas essas histórias.

— Arthur — digo. — Vamos nos sentar. É véspera de Natal. Por favor. Vamos nos sentar e conversar.

Às vezes só podemos esperar que alguém tome atitude e diga: "Pronto. Escutem. Eis o que devemos fazer". Sei que é verdade porque é o que fiz outrora quando era amigo de Dewey Finn. Era jovem e idiota. Era o irmãozinho de Cal e não compreendia que podia decidir o que aconteceria a seguir.

Por isso digo a Arthur. Digo-lhe que no momento ele e Maddie são como óleo e água — uma mistura nada boa.

— Não acho que é uma coisa da qual se envergonhar — digo. — Apenas mostra como são as famílias às vezes.

Se ele quiser, pode pensar que nada sei de família, mas um dia eu soube. Podia contar-lhe, se quisesse, que sei o que é sentir sempre essa tensão no coração, essa dor que ele agora sente. Em vez disso, digo:

— Todo mundo vê como vocês se amam.

Maddie, sentada no sofá mastigando as unhas, cospe numa das palmas e diz:

| 133

— Há!
— Está vendo? — Arthur levanta-se da poltrona e aponta o dedo para ela. — Sammy, está vendo o agradecimento que recebo dessa aí?
— Por que você mentiu? — Agora também Maddie se levanta. Fecha os dedos em punhos. — Por que mentiu sobre a morte de mamãe? Stump late.
— Por favor — peço. — Por favor, vamos nos acalmar.
Arthur vira-se e atravessa a sala pisando forte, até a mesa da biblioteca diante da janela. Fica parado de costas para nós. Maddie afunda de volta no sofá.
— Não é o tipo de coisa que se conta por aí — ele diz por fim, a voz tão baixa que parece vir de algum ponto distante. — A coisa que matou sua mãe. Não é uma coisa que se admita aos outros.
— É a verdade — diz Maddie. — E faz parte da gente, parte de quem somos. — Olha-me. — Está vendo o problema? — Levanta-se e cruza a sala até ele. Pega-o pelos ombros e volta-o de frente. — Olhe pra mim — ordena. — Por que não pode me encarar? Por que não admite que porra é isso tudo?
— Não diga palavrão — ele a repreende.
— Porra — ela repete. — É exatamente o que somos. Estamos afundados no meio de... oh, não fale assim, Totó... Cidade da Porra. A gente podia se inscrever num daqueles viscosos programas de entrevistas. Maury Povich, Jerry Springs. — Ergue o róseo polegar da mão direita e, mantendo os outros dobrados, imita uma pessoa que fala ao telefone: — Alô, Maury. Alô, Jerry. Somos nós.
Alguma coisa na maneira como diz a última parte — "somos nós" — me pega pela garganta. Vejo pelo modo como Arthur enrijece os ombros que ele também o sente. Ela fala as palavras como se mal suportasse admitir que temos a vida que temos. Embora os dois não saibam disso a meu respeito, eu mesmo sei bem. Sim, sou um deles. Sim, somos aqueles que as pessoas

olham e se perguntam como diabos chegamos algum dia a ser o que somos. Sim, é verdade. É, somos nós.

Do lado de fora, recomeçou a nevar. Vejo os flocos que descem flutuando à luz do poste e grudam-se na calçada. O silêncio é tão grande na casa que ouço a música no parque da cidade, embora não reconheça a melodia. De repente, sinto uma grande ternura por Maddie e Arthur, e, sim, até por mim, pois é véspera de Natal e aqui estamos, juntos. Embora me constranja a maneira como nos encontramos, não me envergonho o suficiente para deixar de dizer:

— Arthur, me escute. Acho que tenho uma solução, uma coisa pra ajudar vocês a atravessarem isso... como chamaremos... essa difícil passagem. — Digo-lhe que os dois precisam de tempo para as águas se acalmarem. — É uma hora de tempestade — explico. — Mares bravios.

— Corte esse papo de velejador — responde ele. — Fale claro.

— A verdade é que... — Pigarreio. — A verdade é que Maddie gostaria de ficar comigo por algum tempo.

— Com você? Por que ela iria querer ficar com você?

Conto-lhe como a encontrei no navio de Stump, escondida por julgar que não podia ficar na casa dele.

— Vocês dois precisam de tempo para se conhecer. Com esse acerto, serão vizinhos de porta, embora não estejam juntos. Terão um lugar pra desabafar. Como eu disse, até um idiota vê quanto significam um para o outro. Só precisam ir devagar. Precisam apenas de tempo. É o que estou oferecendo.

— É verdade? — Arthur pergunta a ela. — É o que você quer?

— Vovô — responde Maddie, e por um instante vejo a menininha que foi, confiante e ávida por agradar, antes que o mundo se apoderasse dela. — Só um tempinho. Por favor. Não vai ser tão ruim. Você verá.

— Não volta comigo nem para a véspera de Natal? Devo ficar sozinho esta noite?

— Não, não precisa ficar sozinho. — Ela toma a mão dele. — Aqui estamos, nós três. — Stump solta um latido e um gemido. — Não, espere — ela se corrige. — Nós quatro. Eu, você, o senhor Sam e o marinheiro francês Stump. Feliz Natal. *Joyeux Noël!* Que mais podemos desejar?

A porta da cozinha abre-se e entra Cal. Ele pára, a mão ainda na maçaneta, e olha pelo arco, avaliando a situação. Arthur, Maddie e eu, mais gente do que esperava encontrar.

— Cal — digo. — Você voltou.

— Fui fazer compras — informa. Noto então as sacolas do Wal-Mart em suas mãos. — Amanhã é Natal.

Cal fecha a porta da cozinha, entra na sala de estar e põe as sacolas na mesa de café. Dentro delas, há amendoim, gotas de chocolate e doces com fitas azuis de listras onduladas vermelhas, brancas e verdes. A última sacola que abre tem tangerinas. Ele as distribui na mesa. Tangerinas como meu pai comprava para o Natal nos dias em que ainda éramos uma família. Ele me joga uma e pego-a.

— Espero que estejam boas e suculentas, Sammy — diz. — Sei que você sempre gostava quando papai as trazia pra casa.

Olho dentro da sacola e vejo uma camisa de flanela plissada com uma floresta verde e preta. Uma flanela para manter-me aquecido no inverno.

— Não sabia o que comprar pra você — continua Cal —, mas achei que gostaria do que eu gosto. Afinal, somos irmãos, certo?

Por um instante, parecemos estar sós na casa, só nós dois, falando uma língua privada. Maddie e Arthur devem sentir isso. Ela pigarreia, ele baixa os olhos. O que eu pensava quando fiz a oferta? Há Cal e seu Ruger Single Six, e agora o mapa do centro de Chicago e o que quer que signifique. Em cima de tudo, prevejo o que vai acontecer com Duncan e a maneira como se interessou pela pista daquela noite nos trilhos quando Dewey morreu. Tem uma história aí — perdoe-me não poder contá-la — que eu não gostaria de revelar a Maddie.

— Receio não ter nada pra você — digo a meu irmão.

— Ora, Sammy. É melhor dar que receber, certo? — Volta-se para Maddie e Arthur. Ergue de leve as sobrancelhas. — Arthur — diz. — Acho que não fui apresentado a esta jovem dama. Sei que calcula as probabilidades, — isso se tornou parte de sua vida desde o dia em que conheceu Leonard Mink — tenta calcular se Maddie é alguém em quem pode confiar ou se terá de mandá-la embora.

— Maddie — adianta-se ela.

Então faz a coisa mais surpreendente. Dirige-se para ele e dá-lhe um abraço. Cal ergue os braços, hesitante, sem saber o que entender dessa afeição de uma estranha. Depois passa-os pelos ombros dela, e ficam assim por um momento. Não sei o que se passa, mas vejo que os dois sentem ter saído do mesmo pano: duas pessoas ávidas por alguém que lhes diga que estão salvos.

— Maddie — repete ele, e ouço na voz que ela o conquistou.

11

VERA LIGA PARA ASSEGURAR-SE DE QUE ARTHUR CHEGOU bem à minha casa.

— Só entre você, eu e o batente da porta, — diz — ele bebeu um pouquinho.

Respondo que sim, chegou ótimo, tivemos uma boa conversa e decidimos algumas coisas. Estou no telefone da cozinha e Arthur, Cal e Maddie, na sala de estar, brincando com Stump. Ouço Maddie jogar a ferradura de borracha e dizer a ele:

— Pegue, garoto, pegue.

— Vocês dois realmente se deram bem — diz-lhe Cal, e vejo pelo tom da voz que está satisfeito.

Até mesmo Arthur tem alguma coisa a dizer.

— É um bom cachorro, mas, Deus do céu, veja só o uniforme de marinheiro francês que está usando. Devíamos fazer Sammy andar na prancha por botar isso nele.

Todos riem, e por que não? Um bassê de uniforme francês, a ferradura de borracha pendurada na boca.

— Parece um bêbado de folga na praia — diz Arthur, e ri ainda mais alto.

Conto a Vera que Maddie vai morar aqui comigo por um tempo. Segue-se um longo silêncio. Então ela pergunta:

— Seu irmão não continua aí? Dois velhos solteirões com uma adolescente? Você sabe, Sam, as pessoas falam.

— Não há motivo.

— Ah, dificilmente há. Ainda assim, as pessoas desta cidade, bem, você sabe.

Não quero pensar nas pessoas nem nos tolos que somos na maioria das vezes. Em vez disso, desejo demorar-me na imagem de Stump com o uniforme de marinheiro francês e a ferradura de borracha; ouvir as risadas que vêm da sala da frente. Desejo deixar tão claro quanto possível a Vera o que sinto.
— Passei anos vivendo demais dentro de minha cabeça. Só eu e meus cachorros. Agora aí está essa menina, Maddie. Tê-la em casa significa alguma coisa pra mim, uma coisa que mal consigo pôr em palavras. Ela ilumina tudo. Só o fato de tê-la em casa esta noite já torna tudo diferente.
— Mas e Arthur? Ele perdeu sua querida Bess, e agora isso? Não acha que ela devia morar com ele?
— Vai acabar morando. — Sinto essa verdade cortar-me o coração. — Eu só pretendo aplainar o caminho. Oferecer uma zona de amortecimento para os dois se sentirem à vontade um com o outro. Porém, cedo ou tarde, claro, ela volta pra ele. Sei disso, Vera. Mas, por enquanto... bem, por enquanto é por enquanto. É o mais longe que consigo ver.

Ela dá um suspiro. Ouço cubos de gelo chocalharem num copo, e imagino que também esteja se animando um pouco para a véspera de Natal.

— Já pensou até o dia de Natal, pelo menos? — quer saber. — Você e sua família improvisada? O que vai fazer amanhã?
— Amanhã?
— Exatamente como imaginei. Você não faz idéia, faz, Sam?
— Acho que não.
— Venham almoçar em minha casa. Pronto, o que acha dessa, parceiro?
— Todos nós?
— A turma toda. Agora diga boa noite. Muito Vera tem muito o que fazer.
— Mas você já não tem outros planos?
— Ah, queridinho — responde ela, com um segredo na voz.

— Minha filha e a família dela moram em Estocolmo. Suécia, pelo amor de Deus. Não vêm aqui há anos. Por favor, venham almoçar, os quatro. A gente encontra família onde pode, não? Teremos uma bela refeição, e todos nos sentiremos... bem, queridinho, todos nos sentiremos um pouco menos sós. Eu não pensaria em Vera como solitária. Afinal, é a famosa Vera do *Muito Vera*. Vejo-a pela cidade, sempre acenando a um e outro. "Oi, senhor Fatiador de Carne da Delicatéssen do Wal-Mart. Bom dia, senhorita Menininha de Trás do Guichê no Banco, Oi, você, você e você. Oi." Assim é Vera. E agora ei-la aí, entalada com estes desajustados no jantar do Natal.

— Amanhã — digo.

— Obrigada, Sam. Até amanhã.

Arthur apressa-se a embarcar.

— Vera — diz — cozinha como ninguém. Comida do céu. Não como o grude improvisado que velhos cozinheiros de rancho como nós costumamos preparar, certo?

— Fale por si mesmo — diz Cal. Eriça-se, orgulhoso como é de seus talentos culinários. — A que hora devemos chegar? Meio-dia? — Faço que sim com a cabeça, e vejo-o calculando o tempo.

— Tudo bem, então. — Bate palmas. — Tenho de me enfiar na cozinha e começar a chocalhar aquelas panelas e frigideiras.

— Do que ele está falando, Sammy? — quer saber Arthur.

— Não acha que vou chegar de mãos vazias, acha? — Cal dá-lhe uma risadinha. — E não vai ser comida de rancho, senhor sabidinho. Nada de merda servida em ardósia, cara. Sacou?

Não espera resposta. Vai para a cozinha, e ouço a porta da geladeira se abrir. Seguem-se o ruído da frigideira no fogo, o barulho de algum ingrediente cortado na bancada, o cheiro de cebola fritando e o cantarolar de alguma coisa em italiano.

Maddie precisa de certa persuasão. Esparramou-se no sofá, que será sua cama enquanto Cal continuar no quarto de reserva. Assiste a um programa de televisão — uma espécie de jogo

idiota em que japoneses com capacetes de segurança tentam fazer alguns números e acabam por cair num rio.
— Essa mulher — diz. — Essa Vera me deixa maluca.
— Baixo o volume.
— Do que é que você não gosta nela?
— É simplesmente tão... tão... — Ela morde o lábio, tentando encontrar a palavra certa. — Tão... ah, eu não sei o quê, mas não gosto dela.
— Tão perfeita?
Ela estala os dedos.
— Isso aí. Ééé. Perfeita.
— E tem algum problema nisso? — pergunta Arthur.
Ergo a mão, num sinal para que ele não force a barra.
— Ela é simplesmente tão Martha — diz Maddie.
— Stewart? — pergunto, completando o nome da famosa guru da moda.
— Ééé. É a Martha Stewart da cidade de Podunk, Illinois. — Adota a voz de Vera, tranqüilizante e musical. — Fazer crochê em papel higiênico é simples como debulhar feijão ou enfeitar o gramado de pedra para um feriado.
— Você não deve fazer gozação.
— Ah, por favor — responde Maddie. — Fazer gozação é tão legal.
Clica o controle remoto e aparece a Rede Casa e Jardim. Uma emproada ruiva explica como iluminar aposentos escuros e dar mais alegria a nossas vidas.
— Estão vendo? — pergunta Maddie. — Essas pessoas só querem nos lembrar de como ficamos "merdosos". É isso que eu não gosto em Vera.

DEPOIS QUE ARTHUR FOI PARA CASA E MADDIE ADORMECEU no sofá, entro na cozinha, onde Cal deixa escorrer a água de lavar pratos. Tigelas de mistura e utensílios sujos enchem a

| 141

bancada. A criação — uma espécie de fritada com batatas e cebolas — esfria no fogão.
Não conheço outro modo de fazê-lo senão dizer claramente.
— Quer explicar isso? — pergunto, mostrando-lhe o mapa.
Ele olha-o e curva a cabeça sobre a pia. Mergulha as mãos na água dos pratos; algumas bolhas de espuma sobem flutuando e vagam algum tempo, até colidir e explodir.
— Não me agrada que você veja isso — ele acaba por responder. — Falo sério, Sammy. Estou envergonhado.
— É Chicago — digo. Ele continua sem me olhar. Lava a tigela, mergulha-a na água de enxaguar e põe no secador. — É a Torre da Sears. — Vejo-o fechar os olhos apenas um instante. Espreme-os como se sentisse dor de cabeça. — Quem desenhou esse mapa, Cal?
— Mink — responde ele num sussurro. — Na noite em que bebemos na Associação de Veteranos.
— Cal — digo, com medo de onde isso pode levar.
Ele me olha; vejo as lágrimas inundarem seus olhos.
— Mink desenhou quando me contava como ia ser. É melhor acreditar em mim, parceiro — advertiu. — Isso é coisa séria. Eu disse que sim, diabos, sim, já sabia. Lembre-se, estava bêbado, Sammy. Falava o que me vinha à cabeça. Mink acabou o uísque barato e se levantou pra sair. "Seu mapa", lembrei, e ele me mandou guardar. "Suvenir", disse. — Cal enxuga os olhos com a manga da camisa. — Sammy, eu acordei sóbrio na manhã seguinte, vi esse mapa e fiquei morto de medo.
— Por que o guardou?
— Achei que, se tudo desse errado em Chicago, teria o mapa e poderia procurar a polícia e contar tudo sobre Leonard Mink.
— Mas não iriam desconfiar de você, depois de Mink morto?
— É a letra dele, não a minha.
— E você falou sobre tudo à polícia depois que ele morreu?
— Não podia. — Espero que me conte mais detalhes, mas ele

não o faz. — Acredite, Sammy, naquele momento, eu não podia dizer uma palavra. Apenas deixei a polícia pensar o que quisesse, que eu era um herói, e então me mandei da cidade.

— E este endereço? — Mostro-lhe o papel onde em algum momento ele escreveu: "5214 Larkspur Lane". — É de alguém em Chicago?

— Não, Chicago, não. Esse endereço nada tem a ver com Mink, Zwilling ou Chicago. — Enxuga as mãos num pano de prato. — Anotei esse endereço para não esquecer. Se surgirem problemas e eu precisar correr de novo, há algo de que quero cuidar pessoalmente, e esse é o lugar onde preciso fazer isso.

— Onde fica, Cal? Em que cidade?

Ele balança a cabeça.

— Você não vai querer saber. Confie em mim, Sammy. Se a merda bater no ventilador, não quero que salpique em você.

Acredito que tenta me proteger. Cheguei ao ponto onde receio saber mais, — essa história ameaça correr a lugares assustadores demais para pensar a respeito — por isso não insisto no assunto. Ele me faz sinal para segui-lo.

Entramos na cozinha, com o cuidado de não fazer barulho ao andar para não acordar Maddie. Ela dorme de lado, as mãos juntas sob a face, como imagino que fazem as pessoas quando se deitam para dormir no céu. Também reparo que, por um instante, paramos e a observamos, como devem fazer os pais quando olham os filhos à noite. Surpreende-me ver como, apenas neste instante, tudo o mais se afastou e importa apenas o fato de que ela está aqui conosco, e agora temos essa garota para cuidar.

Dou um passo para cruzar o corredor, mas ele me agarra pelo braço e me detém.

Vai até o sofá e, com muito cuidado, puxa o cobertor para os ombros de Maddie, para ela não sentir frio e acordar.

Sinto-me agradecido por estar presente e ver isso, a carinhosa preocupação de meu irmão. Quero conservar a sensação, mas o tempo marcha para a frente, e sei que logo ele se voltará e o seguirei.

Cal desce o corredor, e juntos entramos no seu quarto. Ele fecha a porta, o armário e pega a mochila. Enfia a mão dentro e tira um envelope pardo, amassado e mole de tanto uso, um desses envelopes enormes, a aba presa com um clipe.

— Abra — pede.

Dentro há cópias do mapa que encontrei na garagem: o centro de Chicago, a Torre da Sears e a rota para o carro da fuga.

— Fiz cópias — ele explica. — Para o caso de perder a primeira como fiz esta noite. Sou um homem descuidado, Sammy. Você sempre soube disso. Eu gostaria de jamais ter colocado os olhos em Leonard Mink. — Torna a guardá-los no envelope, põe na gaveta de cima da cômoda e fecha-a. — Se quer saber, Sammy, todos temos um momento que gostaríamos de consertar em nossas vidas.

Levo um longo tempo para adormecer, meditando sobre a história que Cal me contou e a parte que não contou, o que lhe impossibilitou mostrar à polícia o mapa e revelar toda a história. Quando finalmente caio no sono, lá pelo amanhecer, sonho que nós dois estamos em Jerusalém. Um sol forte reflete-se nas pedras brancas. Uma brisa quente vem do Mediterrâneo. Entramos em Getsêmani, onde Cristo passou a última noite antes de ser levado para a crucificação, e ali, entre as retorcidas oliveiras e as rochas, Cal toma a minha mão e sinto que me encontro no lugar onde o mundo teve sua chance e deixou-a passar, e onde todas as encrencas começaram. É o que sinto no sonho, a tremenda sensação de que houve uma época quando podíamos ter feito uma troca de amor uns com os outros, quando podíamos ter-nos salvo de toda a infelicidade futura.

Então tudo se passa como nos sonhos: Cal e eu corremos — com pernas de meninos — por becos estreitos, os pés pisam em paralelepípedos, os ombros roçam paredes de pedra, e, embora eu não saiba quem nos persegue, tenho de correr o mais rápido possível, para manter-me emparelhado com ele, que disparou na frente. E corro mesmo. Corro e corro até acordar para o mundo conhecido, aquele que tentamos arruinar do melhor modo possível, aquele que testa as profundezas de nosso amor. Fico acordado, dizendo a mim mesmo: esta é minha cama, esta é minha casa, esta é minha vida para o que der e vier. Procuro o roupão e os chinelos e saio para a sala de estar. O céu ilumina-se no leste, e há luz suficiente para ver Maddie no sofá e Stump estendido ao lado. Ele grunhe no sono. Fora do cobertor, o braço dela repousa nas costas dele. Por ora basta a visão dos dois juntos. Basta para deixar-me satisfeito por todos os dias, meses e anos que se somaram até chegar a isto. Eis-me aqui na manhã de Natal, e, pela primeira vez em mais tempo do que consigo lembrar, tenho um lugar para ir e a companhia de pessoas para desfrutar.

12

MADDIE DECIDE, EM VISTA DA ESCOLHA ENTRE IR À CASA de Vera e ficar sozinha com um cachorro-quente e uma lata de costeleta de porco com feijão, que não vai doer-lhe, pelo menos esta vez, pôr os pés sob a mesa da minha amiga.

— Na certa será uma bela mesa — diz. — Uma mesa Muito Vera.

Tenta fazer gracinha, mas, ao fazê-lo, um tremor na voz — e uma ruga na testa, um enfraquecimento em torno dos olhos — me diz que não detesta Vera tanto quanto deseja mostrar.

Cal esquenta a frigideira em que prepara batata russa e Maddie pede-lhe para provar "só um bocadinho". Ele responde que ela vai ter de esperar até servirem o prato no almoço.

Assim vamos nós — Cal, Maddie, Arthur e eu. Desejamos feliz Natal uns aos outros, entramos no Chrysler de Arthur e atravessamos Christy até a parte da cidade conhecida como Bosque do Esquilo Branco. Magníficas casas velhas recuadas da rua, em terrenos cobertos de árvores onde os esquilos — brancos, cinzentos e entre uma cor e outra — correm e saltam.

Logo nos vemos reunidos em torno da mesa. Eis o primeiro pato assado, a calda de arando, inhame, a frigideira de batata russa de Cal.

— Você pôs cebola caramelada em cima — diz Vera. — Ora, isso pode ser arriscado.

— Oh, não é tão difícil quando se conhece o segredo — responde ele. — Você deve saber do que digo. Uma velha profissional como você.

— Bem... — começa Vera, mas ele não a deixa concluir. Vejo que está ávido demais para exibir o que sabe.
— Um pedaço de pergaminho — diz.
— Exatamente — concorda ela.
Estende a mão e aperta a dele.
Meu irmão diz:
— Logo depois de botar um pingo de manteiga e uma pitada de açúcar na frigideira.
Ela responde:
— Impede a evaporação da umidade. Cal, você é uma preciosidade.
Ele sorri, e faz-me bem ver como fica satisfeito. E por que não ficaria? Eis aí o primeiro pinheiro aparado e iluminado. O cheiro de velas de baga de loureiro acesas nos castiçais de peltre. A luz refletida dos copos de cristal com água, as taças de vinho transbordando de cidra faiscante, a porcelana. Os toros que estalam na lareira. Eis aí as casas de boneca em miniatura que Vera coleciona, expostas em mesas ocasionais, estantes de livros e na bancada atrás de onde eu e Maddie nos sentamos juntos. Enquanto Vera e Cal papeiam sobre pergaminhos e cebola caramelada, surpreendo Maddie voltando-se para olhar pelas janelinhas as minúsculas pessoas, pratos e cadeiras, as colchas de retalhos em camas não maiores que selos postais.
— É uma coisa, não? — sussurro-lhe.
Ela dá de ombros.
— Tudo bem — diz, mas vejo que ficou impressionada, como eu, com os patins de gelo em miniatura, barras de sabão e tudo o que se pode pensar, todos os detalhes perfeitos de nossa vida.
— Feliz Natal. — Vera ergue a taça, e todos erguemos nossos copos.
— À anfitriã e castelã — diz Arthur, e eu acrescento meu modesto agradecimento.
— Obrigado por pensar em nós — digo.

Comemos sem muita conversa, convidados bem educados que se sentem apenas um pouco estranhos uns aos outros, que falam de vez em quando para fazer um cumprimento a Vera pelo pato ou o recheio de nozes, dizer como é bela a neve, comentar o Jantar de Mistério do Assassinato na véspera de ano-novo.

— Uma verdadeira história policial — diz Arthur com um sorriso. — Que acha, Maddie? Que lhe parece?

— Chato — responde ela, pegando o recheio com o garfo. — Cidade do Cochilo. É o que parece.

— Bem, eu acho um barato — diz Arthur.

— É mesmo — concorda Vera. — Cal, você tem de vir. É uma festa à fantasia. Precisa ver a que escolhi para Sam.

Arthur quer saber que tipo de fantasia eu ganhei.

— Espero que não seja nada chamativo — explica. — Como o uniforme do cachorro.

Vera sorri para mim.

— Ah, uma fantasia para seu cachorro. Que barato. Por favor, me conte.

— É só um uniforme de marinheiro — explico, embaraçado. — Só uma coisa que encomendei pelo correio. Você sabe, de farra.

— Ah, foi sensacional — diz Arthur. — O marinheiro Stump todo nos trinques. Todo coberto de fitas e laçarotes.

— Estava bem bonitinho — diz Maddie.

— Não sei, não. Eu diria que estava efeminado.

— Ora, veja — diz Vera, com um gesto da mão. — Esse tipo de conversa me cansa. Como a história daquele menino. Vocês sabem a quem me refiro, Dewey Finn? Duncan apareceu outro dia... Dewey era tio-avô dele... me perguntando o que eu lembrava sobre a morte do garoto. Eu gostaria que as pessoas deixassem isso pra lá. História antiga. Kaput.

— Dewey Finn? — pergunta Maddie.

— Um menino da Cidade dos Ratos — explica Vera. — Foi há muito tempo. Cal, você se lembra, não?

— Dewey Finn — responde ele, e continua a comer.

Quando eu falo, faço o possível para manter a voz normal, como se tentasse lembrar alguma coisa que ouvi e depois esqueci.

— É, havia um menino da Cidade dos Ratos, mas não é uma história para um dia como este. Não é de modo algum uma história de Natal.

Vera diz:

— Foi morto por um trem. Da National Limited. Ele se deitou nos trilhos ao norte da cidade. Acho que era o que desejava. As pessoas disseram que por estar muito atormentado... vocês sabem, porque gostava de meninos... e não suportava mais a idéia de viver. Não é isso que você lembra, Sam?

— Foi há muito tempo — repito.

— Acho que Sammy tem razão — diz Arthur. — Talvez não seja mesmo uma história para ouvir no Natal.

Faço o que posso para desviar a conversa.

— Vera, não sei como você consegue ser tão descontraída e natural no rádio. — Ponho a faca na borda do prato. — Eu pensaria em toda aquela gente me ouvindo e ficaria morto de medo.

— Ah, não é nada, queridinho. — Ela pisca para mim. — Só papo furado. Eu apenas falo no microfone. Blablablá. Sempre fui boa para tagarelar.

ESTA NOITE, QUANDO MADDIE E EU FICAMOS A SÓS NA minha cozinha, depois que Cal se recolheu, ela diz:

— Você conheceu esse menino, esse tal de que Vera falou. Era seu amigo, não era?

Estamos tomando chocolate na cozinha e comendo uma fatia de bolo condimentado da padaria do Wal-Mart. Comparado com o banquete na casa de Vera, é pífio, mas ainda há uma coisa para amar no fato de nos sentarmos aqui nesta noite de Natal, o bolo em pratos de papel, o chocolate fumegando nas canecas e Maddie esperando que eu responda à pergunta.

— Era — respondo. — Era meu amigo.

É a hora da noite na qual, de um modo geral, sinto a escuridão fechar-se em volta — outro dia quase passado — e me vejo pensando em como o tempo escorre e nos faz desejar ter tido mais. Como será, pergunto-me, quando eu chegar ao fim da linha, da mesma forma como Dewey chegou naquela primavera de 1955? Às vezes, para ser honesto, disponho-me a acabar com tudo isso, simplesmente desaparecer na escuridão, afastar para longe todos os ruídos da vida, e não ser mais que um nome dito de vez em quando por alguém que tenta lembrar o nome do velho solitário e dono de uma sucessão de cachorros — todos eles bassês — como companhia.

Então há momentos assim — Maddie me fala em tom suave, tranqüilizador; Stump deitado de barriga no chão a meus pés, mastigando a ferradura de borracha — em que desejo que tudo continuasse indefinidamente, quando me permito acreditar apenas por um instante que talvez haja mesmo um céu onde se lavam todos os pecados e os mortos vivem para sempre no paraíso.

— É verdade? — pergunta Maddie. — O que Vera contou? Aconteceu desse jeito? O menino se deitou e esperou o trem?

A resposta fácil é sim, sim, é verdade. Sim, aconteceu assim mesmo. Mas na verdade há tantas coisas mais que não consigo me forçar a contar.

— Foi uma coisa horrível. — Tento tomar outro gole do chocolate, mas a mão treme e tenho de repor a caneca na mesa. — Uma coisa que você jamais ia querer saber.

Mas ela quer.

— Ele queria morrer porque não suportava ser diferente?

— Era só um menino — respondo. — Nós dois.

Curvo a cabeça, receio haver falado demais, haver me denunciado. Após todos esses anos sem ninguém em casa além dos cachorros, não sei como falar às pessoas de coisas importantes. Passei uma vida inteira a esconder-me do mundo. Ergo o olhar para Maddie e ela tem tanta bondade no rosto que não consigo falar. A garganta fecha-se e sinto a dor. Então preciso levantar-me e afastar da mesa, para ela não ver como fiquei abalado. Vou até a pia, onde despejo o que restou do chocolate e lavo a caneca. Maddie demora-se muito a juntar-se a mim. Põe a mão em minhas costas e diz:

— Se você o amava... se ele era especial para você, tudo bem. E deixa-me só. Atravessa o corredor até o banheiro, como preparação para a cama. Vai dormir no sofá de novo esta noite, e quem sabe quantas outras noites futuras, e sinto-me feliz com isso — tão feliz quanto não me sinto há muito tempo.

AINDA ASSIM, NÃO CONSIGO TIRAR DEWEY DA CABEÇA. Lembro-me da noite em que Arthur e dois de seus amigos se achavam diante do salão de bilhar, na zona norte, no subúrbio. Era 1955, e Mount Gilead comemorava seu centenário. Os homens deixavam crescer barbichas, para participar de um concurso. Chamavam-se de "Companheiros da Escova". Alguns dos rapazes mais velhos, como Arthur e seus amigos, também as exibiam, e isso lhes dava mais bossa que de hábito. Nessa noite, diante do salão de bilhar, acendiam palitos de fósforo e jogavam uns nos outros e, às vezes, nas pessoas que andavam na calçada. Sentiam-se entediados e bastante perversos, como são os adolescentes, e punham um pouco de veneno no modo como acendiam os fósforos. Acendiam-nos nas fivelas dos cintos, nas solas dos sapatos. Quebravam-nos com as unhas, cuspiam-nos dos dentes. Creio que você diria que acendiam os fósforos com raiva.

Alguns fatos eu jamais esqueço. Ficaram gravados a fogo em mim. Sei que não é hora de fazer graça, mas às vezes as palavras simples se apresentam, e eu não posso deixar de usá-las. Como se não pudesse esta noite impedir-me de dizer o que fiz com Dewey. Ele saiu andando para o outro lado da rua, e, como eu não sabia o que deduzir do beijo que recebera no beco atrás de nossas casas, disse: "Olhe só aquela bichinha. Não é uma doçura?" Isso agra-

| 151

dou aos outros rapazes e Arthur gritou-lhe: "Dewey! Oh, Dewey. Venha cá, docinho". Eu tornei a gritar: "Bicha", como ouvia dizerem muitas vezes na cidade.

Um dos amigos de Arthur usava uma camiseta, um maço de Lucky Strike enrolado na manga. O outro era magrelo e punha o cinto bem alto na barriga. Tinha um lápis atrás da orelha. São coisas que lembro.

Poucos dias depois, Dewey estava morto, e só me resta imaginar, como venho fazendo há anos, a infelicidade que posso ter iniciado para ele quando o chamei de bicha e Arthur e os amigos ouviram. Como fiz os últimos dias de sua vida ao dizer isso, para proteger-me, com medo de que gente como Arthur acabasse por imaginar a verdade a meu respeito.

Como por fim fez meu pai, poucos anos depois da morte de Dewey. Foi, como tantas vezes acontece com os momentos que mudam nossas vidas, uma pequena coisa que o fez entender a verdade que sem dúvida vinha sentindo mas não se dispunha a aceitar. Talvez essa verdade tenha começado a roê-lo na noite em que Dewey morreu. Ou talvez Cal, antes de deixar a cidade poucos dias depois, lhe contasse o que vira naquela noite em que Dewey me beijou no beco, e meu pai fizesse o possível, enquanto pôde, para acreditar que não significava nada.

Qualquer que seja o caso, o segredo tornou-se claro num domingo de agosto, quando eu e meus pais fomos de carro ao parque do estado jantar na Hospedaria Lakeview. Era uma comemoração. Eu fazia dezenove anos e acabara de empregar-me num serviço de faxina. Recebera o primeiro pagamento na sexta-feira, e agora levava meus pais para jantar fora.

— Um verdadeiro Rockefeller — disse o velho com um sorrisinho, mas eu sabia que ele fingia, via que se sentia feliz por mim.

Também minha mãe se sentia assim. As infreqüentes visitas de Cal desde que voltara da Alemanha haviam-lhe tirado a alegria, e, sentados para jantar naquela noite na hospedaria, eu tam-

bém via que ela se achava satisfeita por ter alguma coisa que lhe erguesse o ânimo. Pegou meu braço quando nos sentamos à mesa e fiz um estardalhaço ao puxar a cadeira para ela.
— U-lá-lá — exclamou a velha. — Meu filho, um cavalheiro. — Sacudi o guardanapo e o pus no colo dela. Mamãe curvou-se sobre a mesa para meu pai, que não tirara da cabeça o chapéu fedora de palhinha para o verão. — Está notando, Bill? Está vendo isso? Talvez você pudesse aprender alguma coisa.
— O senhor Calcinha de Renda. — O velho empurrou o chapéu para trás na cabeça e estreitou os olhos para mim. — Então diga lá, Cary Grant, por que não tem namorada?
Eu não soube o que responder. Era uma coisa que ele me perguntava de tempos em tempos, para provocar, e eu sempre repetia: "Bem, você sabe, puxa, pai, acho que sou exigente". Tudo bem, ele respondia. Era melhor viver um pouco primeiro e não se amarrar cedo demais.
— Quarenta anos — dizia. — É a melhor época para se amarrar. Já estará inteiramente gasto a essa altura e, além disso, vai precisar de alguém que cuide de você.
Nessa noite no restaurante, respondi:
— Se quer saber a verdade, eu não acredito muito nesse papo de amorzinho, nhém-nhém-nhém, felizes-para-sempre, não.
Sentia-me cheio de mim mesmo. Dezenove anos e dinheiro no bolso. Como ele às vezes dizia, apenas falava para ouvir a mim mesmo.
— Ah, isso pode servir pra os outros — prossegui. — Mas eu?
— Estendi os braços para longe do corpo, como se alguém me revistasse. — Ora, vamos. Sério. Por acaso eu pareço esses caras que deixariam uma garota caidinha?
Sabia que minha mãe não tinha motivo algum para desconfiar. Eu não era um maricas; na verdade, não achava que houvesse nada de efeminado em mim. Era um rapaz magro, de aparência bastante normal, mas de modo algum bonito. Nem mesmo bonitinho.

| 153

Às vezes examinava os outros rapazes da cidade, os que perseguiam as garotas, correndo em volta cheio de hormônios. Tipos como Cal e Arthur. Mesmo eles tinham uma característica aqui e ali que, na medida certa, podiam parecer femininas: cílios longos, dedos finos afunilados, clavículas delicadas. Mas ninguém pensava nada deles, como eu não imaginava que alguém pensasse nada de mim quando me via circulando. Era apenas um rapaz, agora sentado naquele restaurante, fazendo graça para os pais. Ninguém pensaria coisa alguma sobre mim e o segredo que guardava.

Minha mãe disse:

— Você é muito bonito, Sammy.

Esticou o braço sobre a mesa para dar-me um tapinha na mão, e ao fazê-lo um fio da manga do vestido desceu flutuando no ar e caiu no meu braço.

Espanei-o, não com a mão espalmada como eu vira meu pai fazer ao tirar da roupa o pó da sala do moinho no tanque da varanda, após o trabalho, mas com as pontas dos dedos — um peteleco de leve, com as costas da mão, e vi o jeito que ele me olhou, como se alguma coisa ficasse repentinamente clara para ele, como se houvesse, por fim se livrado de uma farpa na pele.

Foi o que revelou tudo. Aquele fio solto. A maneira como o espanei com um movimento que meu pai talvez jamais me tivesse visto fazer e, de repente, não pudesse ignorar o rapaz que eu era. Não devia ter sido nada, o movimento, mas ali mesmo, em vista de tudo o que ele devia sem dúvida haver suspeitado, era tudo.

— Estou com fome — disse ele, numa voz demasiado alta e rosnada. — Deus do céu, que fome. Juro que comeria um alce.

Minha mãe riu.

— Não precisa contar a todo o restaurante. Francamente, Bill. — Olhou para trás. — As pessoas vão pensar que não sabemos nos comportar.

Ele não tirou o chapéu. Nem mesmo quando a comida chegou, nem quando ela lhe pediu em voz baixa:

— Bill, por favor.

— A gente tem o direito de usar a porra do chapéu. — Puxou a aba do chapéu diplomata. — Sim, senhor. Onde quiser, porra.

Senti por minha mãe. Tudo perdera a graça — a noite festiva que desfrutava — e ela não entendia por quê.

Só ele e eu sabíamos. A vergonha nos envolvia: no modo como mantínhamos a cabeça baixa sobre os pratos e mal falávamos uma palavra; nas débeis respostas que dávamos às perguntas que a garçonete fazia ("Mais chá gelado? Café? Há espaço para sobremesa?"); na maneira desafiadora como ele mantinha o chapéu puxado sobre os olhos, como se esperasse poder isolar a verdade que agora tornava-se clara entre nós.

Mas não podia negá-la e, mais tarde nessa noite, quando eu me preparava para me deitar, ele veio ao meu quarto e me disse:

— Dewey Finn.

— É — respondi.

Abotoava a camisa do pijama e, de repente, meu pai não podia olhar, não podia tolerar a visão de meu peito nu. Baixou os olhos, enfiou as mãos no bolso e balançou-se sobre as plantas dos pés.

— Vocês dois — disse, e não pude mais me segurar, respondi sim, era verdade, eu era igual a Dewey.

Por isso não tinha namorada. Essa era a verdadeira resposta à pergunta que ele me fizera no restaurante.

Meu pai respirou fundo. Correu a mão pela cabeça, da testa ao topo, sem pressa, como se as palavras certas estivessem ali no cérebro, e se ele tocasse no lugar certo poderia invocá-las e me dar todas de presente. Deslizou a mão pelo pescoço e parou ali. Ergueu o rosto para mim, com uma expressão nos olhos que só posso descrever como de impotência.

— Nossa, Sammy — disse. — O que faço com isso... essa coisa que você está me dizendo? Esse jeito de ser? É uma coisa que eu não conheço.

Você tem de lembrar que estávamos em 1955, e meu pai era

um homem, como a maioria então, que não fazia idéia de até onde alcança o amor.

— Não pode simplesmente deixar pra lá? — perguntei. — Por que precisamos ter alguma coisa com isso, de qualquer modo?

Devo dizer que não o culpo — naquela época. Dispunha-me a deixá-lo ser o homem que era, alguém que tinha problema com a idéia de o filho ser bicha. Eu só queria o mesmo dele: que me deixasse ser quem eu era. O problema, claro, era que tínhamos objetivos contrários. Como podia um de nós ser quem de fato era perto do outro enquanto carregasse consigo o menor grão de repugnância, ou, por mais que me doesse dizê-lo, ódio?

Ele balançou a cabeça. Tirou as mãos do bolso e juntou-as, como a dizer tudo bem, é, tudo bem. Voltou-se para sair do quarto. Eu queria que saísse. Mas vi-o parar e agarrar o alto do batente da porta, como se tivesse de impedir-se de dar outro passo.

— O que quer que aconteça em sua vida nesta cidade daqui por diante... — Por um longo instante ficou ali parado, cabisbaixo, os ombros desabados. — Você só pode culpar a si mesmo.

Bateu com a palma no batente. Depois saiu. O silêncio instalou-se à minha volta, e mal pude levantar-me para apagar a luz, fechar os olhos e mergulhar no sono, os ouvidos em chamas com a coisa feia que ele dissera, que eu imaginava fossem seus sentimentos sobre o destino de Dewey, deitar-se na frente do trem por não poder viver com o fato de quem era — causar seu próprio fim.

Quando meu pai morreu, em 1973, já enviuvara; minha mãe fora embora antes. As últimas palavras que lhe falei foram no funeral dela.

— Posso cuidar de você — disse. A essa altura, o coração dele já lhe havia falhado uma vez e não demoraria muito a parar para sempre.

Ele me lançou um olhar feroz, no qual dizia não precisar de mim. Qualquer amor que me dedicasse fora embora tão logo descobrira que eu era bicha.

— Não precisa cuidar de mim — declarou.

E foi só.

156 |

13

O SOL BRILHA FORTE NA MANHÃ APÓS O NATAL, QUANDO levo Stump para um passeio. Algumas pessoas, ansiosas por concluir os tediosos trabalhos dos feriados, deixaram as árvores no meio-fio para os lixeiros pegarem. Aqui e ali alguns fios de papel laminado ainda pendem de algumas delas e faíscam à luz do dia. Pedaços de fita — verdes, vermelhas, prateadas e douradas — flutuam na brisa, que nesta manhã vem do sul, prometendo aquecimento e degelo de toda a neve.

As crianças do bairro aproveitam enquanto podem, fazem bonecos nos quintais, correm em pequenos trenós, sobem aos saltos os montículos no parque da cidade. Os cachecóis de lã desenrolam-se atrás quando disparam. Os gritos ressoam no dia claro e luminoso.

— Espere aí, Dênis MacMauzinho — grita um menino para outro, e logo o reconheço, o que grita, como o que contou a piada do pirata a Stump.

Dênis MacMauzinho — delicio-me com o capricho do nome inventado.

Um cachecol de lã vermelha escorrega do pescoço dele, e eu o pego no ar. Stump força a coleira, ávido por seguir os meninos que passam correndo.

Mas temos nosso próprio dia pela frente; esta caminhada rápida, para contornar uma vez a quadra, e depois a volta para o café-da-manhã em casa. Peru e carneiro para Stump. Waffles belgas, receita que peguei num programa de Vera, para Maddie, Cal e eu. Ele tem preparado quase tudo desde que chegou, e é hora de eu mostrar serviço. Decidi ir à festa da véspera de ano-novo de Vera. Farei o papel do Feliz Mickey Finn.

Agito o cachecol no ar.

— Ei — grito. — Seu cachecol. — Mas o menino continua a correr. Então repito, e o som de minha voz me excita e assusta ao mesmo tempo. — Ei, Dênis MacMauzinho.

Ele pára, volta-se, a boca aberta de pasmo, desorientado por ver que um adulto como eu escutou essa conversa privada de meninos e agora teve a ousadia de usar a linguagem deles como se fosse sua.

Estendo-lhe o cachecol. Ele volta, os passos a princípio hesitantes. Então o toma de minha mão e corre a juntar-se aos amigos, que disparam na frente. Dênis pára uma vez, quase na metade da quadra, e grita-me:

— Gosto do seu cachorro. — Agita o cachecol no ar. — Obrigado, Dênis MacMauzinho — acrescenta, e desce a rua a correr, deixando-me a rir sozinho e a agradecer este único e simples momento de alegria.

Ah, quem me dera um mundo feito somente de dias como este e um MacMauzinho atrás do outro.

QUANDO CHEGO EM CASA, CAL E MADDIE ESTÃO dançando. Juro por Deus. Meu irmão ainda está lépido o suficiente para bater os pés nas tábuas e mostrar a ela um pouco daquela dança gingada em que sempre foi o tal. A garota ligou o estéreo portátil — o som, creio que é como chama — na sala de estar, e ele colocou um CD de Carl Perkins. Toca "Blue Suede Shoes", e mostra-lhe como girar, saltar e dar voltas.

Stump olha de baixo como a dizer "Que diabos", e também fico pasmo.

Os dois tentam fazer um oito, como na patinação, mas perdem o equilíbrio e desabam no sofá, às gargalhadas.

Stump começa a latir, e então me notam ali.

— Deus do céu, Sammy — diz Cal. — Estava me vendo fazer papel de bobo? Antes eu gingava como os melhores.

— Para mim, pareceu bem legal — respondo. — Mais um pouco de prática e estará pronto para a festa de Vera.

— Dificilmente acharei o mesmo — diz ele. Ergue as mãos e balança a cabeça. — Não, acho que vou ficar quieto na véspera do ano-novo.

— Ora, vamos — Maddie puxa-o pela manga da camisa. — Vamos mostrar a todo mundo como se dança.

— Vá em frente, senhorita — diz ele. — Eu fico em casa e depois vocês me contam como foi.

— Nem pensar — declaro, decidindo por enquanto não insistir no assunto e pôr em risco toda essa alegria. — Agora vou preparar um café-da-manhã pra gente.

Cal salta logo.

— Isso é comigo, Sammy.

— Esta manhã, não — respondo.

E vou para a cozinha iniciar os trabalhos.

Depois de colocado tudo na mesa, ele despeja calda de bordo nos waffles. Maddie espalha geléia de morango no dela. Senta-se de pernas cruzadas, os pés encolhidos sob os joelhos. Usa calça de ginástica e uma camisa de flanela masculina sobre a camiseta branca. Levo um instante para perceber que a camisa é minha, a plissada com a floresta em verde e preto que Cal me deu no Natal. Deixei-a dobrada em minha cômoda, e agora aí está Maddie usando-a como se fosse sua.

— Tudo bem, né? — ela pergunta, ao perceber que examino a camisa. — Fiquei com um pouco de frio.

E aí é que está. Não me incomoda nenhum pouco. Na verdade, sinto-me felicíssimo porque esta é uma das raras vezes em minha vida que alguém precisou de alguma coisa e pude oferecê-la. Como fiz quando dei o cachecol ao menino. É o que começo a aprender. Esses presentinhos, essas formas simples de encontrar amor.

— Tudo bem — digo. — Cai bem em você. Combina com o verde dos seus olhos.

Ela lança-me um olhar cético.

— Nossa, Sam — diz. — Volte ao planeta Terra. Só estamos falando de uma camisa.

Não posso deixar de notar, então, a maneira ordenada como dobrou os punhos — alegra-me o coração saber que sentia frio e a camisa a aqueceu — ou o cuidado que toma a cada mordida que dá no *waffle*, mastigando devagar, às vezes fechando os olhos para saborear melhor, com uma expressão de quem se delicia. Como me sinto feliz por ter feito esses *waffles* que tão obviamente a agradam, por Cal estar aqui e sermos, ao menos por enquanto, uma família.

Quando terminamos os *waffles*, Maddie leva Stump para o navio. Vejo-a acender um cigarro, coisa que não a deixarei fazer em minha casa, e ficar ali parada, fumando e olhando para a casa de Arthur.

Deixo Cal ajudar-me com os pratos. Eu lavo e ele enxuga; durante um bom tempo não falamos muito. Ouvem-se apenas o ruído da água e dos pratos que se chocam na pia e o rangido do pano com que ele os seca.

Então meu irmão diz:

— Você está fazendo uma coisa boa, Sammy. Com Maddie, quero dizer.

— Não sei se Arthur encara assim.

— Talvez não agora, mas vai encarar. É só ter paciência. — Pega um punhado de talheres de molho na água e sacode-os. — Você é um bom homem, Sammy. Sempre foi.

Não sei o que dizer; passei grande parte de minha vida pensando de outro modo. Ouvir isso de Cal, porém, significa alguma coisa para mim, e demoro-me aqui no fulgor desse elogio.

Pela janela da cozinha, vejo que Arthur saiu e conversa com a neta junto à minha cerca. Enfiou as mãos nos bolsos e pendeu a cabeça, como se tivesse dificuldade para dizer o que pretende. Mas diz, e Maddie estende os braços por cima da cerca, passa-os no pescoço dele e dá-lhe um abraço. Fico feliz por ela e por seu bom coração, e também por Arthur, que pretende fazer o que é certo para ela. Uma dor invade-me a garganta, por sentir como me acho tão mais próximo de não a ter em minha casa... mas não era esse o plano desde o começo? Logo, por que sentir algo que não seja satisfação?

O celular de Cal toca. Ele enxuga as mãos e tira-o do bolso da calça. Abre-o e leva ao ouvido. O curioso é que não diz uma palavra, não diz "Alô", não diz "Cal Brady". Apenas escuta. Depois diz:

— Certo. Entendi. Vou estar pronto. Espero a ordem.

Guarda o telefone, e ficamos um bom tempo apenas nos olhando. Finalmente, não agüento o silêncio e digo:

— Pronto pra quê?

— Era Mora Grove — responde ele. — A mulher de Herbert Zwilling, do depósito de grãos.

— Sobre a garrafa de Coca-Cola? Foi por isso que ela ligou?

Cal estreita os olhos para mim.

— Eu inventei isso, Sammy. Li sobre o tal cego no *Daily Mail*. Não fazia a menor idéia de que você realmente tinha a garrafa.

— Por que você faria isso?

— Porque não suportava lhe contar a verdade. — Ele suspira.

— A verdade sobre Herbert Zwilling e eu.

Mantenho as mãos na água em que lavo os pratos até mal agüentar o calor. Retiro-as, olho fixo por algum tempo a pele vermelha, enrugada, e é como se não fossem minhas mãos de maneira nenhuma. Depois digo o que comecei a desconfiar, que Cal e Zwilling se conheceram há mais tempo do que ele admitiu.

— É isso, Cal? Você já estava encrencado no dia em que levou Mink àquele depósito de grãos para pegar o Volare?

Ele hesita. E então fala a coisa que não podia forçar-se a dizer.

— Eu e Zwilling — confessa. — Nós nos conhecíamos havia algum tempo.

Fico sem saber o que dizer, pois tenho medo de onde isso vai dar, e por fim Cal continua:

— Eu não fazia parte dessa milícia, mas Zwilling se envolveu. E continua envolvido. A Milícia do Michigan, Sammy. Conspiração para derrubar o governo. É disso que se trata, e ele sabe que a qualquer minuto posso decidir procurar a polícia e contar tudo o que sei.

— E Mora Grove?

— Ela diz que Zwilling está fazendo barulho para que me cacem. Se ele me encontrar, Sammy... bem, me matará, se tiver essa chance. É o que fará. Vai me botar onde eu não possa dizer uma palavra. É assim que agem os homens desse tipo, os que se julgam acima da lei. Aparecem um dia e dão um tapinha no ombro da gente. Aí, já é tarde demais. Você está liquidado. Mora vai me informar quando for a hora de eu dar no pé.

A porta do fundo se abre, e sinto o coração na garganta. É apenas Maddie que vem do quintal e entra às pressas na cozinha, cantando "Blue Suede Shoes".

— Meu avô me deu sua bênção — diz, e explica que ela e Arthur começam a ter opiniões semelhantes. Continua a cantarolar, parada, as mãos nos quadris, um sorriso no rosto. — Olhem só esse sol, pessoal. Que dia glorioso, e vocês ficam aqui, parecendo que viram um fantasma.

ARTHUR LEVA MADDIE A EVANSVILLE PARA COMPRAR-LHE outro presente de Natal e deixá-la escolher alguma coisa no shopping, e, quando Cal e eu ficamos a sós em casa, digo-lhe, por mais que me doa:

— Não vou deixar você ficar aqui, a não ser que me conte tudo. Vai ter de me contar tudo, Cal. Senão eu o ponho pra fora.

Ele anda de um lado para outro na sala de estar. Manda-me ficar à vontade, pois o que tem a dizer vai levar algum tempo.

Faço isso. Sento no sofá, e enquanto ele fala esfrego a mão na colcha de retalhos e no cobertor que Maddie dobrou. Penso nela desfrutando o ensolarado dia de inverno com Arthur lá fora e, embora não me ressinta disso, percebo que meu maior receio é a probabilidade de que ela deixe minha casa, e Cal, que agora reúne coragem para me contar o resto da história, logo irá também — e aqui ficaremos outra vez, apenas eu e Stump, os dois sozinhos.

Era verdade, diz Cal, o que me contara sobre a bebedeira com Leonard Mink aquela noite na Associação dos Veteranos, mas não, exatamente, a primeira vez que soubera do complô para derrubar a Torre da Sears. Soubera disso anos antes, pois conhecera Herbert Zwilling, envolvido em outros complôs, até no da Cidade de Oklahoma.

— Há todo tipo de gente nessas coisas — diz. — Gente do governo, inclusive. Gente da qual você não suspeitaria. Pessoas como Herbert Zwilling, que dirigem seus negócios e às escondidas não aprontam nada de bom. Acredite, Sammy. Eu sei.

Sabia porque cometera o erro de fazer camaradagem com Herbert Zwilling numa exposição de armas.

— Começamos a conversar — explica. — Ele me perguntou se gostaria de ganhar um dinheirinho extra ajudando no elevador de grãos. Gostaria, sim. Iria lá alguns dias por semana durante a estação da colheita, cuidaria das balanças, anotaria os bilhetes, venderia os fertilizantes, e coisas assim, apenas um trabalho de meio expediente. Aí, um dia, eu era o único lá... Zwilling e Mora Grove tinham ido à zona norte almoçar... o carteiro entregou uma caixa que voltara com pedido de recibo. Não pensei nada na hora. Apenas assinei como o carteiro mandou. Então, quando Zwilling e Mora voltaram do almoço, entreguei-lhe a caixa. Ele examinou o endereço do remetente e disse a ela: "É de Hendrik. O que esperávamos". Não sabia quem era esse Jacob Hendrik, mas imaginei que o que enviara na caixa tinha alguma coisa a ver com a empresa. Tão logo fiquei sabendo que Zwilling fazia parte da milícia, lembrei que a caixa tinha vindo de Cadillac, no Michigan, e descobri que se relacionava com o que acabou por acontecer finalmente na Cidade de Oklahoma: cápsulas explosivas, fusíveis, coisas assim. Você está vendo que coisa mais estúpida de alguém fazer. Agora alguém tem esse recibo de devolução com minha assinatura — alguém que Zwilling conhece — e é a prova de que necessitam para afirmar que estive em todos esses complôs o tempo todo. É esse recibo, você não compreende, que tornou arriscado para mim falar qualquer coisa à polícia mesmo após a morte de Mink.

Cal pára de andar e fica na janela, as mãos espalmadas na mesa da biblioteca, a cabeça baixa.

— Você acredita em mim, não acredita, Sammy? — Volta-se.

— Se alguém acreditaria, imagino que seria você. Às vezes as coisas simplesmente acontecem, coisas que nunca pretendíamos que ocorressem, e lá estamos nós. Você sabe disso, não sabe, Sammy? Eu sei que sabe.

14

DURANTE TODA A SEMANA, REPASSO NA CABEÇA A HISTÓRIA, TENTANDO decidir se acredito nele. Para falar a verdade, não sei no que confiar, e não falamos sobre Zwilling, Mora Grove ou qualquer coisa que aconteceu em Ohio. Peço outra vez para ir à festa da véspera de ano-novo comigo e ele responde não, acho que não.

Chega o dia, e a Hospedaria Cem-Folhas: Cama e Café-da-Manhã, onde Vera dá a festa, fervilha tocando *ragtime*. Eu fico na varanda que dá a volta na casa, para tocar o sino, e por mais de uma vez me convenço de que posso entrar pela porta, chamar os nomes dos colegas convidados e recebê-los com um sorriso quando cada um disser: "Sam, Sammy. Ei, como vai esse garoto?" Finjo que sou capaz disso. Gostaria que Cal e Maddie estivessem comigo, para tornar mais fácil a tarefa, mas ele ficou em seu quarto, não saiu nem para almoçar, e ela manteve a promessa de fazer companhia a ele.

— Ele vai sair do quarto, mais cedo ou mais tarde, — disse, pouco antes de eu atravessar a porta — e eu não queria que ficasse sozinho na véspera do ano-novo.

Assim, sou apenas eu, aqui na varanda, escutando o guincho dos clarinetes, as notas folgazonas de um piano, o chamejar dos trompetes. Sei que tenho de obrigar-me a fazer isso, senão perco a coragem, dou meia-volta e vou para casa. Nem sequer toco o sino. Abro a porta e entro.

Vera, no *foyer*, usa um vestido de melindrosa — sem mangas e coberto com uma franja. Fios prateados descem-lhe até os joelhos.

— Sammy — diz ela, esticando os braços para mim. — Olhe só pra você. Está um verdadeiro matador.

— Desculpe-me? — digo.
— Matador. — Ela me dá uma piscadela e agarra a minha mão. — Você sabe. Um *donjuán*.

Tento fingir que poderia ser exatamente isso, um homem à vontade com as senhoras, um homem que poderia, como Cal chegou perto de fazer um dia, ter uma vida com ela. Curvo-me e beijo-lhe a face.

— Irmã, — digo — você até que não é tão má assim. — Vejo a centelha nos olhos dela, e nesse breve instante sei o que é um flerte. Ela me mostra onde pendurar meu casaco. Então chega Arthur, ou, como será conhecido esta noite, o Grande Felizardo. Vem com o terno escuro de risca de giz, uma corrente de ouro no bolso do colete, os olhos protegidos pela aba caída do diplomata branco, o charuto gordo aparafusado no canto da boca.

— "Shammy" — diz, o charuto dando-lhe um cicio. — Você está nos trinques. Onde andam Maddie e seu irmão?

— Gente caseira — respondo, e ele encolhe os ombros como a dizer que não vai se deixar incomodar por isso, o fato de a neta preferir a companhia de Cal à dele.

— Quer dizer que seu irmão me esnobou. — Vera ajuda-me com o casaco. — Vocês dois. Olhem só pra vocês. Feliz Mickey Finn e o Grande Felizardo. — Põe delicadamente as mãos em nossos rostos e exibe nos olhos aquela expressão de quem lembra o que era ter um homem em sua vida. — Seus grandes patetas.

— Dá um tapinha na face de cada um. — Juntem-se aos outros. Falo sério, meninos. O jogo vai começar.

Os outros são os Chefs Sazonados, alguns com companheiras. "Vamps", como as chamam. Ou "saias". Ou, como ouço dizer um cavalheiro, sua "Rainha de Sabá". Volto-me para essa voz e vejo que não pertence a qualquer um dos Chefs Sazonados, mas a Duncan Hines. Lembro o bilhete que ele me deixou pedindo que ligasse, o bilhete que rasguei, e agora receio enfrentá-lo.

Ele é só braços e pés, metido num terno, e usa um chapéu de

palha na cabeça, daqueles que vi no Déjà New, no dia em que fui lá com Vera escolher a fantasia. De pé na entrada, vejo os outros convidados que se juntam e conversam — mulheres em vestidos de *soirée*, luvas brancas que vão até os cotovelos, cigarreiras que acenam como varinhas de condão; exclamações de "saco" e "Deus do céu" dos homens, "Agora você subiu no bonde" — e me pergunto o que me fez pensar que podia ser um deles.

— Senhor Pope — Duncan grita para Arthur. Depois bate na testa com a palma da mão, lembrando-se de falar a gíria dos anos vinte que alguém deve ter-lhe ensinado. — Puxa, desculpe. Ei, Grande Felizardo. Venha cá dar uma olhada no chassis da minha Rainha de Sabá. Mas proteja sua grana. É uma verdadeira aventureira!

Por um momento, deixam-me só, pois Arthur — desculpe, o Grande Felizardo — junta-se a Duncan, que agora oferece uma bebida numa garrafinha de bolso, de prata, à sua Rainha de Sabá. Ela é tímida, finge-se chocada, põe a mão na garrafinha e empurra-a para longe. É uma mulher de curtos cabelos ruivos, cachinhos ondulados caídos ao longo das têmporas e enrolados nos pômulos, ardentes de ruge. É bem mais velha que Duncan, uma mulher da minha idade. Usa um vestido de melindrosa com contas de prata e um abafador preto de cetim no pescoço, um reluzente botão de bronze no centro. Duncan vira o gargalo da garrafinha para ela outra vez, e agora a moça encolhe os ombros, dá uma risadinha e toma um gole.

Agora que o "teatro" acabou, ele fica constrangido, sem saber como continuar. Tampa a garrafinha e enfia-a no bolso. Brinca com o chapéu, tirando-o e revirando-o pela aba. Depois o põe de volta, de modo que a aba aponte para o teto.

A mulher de cabelos ruivos percebe que está indo longe demais com a atuação.

— Oh, vamos, Duncan. — Toma-lhe a mão. — Não pode uma velha dama se divertir um pouco na véspera do ano-novo?

Duncan põe um braço nos ombros dela e dá-lhe um desajeitado abraço.

— Está certo, vovó — diz, e eu sinto uma vibração no peito.

— Nancy — diz Arthur. — Foram anos e anos.

Sei que tenho diante de mim Nancy Finn, e não posso de modo algum imaginar-me chegando ao fim da noite depois dessa.

Dou as costas, encontro Vera e digo-lhe que preciso pegar o casaco. Tenho de ir para casa — de repente, sinto saudade de Maddie com uma dor que quase me põe de joelhos, — então ouço alguém chamar meu nome — "senhor Brady" — e, antes que eu possa fazer um movimento, Duncan está me dando tapinhas nas costas; não tenho escolha senão voltar-me e cumprimentá-lo.

— Senhor Brady — ele diz. — Há quanto tempo não o vejo. Não recebeu meu bilhete?

Eu banco o idiota.

— Bilhete?

— Eu o enfiei entre a porta da frente e o batente de sua casa. Preciso contar-lhe uma coisa.

— O vento deve ter levado. — Tento fazer graça. — Ou talvez Stump o tenha comido.

É o que basta para distrair Duncan.

— Ele é um senhor cachorro. Ainda navega em altos mares?

— Sim, senhor — respondo, ansioso para permanecer ancorado nesta bem-humorada conversinha.

Duncan engancha os polegares nos bolsos do relógio do colete.

— Sou um agente do FBI — diz, e compreendo que mais uma vez assume a personagem que Vera lhe atribuiu para a noite. — Melvin Purvis. Estou aqui para ir fundo nas coisas. — Tem o colarinho da camisa demasiado frouxo no pescoço e a gravata borboleta meio torta. — Agora qual é o seu nome, cara, e o que sabe sobre o Desaparecimento da Tapeçaria de John Dillinger?

Lembro o desenho da personagem que veio no convite de Vera. "Feliz Mickey Finn", devo dizer. "Eu estava tocando piano

para o senhor Dillinger esta noite. Ele se atracava com a boneca." Se eu de fato dissesse isso agora, apontaria para Vera, chamando-a pelo nome da sua personagem. "Aquela Lotta Love." Começavam a ficar íntimos, quando acabou o gim do senhor Dillinger. 'Cadê a birita?', perguntou, e respondi que daria um jeito. Então fui atrás de outra bebida pra ele."
Mas não consigo forçar-me a fazer o jogo. Duncan olha-me com expectativa e esperança, arregalando mais os olhos. Eu poderia dizer ao menos: "Meu nome é Feliz Mickey Finn", mas não consigo. Enfio as mãos nos bolsos da calça, numa imitação do modo como ele enfiou os polegares nos bolsos do colete, achando que isso me fará parecer mais à vontade, mas, ao contrário, faz-me sentir demasiado protegido, portanto tiro as mãos dos bolsos e surpreendo-me ao ver que tirei junto o porta-níqueis.

— Não pense que vai se livrar dessa com grana — diz Duncan, fazendo a personagem.

Enfio o porta-níqueis no bolso e mexo com as ligas das mangas.

— Desculpe — digo. — As festas são difíceis pra mim. Tanta gente. Tanto barulho.

— Então venha cumprimentar minha avó. Ela veio de Indiana nos fazer uma visita. — Duncan põe a mão em eu ombro e começa a levar-me até Arthur e Nancy. — Aposto que vocês dois não se vêem há muito tempo.

Na última vez que vi Nancy Finn, ela trabalhava na banca de jornais de Beal. Era o primeiro Natal após a morte de Dewey, e Arthur entrara na marinha. Eu vira a foto dele no *Daily Mail*, uma foto formal, feita com uniforme e tudo, os cabelos cortados rentes ao crânio, a espinha empertigada em linha reta, as maxilas cerradas. Parecia alguém que eu não conhecia mais, alguém que saía para o mundo, um mundo que mal tomava conhecimento do que acontecera a Dewey.

Naquele Natal, entrei na Beal, e lá estava Arthur. Encostado no balcão, folheava um *Saturday Evening Post* e conversava com

| 169

Nancy, atrás da caixa registradora. Era uma moça bonita, rosto estreito e cabelos ruivos, que mantinha ondulados. Ela pegou um maço de Lucky Strike da prateleira de cigarro atrás de si e recebeu uma moeda de cinqüenta centavos de Arthur. Ele disse estar de folga, mas logo estaria no ultramar. — Nossa — exclamou ela. — Não tem medo? — Não, querida. — Ele estendeu o braço sobre o balcão e colocou a mão no quadril dela. — A vida é curta demais para isso. Ela não se afastou. Deixou-o ficar com a mão ali mesmo, e eu achei aquilo a coisa mais surpreendente, ele poder tocar nela assim. A essa altura, todos sabiam que ela gostava do Risonho Hines, e ele não era de aceitar de bom grado que Arthur tocasse em sua namorada daquele jeito. Não demoraria muito para Risonho e Nancy casarem-se e acabarem, como dizia Snuff Finn a meu pai, morando em Detroit, onde ele estabelecera o que Snuff chamava de "pequeno negócio".

Naquele dia na Beal, Nancy e Arthur ergueram o olhar e me viram parado pouco aquém da porta, as mãos fechadas nos bolsos do casaco de cotelê, a neve derretendo-se no gorro de meia.

Arthur pisca o olho para mim, e essa piscadela dizia que estava com segundas intenções. Tornou a voltar-se para Nancy.

— Querida — ouvi-o dizer outra vez. — Você é a coisa mais doce que vejo em muito tempo. Você é realmente uma doçura.

Estou pensando nesse momento quando Duncan me empurra para Arthur e Nancy, e aqui, parado na frente dela, não posso deixar de ouvir outra vez o som de seus soluços, na noite em que meus pai e eu fomos à casa dos Finn ver se podíamos fazer alguma coisa.

— Sam Brady — ela diz. Chega a esticar o braço e tomar minha mão esquerda. — Sammy, faz tanto tempo.

Espanta-me, por mais velho que fique, ver como basta pouca coisa para fazer-me sentir que ainda tenho quinze anos. Uma porta se abre e eu entro; mesmo agora, no fim do ano, retorno à noite em que ouvi Nancy, sua mãe e suas irmãs chorarem de dor pela morte de Dewey.

— Nancy Finn — digo, e é só o que posso exprimir.

Ela aperta minha mão, eu a olho dentro dos olhos, e compreendo que não há palavras para o que nos aconteceu quando Dewey não mais fazia parte de nossas vidas.

— Mais um ano que se passa — ela diz. Concordo com a cabeça.

— Aonde vão? — Vejo todos os homens da festa atrás dela, tentando imaginar se o Risonho Hines é um deles. — Seu marido veio com você esta noite?

— Meu marido? Não, estou viúva. Risonho morreu no começo de nosso casamento.

— E você não se casou novamente?

— Houve outro homem em minha vida. Henk, como se chamava o segundo. Nunca nos casamos, fomos namorados muito tempo antes de ele morrer, há poucos anos.

— Vovó mudou para Evansville então, — diz Duncan — que é onde moram meus pais.

— Onde você morava antes? — pergunta Arthur.

— Henk e eu morávamos em Michigan — responde ela.

— Detroit? — pergunto, mas, antes que ela possa responder, Arthur interrompe.

— Rapaz, eu comeria uma baleia.

Nancy ignora-o. É como se ele, Duncan e todo os demais houvessem desaparecido, e só nós dois conversássemos.

— Basta olhar para você — diz ela, e eu volto direto à Cidade dos Ratos. — Você sabe o que eu quero dizer, não sabe, Sammy?

Respondo que sim, e é como se evocássemos Dewey sem sequer falar o nome dele.

Arthur estende a mão e toca com o dedo o botão de bronze no centro do abafador dela.

— Onde conseguiu esse botão?

Em seguida, tira o dedo; Nancy leva a mão ao pescoço.
— Isto? Oh, encontrei entre as coisas de Henk quando me mudei. Costurei-o o nesta faixa de cetim apenas para completar a fantasia.

Retira a mão, e vejo que o botão tem uma bandeira gravada, desdobrada e rachada na ponta, como a língua de uma serpente.

— Não sabe o que essa bandeira significa? — pergunta Arthur. — É da White Star Line, a linha de navegação da qual fazia parte o Titanic.

— O navio que afundou? — quer saber Duncan.

— Andam recuperando relíquias do local já faz um bom tempo — Arthur ergue as sobrancelhas e olha-nos a todos.

— Nancy, — diz — isso pode ser um pedaço da história.

— Do Titanic — concorda ela. — Agora, onde diabos Henk teria conseguido uma coisa dessas?

Então chega Vera e puxa Duncan pelo braço.

— Senhor FBI — diz. — É hora de dar início aos trabalhos.

— Vinte e três, skindô — ele responde, e passam para a grande sala de jantar, deixando para atrás Nancy, Arthur e eu.

Nancy põe as mãos no quadril e banca a enfezada.

— Olhem só como me desertaram. — Toma o braço direito de Arthur, e do outro lado o meu esquerdo. — Cavalheiros, preciso de escolta — diz, e não me resta escolha senão ir com eles à sala de jantar, onde o *ragtime* que vem de um estéreo se torna mais alto e Vera instrui a todos que encontrem os cartões de lugares à mesa. — Vamos logo — exclama. — Mexam-se. — A diversão vai começar.

Arthur puxa a cadeira para Nancy.

— Que cavalheiro — diz ela, deixando-o que empurre a cadeira enquanto ela se senta.

Ele pega a cadeira à direita dela e só me resta sentar ao lado dele.

Aqui estamos nós numa fila; Nancy inclina-se por cima de Arthur e me diz alguma coisa. A música está muito alta, e os outros convidados gritam coisas tipo "Não seja burra, Dora". Ou:

"Ora, vá dizer a Sweeney". O barulho é tal que por um momento não sei o que ela diz. Então percebo que é: "Você é feliz?" Estende a mão por cima de Arthur e põe o cartão com meu nome.
— Você é o Feliz? — pergunta, e sei que agora se refere à minha personagem.
— Sou — respondo. — Sou eu o Feliz.
Vera escolta Duncan à cabeceira da mesa. Acena com a cabeça para um dos Chefs Sazonados, e ele desliga o tocador de CD que está à toda com o *ragtime*.
— Garotas e cavalheiros — diz, na brilhante voz do rádio, e todos se calam. — Boas vindas ao Valhala do Vício e da Vaidade de Muito Vera.
— Você tem aqui um belo moinho de gim, baby — grita Arthur, enquanto desliza a mão da mesa para o colo e, ao que parece, a regiões além, porque Nancy guincha e diz:
— Cai fora, idiota. — Levanta a mão dele e a põe de volta na mesa. — O banco está fechado.
Todos riem, e então Vera diz:
— Calma aí, Grande Felizardo. É hora de cortar a estática e chegar ao que interessa.
Vera balança a cabeça para Duncan, que pigarreia. Ele pega o copo de água e toma um longo gole, preparando-se, suponho, para o discurso que ela lhe deu, como o homem do FBI Melvin Purvis.
— Eis o babado — acaba por dizer. — Vim aqui para encontrar o rato que roubou a tapeçaria de John Dillinger, pois tão logo o encontre estarei um passo mais perto do próprio Dillinger. Preciso apenas de uma ajudinha de vocês. Assim, pedi a Vera que preparasse uma festinha, uma coisa que pusesse vocês mais no clima para abrirem o jogo.
Vera bate palmas duas vezes, e os serviçais, rapazes e moças, de calças pretas, camisas brancas e compridos aventais amarrados na cintura, trazem reluzentes bandejas de prata à mesa. O

vapor ergue-se dos pratos, e diversos convidados curvam-se e inspiram fundo pelas narinas, sentindo o cheiro gostoso.

— Vamos saltar, John — diz Vera, como se lesse uma nova receita em seu programa de rádio. — Uma mistura apimentada de arroz, bacon e ervilha para trazer-lhes sorte no ano-novo. E, ah, sim, apenas pimenta vermelha suficiente, moída, para dar um pouco de excitação.

— Muita — diz Arthur.

Duncan torna a pigarrear.

— Vão com calma. Tenham um bom jantar. Muito em breve vamos falar sério.

Mais uma vez, Vera bate palmas, e agora os criados trazem bandejas de carne.

— Filé de Peru à Campeche — ela diz. — Peito de peru ao azeite de oliva, esfregado com coentro e cominho, e servido em tortilhas cobertas de milho, com fatias de manga frescas. *Feliz Año Nuevo.*

— Vai ter de cuidar das batatas — diz Duncan, e ela anuncia as cascas de batata cozidas polvilhadas com páprica e servidas com creme azedo. — Depois, quando começar a falar, vai conhecer as cebolas.

— Cebolas carameladas — acrescenta ela, com um largo gesto de mão para os garçons. — Guarnecidas com folhas de hortelã e queijo gratinado.

A comida continua a chegar: frutas, saladas e pães.

— Apreciem o rango — recomenda Duncan. Contorna a mesa, demorando-se atrás dos convidados. — Mas lembrem que estou de olho em vocês. Especialmente neste. — Pára atrás de mim e a mão em meu ombro. — Feliz Mickey Finn. O espertinho das gotas de sonífero. Se eu fosse vocês, pensaria duas vezes antes de lhe pedir que prepare uma bebida.

— Isso mesmo — concorda Arthur. — É um sujeito traiçoeiro.

— Mickey Traiçoeiro — diz Nancy, e, enquanto todos riem, sinto o calor e o rubor subirem-me às faces.

Duncan retorna à cabeceira da mesa, onde Vera aguarda. Ela se curva e ambos sussurram alguma coisa.

— Certo — responde ele. — Eu quase esqueci. — Toma outro gole de água. O pomo-de-adão desliza para cima e para baixo no comprido pescoço. — O negócio é o seguinte. A coisa mais importante.

De repente, parece nervoso. Enfia um dedo no colarinho, como se estivesse demasiado apertado e ele precisasse de mais ar, mas, como eu disse, o colarinho já se encontra bastante folgado do jeito que está. Pigarreia outra vez, curva-se com as palmas na mesa. Tira o chapéu de palha e abana o rosto.

— O que vocês vêem — diz — nem sempre é a pista para o que julgam ser. Terão sempre de encontrar outro indício. E, lembrem-se, todos vocês são suspeitos. Todos escondem alguma coisa. Porém cedo ou tarde vão falar. Não há como fugir. Vão ficar com medo. Abrirão o peito. Contarão sua história apenas para ouvir a própria voz, apenas para saber que alguém a ouve. Assim, saberão que não estão sozinhos. Ah, contarão tudo sem dúvida. Como você, Grande Felizardo.

Aponta o chapéu de palha para Arthur. Depois sacode-o para mim.

— E você...

Antes que possa dizer Feliz Mickey Finn, o chapéu cai-lhe da mão e ele agarra o peito. A cabeça vai para trás, os joelhos cedem, e ele desaba no chão.

DURANTE TODO O CAMINHO DE VOLTA PARA CASA, TENTO IMA-GINAR-ME contando a história a Maddie. A história de como, depois que Duncan desmoronou, corri para ele. Aninhei sua cabeça em minhas mãos. Gritei:

— Há algum médico presente? Algum médico ou enfermeira?

— Ah, que barato — diz alguém. — Parece saído direto de um filme. Há um médico na casa?

As pessoas riem. Depois, diriam que julgaram fazer parte do roteiro. Nem por um instante pensaram que Duncan tinha de fato um problema. Não pensaram, como eu, num ataque cardíaco ou num vaso sangüíneo estourado no cérebro. Acharam que fazia parte do número, parte da história que Vera combinara para a festa. Só Arthur levou a sério — Arthur, que vira a esposa cair no chão com um aneurisma. Sabia que alguém podia estar ali num minuto e depois ir-se num instante.

Preciso contar a Maddie como ele se ajoelhou no chão comigo e começou a fazer ressuscitação cardiopulmonar, bombeando com a parte de trás da palma o peito de Duncan.

— Lá estava ele — direi. — Seu avô. Bem ali, quando achou que alguém precisava dele.

Tentarei explicar-lhe o que isso deve significar para ela, o fato de que o avô é alguém com quem as pessoas podem contar. Alguém com quem ela pode contar.

— Seu avô — direi. — Sua família.

Então deixarei que ela veja a verdade das coisas.

— Ele quer o melhor pra você — acrescentarei. — Você deve dar-lhe outra chance.

Na Cem-Folhas, Duncan abriu um olho. Eu ainda aninhava a cabeça dele, olhando seu rosto, e ele piscou o olho para mim. Tenho de contar isso a Maddie também. Terei de contar que Vera começou a rir tanto que a franja do vestido de melindrosa dançava, e então Duncan já segurava as mãos dela, e sacudia-se com sua própria risada, disparando palavras de protesto para fazer Arthur parar de apertar-lhe o peito.

— Chega, chega — dizia. — É... tudo... parte da... da brincadeira.

E era mesmo. Um pouco de surpresa para despistar-nos. Não havíamos nos reunido para resolver o mistério da tapeçaria desaparecida de John Dillinger. Viéramos para adivinhar quem matara o Agente do FBI Melvin Purvis, e como.

— Veneno — disse Nancy depois. — Até aí está claro. Alguém lhe deu arsênico ou alguma coisa.

Vera deu-lhe razão.

— Foi Feliz Mickey Finn. Foi ele. Arsênico. Misturou-o na bebida e o fez dormir.

— Sammy, eu sempre desconfiei de você — disse Nancy, com um ar muito grave, e fiquei a imaginar se ela falava sério ou somente pegava no meu pé.

Todos ficaram em alto-astral o resto da noite com o mistério resolvido. Repetiam sem parar o que eu gritara, pedindo um médico. Um dos Chefs Sazonados ajoelhou-se e pôs a mão sobre o peito.

— Alguém aí ligue para o 911 — dizia.

Então a namorada apalpava seu peito, ou dava-lhe um beijo, e dizia:

— Oh, doutor.

— Que barato — disse Vera, quando eu pegava o casaco. — Por um minuto, queridinho, até eu pensei que Duncan tinha algum problema. Você e Arthur. Suponho que foram os bobos hoje à noite.

Mal pude olhar para Duncan o resto da noite. Ele não apenas tivera parte na farsa de fazer-me de bobo; eu receava que agora lembrasse o que desejava dizer-me, o que o levara a deixar-me aquele bilhete e a mencioná-lo quando eu chegara à festa.

A outra coisa que terei de dizer a Maddie é que Arthur não é como eu, não se magoou nem ficou constrangido pela maneira como foi enganado. Achou o maior barato a maneira como caiu em tudo.

— Fisgaram-me direitinho — Arthur não parava de dizer com um grande sorriso. — Acho que sou o homem mais burro que existe. — Tinha espírito esportivo.

— Está vendo? — direi a Maddie. — Ele aceita o que a vida lhe traz e não perde o equilíbrio. Segue navegando em frente. O tipo de homem que você quer que a ame. Alguém firme como seu avô.

Mas o que não lhe direi é o seguinte: depois que peguei o casaco e tentava escapar para fora da Hospedaria Cem-Folhas, vi

| 177

Duncan e Nancy na varanda. Abri a porta e ouvi-a dizer:

— Lembro que era primavera e a água tinha subido.

Eu soube na hora que falavam de Dewey, e demorei-me na entrada, escutando sem ser visto. Duncan disse:

— Quando entrevistei o senhor Brady para o *Somos Nós*, descobrimos que você era uma Finn da Cidade dos Ratos, e ele nunca disse uma palavra sobre a amizade que tinha com Dewey.

— Isso não me surpreende — respondeu Nancy. — Ele é assim.

— Boca fechada? — perguntou Duncan.

Nancy cerrou a maxila.

— Boca fechada com razão — disse, deixando-me a imaginar exatamente o que ela queria dizer.

Arthur chegou por trás de mim.

— A gente caiu mesmo, não foi, Sammy?

Ao ouvi-lo, Nancy parou de falar. Ela e Duncan voltaram-se para nossa direção, ali na entrada. Não tive escolha senão sair para a varanda.

— Foi rápido no gatilho hoje à noite, senhor Brady — disse Duncan. — Se algum dia eu estiver realmente com um problema de saúde, espero tê-lo por perto.

— Foi Arthur quem soube o que fazer — respondi.

— Não vai ficar por aqui até a meia-noite? — perguntou-me Arthur. — Tomar uma champanha?

— Não, preciso voltar pra casa. Está tarde pra um velho como eu.

Desci os degraus, evitando o fulgor das luzes do lugar, e deslizei cada vez mais para a escuridão.

Arthur gritou lá atrás:

— Diga a Maddie que desejo a ela um feliz ano-novo. Que eu a verei amanhã.

— Feliz ano-novo — emendou Nancy.

— Pra você também — respondi.

Não vou dizer a Maddie o que Nancy falou a Duncan — "boca fechada com razão". Cabe a mim refletir a respeito. Duncan disse:

— Senhor Brady, espere. — Desceu os degraus em minha direção. — Quero que saiba uma coisa.
Olhou de relance para trás, onde Nancy e Arthur continuavam na varanda. Ela protegeu os olhos com a mão e curvou-se para a frente, tentando ao máximo, imaginei, ver-nos na escuridão.
Duncan continuou:
— Preciso dar mais uma olhada naquela roupa, a roupa de Dewey. Segurou-me pelo bíceps, como se sentisse que eu por pouco não lhe escapara e quisesse manter-me ali mesmo, onde já estávamos longe o suficiente para ele dizer o que viera dizer.
— Aquele cinto, a parte com a borda áspera. Não foi cortado como pensamos, senhor Brady. Uma borda como aquela. Foi rasgada. — Apertou-me com mais força o braço. Voltou-se para olhar Nancy, que ainda permanecia na varanda, conversando com Arthur. — Sabe o que fez minha avó pensar esses anos todos que Dewey se sentia infeliz a ponto de se matar? Eu farei qualquer coisa para provar que não foi o que aconteceu. Farei isso para que ela tenha um pouco de paz.
Assim, decidi falar-lhe então sobre a noite em frente ao salão de bilhar, quando chamei Dewey de bicha e Arthur e os amigos repetiram. Disse a Duncan que sempre imaginara o mal que podia ter causado a Dewey chamando-o daquilo.
— Senhor Pope? — perguntou Duncan, e eu soube que ele tentava somar dois mais dois. — Você acha...?
Interrompi-o.
— Estou apenas lhe contando uma história. Só isso. A história sobre o que eu disse, naquela noite, quando Arthur estava lá. Talvez você deva falar com ele.
— E por que disse aquilo, senhor Brady? Eu achava que Dewey era seu amigo.
— A gente estava de mal — respondi e, então, antes que o silêncio me exigisse falar mais, Nancy desceu os degraus e me chamou.

— Sammy, — disse — não vá ainda.— Duncan soltou meu braço, e nos endireitamos, à espera de que a dama se juntasse a nós. Ela abriu a bolsa e tirou uma pequena prancheta e uma caneta. — Quero lhe dar meu endereço em Evansville — continuou. — Caso você apareça por aquelas bandas. Talvez queira dar uma passada, e conversaríamos um pouco. — Anotou alguma coisa na prancheta, rasgou uma pequena folha e empurrou-a em minha mão. — Fará isso, Sammy? Por favor? A gente põe o assunto em dia, sobre os velhos tempos.

A pouca luz da varanda derramava-se na calçada, apenas o suficiente para eu distinguir o endereço escrito: "5214 Larkspur Lane, Evansville, IN". O mesmo que eu vira escrito nas costas do mapa de Chicago. O lugar aonde Cal disse que iria cuidar de algo se tivesse algum problema.

15

CORRO PARA CASA, MUITO LIGADO, PORQUE SEM DÚVIDA o motivo de Cal ter o endereço de Nancy Finn é que ele pretende cumprir a palavra e falar-lhe a verdade sobre Dewey, a verdade que eu desejaria que tivéssemos contado na noite em que o menino morreu. Subo a entrada da garagem e, antes de abrir o portão, fecho os olhos e ouço o relógio do tribunal no norte bater meia-noite. Então as batidas cessam e torno a abri-los já no ano-novo. As primeiras coisas que vejo são o portão do pátio lateral escancarado e, em casa, todas as luzes acesas.

Salto do jipe e entro o mais rápido possível no pátio. Quando chego aos degraus do fundo, noto a porta antitempestade aberta, as dobradiças retorcidas, o braço pneumático que permite abri-la e fechá-la arrancado da moldura. Quem entrou por último a abriu à força. Tenho certeza disso, e logo me vejo pensando que finalmente aconteceu; que, como temia Cal, Herbert Zwilling o encontrou e o levou, apesar de todos as tentativas dele de resistir. Então, vem-me um segundo pensamento, mais urgente, — Maddie — e apresso-me a entrar em casa.

Ela está lá, — graças a Deus — encolhida no sofá, chorando.

Ajoelho-me no chão ao lado dela.

— Maddie — digo, e a menina joga os braços em meu pescoço e agarra-se a mim. — Maddie — repito. — O que foi que houve? Você está bem?

Ela tenta responder, mas o rosto aflito e os soluços a sufocam; distingo apenas:

— Ele se foi.

Afasto-a.
— Cal disse aonde ia?
— Cal, não — ela responde com um lamento. — Stump.
A princípio, a ficha não cai. Stump se foi. Três palavras. O que podem significar?
— Onde está Cal? — pergunto.
— Foi procurá-lo — responde Maddie, e então compreendo o que de fato se passa.
Quando por fim se acalma o suficiente para contar-me toda a história, Maddie diz que a culpa foi dela. Foi à casa de Arthur apenas alguns minutos antes das onze, porque desejava ver a bola cair à meia-noite em Times Square e Cal não quis ligar a televisão. Na verdade, também quis apagar todas as luzes, para dar a impressão de que não havia ninguém em casa.
— Estava agindo de modo muito estranho — explica ela. — Não parava de espiar por entre as cortinas e, quando perguntei o que se passava, respondeu apenas que não me preocupasse.
Assim, Maddie foi à casa de Arthur, e Stump grunhiu para acompanhá-la. Ela soltou-o no pátio lateral, achando que ele ia farejar um pouco por ali algum tempo, talvez instalar-se confortável no navio, e depois o pegaria na volta.
— Acho que não fechei o portão — continua. — Quando voltei, encontrei-o escancarado, e não se via Stump em parte alguma.
A confissão a faz chorar de novo, mas agora não tenho a paciência necessária para consolá-la. Pego uma lanterna e dirijo-me à porta dos fundos.
Antes que possa pisar fora de casa, ouço o telefone tocar, mas não é o antigo telefone de discar na parede da cozinha. É uma série de bips musicais eletrônicos, e percebo que vem do celular de Cal; na pressa de encontrar Stump, ele o deixou no balcão da cozinha.
Meu primeiro pensamento é ignorá-lo, mas então imagino que pode ser ele chamando de um telefone público, para dizer que encontrou o cachorro.

Pego o aparelho e levo para Maddie.
— Depressa — digo. — Como é que eu atendo?
Ela o abre, aperta uma tecla e estende para mim. Eu o ponho no ouvido e, antes que possa dizer qualquer coisa, uma voz me fala. De mulher, e sei que é Mora Grove.
— Cal, sou eu. Escute...
Eu a interrompo.
— Não é Cal. É o irmão dele.
— Nossa — diz Mora. — Segue-se um longo silêncio. — Onde está Cal? Onde está?
— Saiu — eu respondo. — Não sei para onde.
— Escute. — A voz é mais afiada agora. — Procure-o. E procure logo, diga que chegou a hora.
Então a linha emudece.

DO LADO DE FORA, PARO NA PORTA E DIRIJO O FOCO DA LANTERNA às pegadas na neve — pegadas de Stump. Dirigem-se para a entrada da garagem, atravessam o canto do quintal de Arthur e descem pela calçada, além do que alcança o facho de luz. Está lá fora, é só o que consigo pensar. Maddie deixou o portão aberto e agora Stump vaga em algum lugar, seguindo o faro à maneira dos bassês, focinho no chão, qualquer noção de distância e esforço encoberta pelo desejo de manter-se em movimento, para descobrir qualquer coisa, até ficar exausto e precisar de comida e água, tão longe de casa que não há como voltar.

Ouço a porta fechar-se atrás de mim, e Maddie sai em minha direção, abotoando o casaco.
— Cal está a pé? — pergunto.
— Não, pegou a caminhonete.
Melhor a pé, penso, para seguir a pista de Stump, mas eu teria uma melhor chance de encontrar Cal se pegasse o jipe.
— Quando você disse que deixou o portão aberto?
— Pouco antes das onze.

Mais de uma hora. Uma hora para Stump farejar atrás daquilo com que encasquetou.

— Ali estão as pegadas dele — aponto.

Maddie faz que sim com a cabeça.

— Vou com você.

Por mais irritado que esteja, ao menos posso dar-lhe essa chance de me acompanhar e encarar seu erro.

— Tudo bem — digo, e partimos.

Chegamos à esquina, e, ao fulgor das lâmpadas nos postes, vejo que as pegadas de Stump circundam o poste de sinalização da rua e dirigem-se para leste, para a Flor de Cerejeira. Até agora, demos sorte. Ele ficou fora das calçadas varridas, onde não deixaria pegadas, e ateve-se aos gramados cobertos de neve. Mas agora o vento aumentou, soprando do norte para o sul; logo as pegadas estarão cobertas, Stump se perderá na noite e não teremos como encontrá-lo. Digo isso a Maddie, o que a faz recomeçar a chorar. Faz o melhor possível para escondê-lo, mas ouço os fungões e a respiração presa. Depois vêm os soluços. Tudo uma bagunça: Maddie chora, o vento espalha a neve, e Stump sumiu, as pegadas desfazendo-se onde a Flor de Cerejeira cruza a Rua do Leste, principal artéria norte-sul neste lado da cidade. Os sinais de trânsito piscam — vermelho para o tráfego na via leste-oeste, amarelo para o da via norte-sul, — e, embora eu não veja carro algum (Mount Gilead está na maior parte em silêncio no ano-novo, apenas alguns traques explodem ao longe), não posso deixar de imaginar Stump saltando no trajeto de algum festeiro de ano-novo demasiadamente bêbado para encontrar os freios a tempo.

Maddie começa a descer do meio-fio para cruzar a Rua Leste, mas agarro-a pela manga e retenho-a.

— Não adianta — digo.

As pegadas desapareceram.

O vento é ainda mais forte agora; os sinais de trânsito balançam.

— Tudo culpa minha. — Maddie deixa cair os punhos nas coxas. — Eu devia ter verificado se o portão estava trancado.

Soluça agora, grandes soluços sufocantes, que me lembram o barulho feito por Nancy Finn quando se sentou no pátio enlameado e chorou, na noite em que descobriu que Dewey morrera. Eu não fazia idéia de como consolá-la então, mas nesta noite eu nem preciso pensar no que fazer. Por mais triste que esteja pelo desaparecimento de Stump e preocupado com Cal e a ligação que recebi, não suporto testemunhar a infelicidade de Maddie. Abraço-a e puxo-a para mim. Ela passa os braços delgados em torno de minha cintura, e ficamos parados no lugar, abraçados.

O que posso dizer-lhe sobre erros, sobre as coisas que não devíamos ter feito? São nossos para sempre. Nós os levamos sob a pele, como cicatrizes da vida.

— Vamos voltar pra casa — digo; afinal, aonde mais podemos ir quando chega o problema, senão ao lugar onde noite após noite deitamos a cabeça? — Por que esse choro? — pergunto. — Vamos pra casa.

Então, como se enviássemos uma prece ao céu, surge do leste uma caminhonete. O brilho dos faróis bate em nós, e tenho de proteger os olhos com o braço. A caminhonete Explorer de Cal reduz a marcha. O vidro da janela é baixado e vejo meu irmão do outro lado, Stump sentado no banco de passageiro, o focinho erguido como se ele fosse o navegador, de olho na estrada em frente.

— Encontrei-o — diz Cal. — Graças a Deus o encontrei.

Tomo a mão de Maddie e descemos para a rua, com a intenção de nos aproximar, entrar no Explorer, aliviados, e ir para casa. Num mundo ideal, é o que aconteceria.

Mas então ouço outro carro, e percebo que vem do leste. Cal deve ter ouvido também. Ele põe a cabeça fora da janela para dar uma olhada no veículo atrás. Então me encara, e noto o medo em seus olhos. Já me disse que, quando isso acontecesse, — quando Herbert Zwilling viesse atrás dele — seria de repente. A expressão nos olhos diz-me que receia haver chegado a hora, o carro ganhando terreno atrás. Ele continua a olhar-me, e tenho a curiosa sensação de que espera um sim, tudo bem, se mande.

| 185

— Chegou a hora — grito, como se houvesse passado toda a vida me preparando para este momento, tanto que nem sabia se chegaria. Se pudesse dizer mais alguma coisa, diria que Mora ligou e pediu: "Procure-o logo".

Mas sinto que ele compreende tudo isso. Vejo-o fazer uma rápida e frenética revista nos bolsos do casaco, e sei que procura o celular, que deixou no balcão da cozinha; não posso ajudá-lo. Ficou em casa, na mesa de café, onde o deixei. Não posso dar-lhe seu celular, e não tenho nem tempo de tirar Stump do Explorer, que já disparou — Cal está desesperado para chegar a um lugar seguro.

Sinto a garganta fechar-se com o frio e a noção de tudo o que se passa, que me deixa atônito. Sei que esta pode ser a última vez que verei Stump, agora com Cal, para melhor ou pior, os dois em fuga.

Vermelho na noite, penso, vendo desaparecerem as lanternas de freio do Explorer.

Esteja bem, meu amigo velejador.

O automóvel que vem do leste reduz a velocidade e pára na rua. É um desses carros pequenos e quadrados, populares hoje em dia, um desses carros de brinquedo de onde se espera que saiam palhaços. Um Scion, vejo, fabricado pela Toyota, se bem me lembro dos comerciais, um Toyota Scion cor de amora. A janela desce e vejo que o motorista é Duncan Hines, acompanhado por Nancy Finn. Fico com as pernas tensas. Dou alguns passos para oeste, na direção tomada por Cal e Stump, querendo gritar: "Esperem, esperem", mas é tarde demais. Eles se foram, se foram, se foram.

— Tudo bem? — pergunta Duncan. — Quer uma carona, senhor Brady?

— Meu cachorro — respondo.

Não posso contar-lhes toda a história sobre Cal, Zwilling e o aviso de Mora Grove, por isso conto-lhes o único fato que gostaria de enterrar na neve, cobri-lo e retomar a vida que tinha antes da chegada de Cal.

— Stump — digo, e uma dor me sobe a garganta. — Sumiu.

16

DUNCAN ME LEVA PARA CASA E PEDE QUE EU NÃO ME PREOCUPE, pois sem dúvida Cal logo estará de volta com Stump.

— Por que ele se mandou desse jeito, aliás?

— Não sei — respondo.

Maddie não diz uma palavra sobre o que gritei a meu irmão: "Chegou a hora". Senta-se na outra ponta do banco de trás, tão afastada quanto possível de mim, as mãos nos bolsos do casaco, os ombros curvados de modo a cercar o rosto.

— Cal está sempre envolvido com alguma coisa — diz Nancy.

— Isso eu lembro dele. Lembro uma vez em que deu um soco no meio dos olhos de Risonho e o jogou no chão. Bem na frente do Verlene Café. Em plena luz do dia.

— Tente não se preocupar muito com isso, senhor Brady — diz Duncan.

Olha-me de relance no retrovisor, e avalio o nariz pontudo, o corte de cabelo escovinha. Os óculos deslizaram para baixo e eu gostaria de estender delicadamente a mão e empurrá-lo para o lugar. Obtenho então a verdade dele, que tenta o melhor possível escondê-la. Foi meio maluco a vida toda, um garoto desajeitado, desgrenhado, e agora, cada vez que escreve em *Somos Nós* o perfil de alguém com um talento ou hobby excêntrico, como eu e a construção do navio de Stump e Vera com sua coleção de casas de boneca, — está esnobando todos que um dia o gozaram, um menino a quem deram o nome de uma mistura de bolo. Seu talento é com as palavras necessárias para transformar malucos como nós no tipo de pessoa que todos adorariam ter como vizinhos. O bom

| 187

coração me oprime, e sinto-me culpado por ocultar-lhe coisas quando se trata da verdade sobre Dewey. Nesta noite de tristeza, sou-lhe grato pelo otimismo.

— Talvez seu irmão simplesmente tenha voltado para casa. Senhor Brady, aposto que está lá agora mesmo.

NÃO ESTÁ, CLARO. MADDIE E EU ENTRAMOS EM CASA, ONDE as luzes continuam acesas, mas nada de Cal, nem Stump. Ela pega a colcha de retalhos que deixou embolada no sofá. Parece que nada há a dizer entre nós. Qualquer palavra levará de volta ao fato de que ela deixou o portão aberto, e agora Stump se foi.

Conto-lhe a história da festa de véspera de ano-novo e como seu avô, ao julgar que Duncan tinha mesmo tido um ataque, foi ajudá-lo.

— Estava bem ali, — digo — pronto para fazer o que pudesse. Digo-lhe como mostrou espírito esportivo depois que se revelou a verdadeira história e todos souberam da encenação que fora o colapso de Duncan. — Seu avô aprecia uma boa brincadeira — acrescento. — Qualquer coisa de que se precise, ele fará o melhor para dar uma mãozinha.

Ajudo-a a dobrar a colcha. Primeiro a dobramos de lado, depois viramos e alisamos. Levo minha ponta a ela e ela me traz a sua, encostando-a no peito.

—Você quer que eu vá embora, não quer? — pergunta a garota, com voz trêmula. — Deixei o portão aberto, e agora você quer que eu volte para o Pope.

Tenho de ser forte para fazer o que julgo certo.

— Você deixou o portão aberto — digo, e ela deixa a colcha cair dos dedos e escorregar para o chão.

ASSIM, ELA VOLTA PARA ARTHUR, E FICO ACORDADO A MAIOR PARTE da noite, incapaz de dormir. Esvazio os bolsos, para trocar a fantasia de Feliz Mickey Finn pelas roupas de sempre, e encontro a folha de papel em que Nancy escreveu seu endereço. Ponho-a na mesa da biblioteca e prendo com o peso de papel de Brulatour Courtyard. Tão logo troco de roupa, deito no sofá, onde o travesseiro ainda tem o cheiro de baunilha de Maddie. Cubro-me com a colcha e por volta do amanhecer finalmente cochilo.

Quando acordo, é com a luz do sol batendo nos meus olhos e o telefone tocando. É Arthur.

— Está em casa? — pergunta ele. Olho pela janela da cozinha e vejo-o na dele. Dou-lhe um leve aceno. — Já tomou o café-da-manhã? — continua. — Espere. Estou indo.

Num instante está aqui, com Maddie. Traz sua caçarola: dentro, uma especialidade dele, jambalaya de chouriço. Sinto o aroma do tempero assim que abro a porta dos fundos e os dois entram na cozinha.

— Fiz uma salada de batata doce e maçã. — Arthur abre a tampa do pote *tupperware* e sacode-a para a frente e para trás sob meu nariz. Sinto o cheiro da espiga, o suco cítrico e uma pontinha de alho. — Vera deve chegar a qualquer minuto.

— Vera?

— Está trazendo o pão de milho com caranguejo, comida cajun, da Louisiana — diz Maddie, já colocando a frigideira no fogão em fogo baixo para mantê-la morna.

Não detecto sinal algum de gozação em sua voz, nem raiva de mim, por tê-la feito voltar para Arthur. Ao contrário, parece à vontade. Limpa as mãos num pano, abre o armário e pega quatro pratos. Põe a mesa e procura os talheres.

Arthur recoloca a tampa no pote *tupperware* e guarda-o na geladeira.

— Você não deve ficar sozinho, Sammy. — diz. Se ele ficou ressentido porque Maddie preferiu morar comigo antes, não demonstra. Fala com voz delicada. — Agora, não — continua. — Não numa hora dessas. Confie em mim, Sammy. Eu sei o que é perder alguém que a gente ama. Você e o Stump passaram anos juntos. Eu sei o que isso significou para você. Agora vamos comer uma boa refeição, só nós quatro. Comeremos e estaremos juntos.

Às vezes, é o que se precisa — apenas a proximidade das pessoas — para fazer-nos sentir que pode haver um bom motivo para tudo o que passamos. Talvez por momentos como este, em que Vera passa como um pé-de-vento pela porta — sinto o cheiro de sua exuberante colônia — e abraça-me, não um abraço rápido, tipo como-vai-você, mas um verdadeiro abraço. Aperta-me contra o corpo como se eu fosse a coisa a mais preciosa do mundo.

— Sam, — diz — eu trouxe o pão.

Assim, sentamo-nos em torno da mesa e comemos; sinto-me grato a Arthur, Maddie e Vera por saberem aquilo de que eu preciso.

Vera diz a Maddie:

— Vou levar você às compras amanhã. Iremos ao Déjà New.

— Aquela loja de roupas das antigas? — Maddie alisa o guardanapo no colo.

Arthur rola os olhos para mim.

— Papo de meninas.

Delicia-me essa tagarelice, um sinal de que a vida segue — isso e o fato de que alguma coisa no desaparecimento de Stump fez Maddie abrir seu coração a Vera. Vai voltar à escola dentro de alguns dias — uma nova aluna no meio do ano — e precisará de amigos e alguns conselhos de vez em quando, aquele tipo de suporte que Arthur não será o mais bem preparado para oferecer. É bom, portanto, que tenha começado a abrir espaço para Vera, o mais perto de uma mãe que terá por tempo indeterminado.

— Você é uma menina tão bonita — diz Vera.

— Mesmo?

Sorriso de Maddie.

— Oh!, decididamente. Um arraso.

Acabamos a refeição, mas ninguém se mexe para levantar-se da mesa. Nenhum de nós quer quebrar o encanto, a crença em que podemos superar a tristeza pelo desaparecimento de Stump e

Cal, mas, claro, esse fato não está longe de nossas mentes. No silêncio que se segue, a coisa introduz-se na boa comida e conversa que acabamos de encerrar.

Então Arthur, incapaz de manter-se calado por muito tempo, diz:

— Quer dizer que seu irmão se mandou de novo. — Está claro que ele sente um certo prazer em dizer isso.

Imagino que ainda se lembra de como as meninas ficavam loucas por Cal quando ele era um jovem "touro", e a maioria dos garotos em Mount Gilead desejava estar em seu lugar. Sentimentos antigos são difíceis de morrer, e creio que Arthur ainda arde pela maneira como Vera se deu tão facilmente com Cal aquela noite nos Chefs Sazonados.

— Não me surpreende nem um pouco.

— O que você quer dizer com isso? — pergunto.

— Não demora muito no porto. Assim é seu irmão, do tipo que vai embora e não pensa em como pode ferir mais alguém. Não é mesmo, Vera? A maneira como lhe deu o fora quando vocês apenas começavam.

Sei agora que em algum momento, talvez na noite em que Arthur procurava Maddie, Vera contou-lhe a história dela com Cal e como houve uma época em que ela jurou amá-lo. Depois Cal a deixou, e agora aí está ela, uma viúva entalada com a companhia de homens como Arthur e eu.

Ela se levanta da mesa e começa a retirar os pratos.

— Quando Cal apareceu naquela noite nos Chefs Sazonados, achei que isso talvez levasse a alguma coisa. — Passa a mão pelas costas de Maddie. — Vê como pode ser bobo o coração da gente, por mais velhos que sejamos?

Arthur vira as palmas para cima.

— Agora deu o fora, como naquele tempo. É o que eu digo.

Sinto a raiva crescer por dentro, trazida não apenas pela indignação de ouvi-lo lançar suspeitas sobre Cal de modo tão presunçoso, mas também pelo fato de não poder negar a horrível sensação de que talvez meu irmão tenha mais coisas pelas quais responder do que admitiu.

— Talvez sejamos todos culpados de alguma coisa — digo a Arthur. — Talvez seja assim.

— Eu, não — afirma ele. — Durmo bem à noite.

Eu podia continuar. Podia falar mais, mas as palavras são perigosas. Podem conduzir-nos a lugares a que preferimos não ir.

— Dorme mesmo, Arthur? — pergunto por fim.

— Como um bebê — responde ele, mas vejo que firma as mãos espalmadas na mesa, como se, caso pudesse, sairia correndo. Vejo também que ele faz um minúsculo movimento com a cabeça para trás e a pele em torno dos olhos se enruga, como se ele acabasse de sentir a pior dor por trás deles, e sei que está mentindo. Sei que fica acordado noite adentro, a pensar em Bess, desejando que ela estivesse ali com ele e imaginando, talvez, tudo o que fizeram de errado na vida, coisas pelas quais ele tem de pagar agora ficando só.

— Cavalheiros — diz Vera. — Será que este é mesmo o momento adequado para esse tipo de conversa?

Arthur e eu fechamos a matraca e ajudamos a arrumar a cozinha. Sentamo-nos na sala de estar, com a televisão ligada, e ela diz esperar que tenhamos um inverno curto. Sinto um desejo de que o verão e os dias longos venham logo. Deixo-me sonhar que Stump estará de volta e, em poucos meses, retomaremos nossas caminhadas noturnas, o sol rubro transbordando no horizonte. Ele farejará o ar, o focinho erguido para mim, e me lançará aquele olhar que diz que não preferiria estar em nenhum outro lugar do mundo — e estes dias do inverno ficarão longe, lá atrás.

Ficamos todos sentados na sala de estar até chegar a escuridão e Vera, Arthur e Maddie terem de voltar às suas próprias vidas. Vera beija-me o rosto ao sair. Arthur me dá tapinhas no ombro. Maddie me abraça e diz:

— Sinto muito.

— Sei que sente — respondo, e ela me abraça outra vez. Por fim, cá estou sozinho de novo.

À NOITE, QUASE DEZ HORAS, OUÇO UMA TÍMIDA BATIDA na porta dos fundos:

— Barba e cabelo.

Ligo a luz do corredor e abro a porta. Arthur entra dizendo:

— Você sabe que vi seu irmão naquela noite. A noite em que Dewey morreu. Vi Cal. Ele ia para os trilhos. Fecho a porta. Volto-me de frente para ele, as mãos nos quadris. Inspiro fundo e digo:

— Eu sei. Vi você na mata. Estava seguindo Dewey, não estava? Por causa do que eu tinha dito naquela outra noite, na frente do salão de bilhar.

Por um bom tempo, ele não diz nada. Olha de relance a sala de estar atrás, como se confirmasse que ninguém nos escuta às escondidas.

— Foi há muito tempo, Sammy. — A voz, abafada, revela um grande embaraço. — Eu era apenas um menino — diz, como se só esse fato já o absolvesse.

— Como eu disse, — respondo — talvez sejamos todos culpados de alguma coisa.

Ele se senta à mesa e baixa a cabeça. Puxa a bainha da toalha, endireitando a borda. Espero até que reúna coragem para erguer a cabeça e me olhar. Então ele diz:

— Você tem razão. Começou naquela noite na frente do salão de bilhar. Eu estava lá com Ollie Scaggs e Wendell Black. — Os nomes me fazem lembrar dos meninos que vi naquela noite: Ollie, o de camiseta branca; Wendell, com um lápis atrás da orelha. — Dewey ia passando — continua Arthur — e você o chamou de bicha. Isso nos deixou ligados, a Ollie, Wendell e eu, e uma noite entramos em meu carro e fomos à Aldeia de Lukin. Estacionamos de ré numa daquelas ruas com postos de gasolina;

| 193

Ollie tomou nas mãos a cara de Dewey e disse:

— Turma, vejam essa boquinha linda. Já viram uma boquinha linda assim? — Nós abrimos nossas calças jeans e, bem, preciso dizer mais? Estou-me fazendo claro? Mostramos a Dewey exatamente o que ele era.

Pego uma cadeira defronte a Arthur, uma sensação crescendo no peito, e agora tenho certeza do tormento que causei a Dewey no fim de sua vida. Acontecia às vezes, exatamente como descreveu Arthur. Os meninos da cidade — meninos que "não jogavam no outro time" — faziam outro garoto "engolir" seus membros e, depois, ameaçavam surrá-lo se algum dia contasse qualquer coisa.

— Dewey disse que ia falar — relata Arthur — e eu acreditei. Não poderia deixar que isso acontecesse, Sammy. Já estava apaixonado por Bess então. — Neste ponto, ele fecha os olhos com força e engole em seco. — Nossa, Sammy. E se ela descobrisse? — Abre os olhos e me encara. — Assim, quando o vi descer os trilhos, segui atrás pela mata, achando que aquela era a minha chance de pegá-lo sozinho e mostrar-lhe o que aconteceria se algum dia falasse. Então vi Cal e você. Foi assim, não foi?

— Foi — respondo e, na mente, viajo para trás nos anos até aquela noite de abril. — Foi assim. Lá estávamos nós: eu, você, Cal e Dewey, os quatro nos trilhos.

17

A PORTA DOS FUNDOS SE ABRE E UM HOMEM QUE SEI ser Herbert Zwilling entra. Lembro a cara carnuda da foto na CNN durante o seqüestro. Está vermelho agora, vermelho de frio e da raiva que ele trouxe consigo de Ohio. Transpira e corre a mão pela testa e os cabelos cortados retos no topo da cabeça.
— Onde está ele? — pergunta. — Onde está Cal Brady?
Levanto da mesa e acendo a luz do teto. Herbert Zwilling pisca os olhos. Então atravessa pisando forte a cozinha até o corredor. Acende a lâmpada e vai até os quartos.
Ouço-o abrir as portas do armário.
— Sammy? — pergunta Arthur. — Você conhece esse cara?
— Cal — respondo, e é tudo o que posso dizer, porque então Herbert Zwilling já voltou à cozinha e, agora, me aponta uma arma. Uma arma de mão com um tambor de aço azul e cabo de cromo. Faz sinal para que me aproxime.
— Vocês dois — diz, referindo-se a Arthur, claro.
Que escolha temos nós? Quando chegamos ao corredor, Herbert Zwilling aproxima-se de mim, da maneira como imagino que Cal caiu em cima de Leonard Mink no dia em que enfiou o Ruger Single Six embaixo do queixo dele. — Fale — ordena-me, e sei que Cal disse a verdade: este homem o quer morto.
— Foi embora. — Faço o possível para manter a voz firme.
— Levou meu cachorro — acrescento, e logo percebo como isso soa ridículo.
— Eu pouco estou ligando pro seu cachorro.
Herbert Zwilling enfia o cano da arma em minha orelha. Ten-

| 195

to afastar-me dele, por mais tolo que pareça. Tropeço para dentro da sala de estar, e ele vem comigo, mexendo o cano da arma em minha orelha, até que esbarro na mesa da biblioteca e ele diz:
— Que tipo de idiota é você? Não sabe que não significa nada para mim?
É verdade. Eu sei. Não sou nada para este homem, nem Arthur, que entrou alguns passos na sala e agora está parado, curvado, as mãos nos joelhos.
— Jesus — diz.
Uma prece, acho. Uma palavra antes que a chacina comece.
Permaneço imóvel, e finalmente Herbert Zwilling volta a dizer, dessa vez com a voz calma:
— Quero saber onde anda seu irmão.
Poderíamos ficar aqui um pouco mais sem falar a verdade: se eu tivesse alguma idéia de onde anda Cal, estaria atrás dele neste instante.
Mas de que adianta? Mesmo com o cano na orelha, ouço o martelar da catraca atrás. Herbert Zwilling põe-se a contar — "Um, dois, três" — e compreendo, sem que ele me diga, que me dá até dez para dizer-lhe o que ele acha que eu sei.
Olho de relance para baixo e vejo que a folha com o endereço de Nancy Finn saiu de baixo do peso de papel de Brulatour Courtyard. Sei que esse é o lugar para onde Cal disse que iria se tivesse problemas, por isso tento cobrir o papel com a mão. Herbert Zwilling afasta-a. Pega o papel e examina-o.
— Muito bem. — Indica a porta com a arma. — Vocês — diz. — Vamos.

SAÍMOS PARA A ESCURIDÃO DA RUA E, QUANDO ATRAVESSAMOS o portão, Maddie aparece na porta lateral da casa de Arthur. Usa uma camisola longa e branca, que cai até os tornozelos — camisola, imagino, que pertencia a Bess. Tem os pés descalços, e lembro da primeira vez em que a vi sentada no convés do navio de Stump, as canelas nuas, e preocupei-me com ela ali fora no frio. Agora aqui está a menina, descalça na neve, como se não houvesse neve alguma, mas apenas pufes de nuvens a deslizar, as altas nuvens pouco abaixo da luz dourada do céu.

Eu a vejo, com um bocado da língua de fora. Isso mostra a minha surpresa diante de tal visão, um espectro na noite, metido nessa camisola branca que se infla e cai a cada passo que ela dá na neve.

Não posso falar por Arthur ou Herbert Zwilling, mas, quanto a mim, penso que deve haver uma terra — sim, vou chamá-la de paraíso; você pode chamá-la como quiser — onde os mortos jamais sentem frio, jamais carecem de amor, jamais olham para trás e lamentam o tempo passado entre os vivos, nem nos responsabilizam pelos erros que cometemos. Deixam esse acerto de contas conosco e, quando chegar a hora de nos juntarmos a eles, abrirão os braços como Maddie ergue agora os seus, delgados, para Herbert Zwilling. Vejo que é sonâmbula, vem direto sobre ele e a arma que segura, como se nada no mundo pudesse feri-la, ou como se tudo já o houvesse feito.

Se algum dia encontrar Dewey no paraíso, — tenho de acreditar nisso — eu o abraçarei. "Sammy, meu namoradinho", ele dirá. E será isso.

Mas, por enquanto, encontro-me aqui fora, nesta noite fria, o céu muito além das estrelas, e vejo a situação como de fato é: uma menina inconsciente que se encaminha em linha reta para o desastre.

Estendo o braço — é muito fácil, por mais ridículo que pareça — e agarro a arma de Herbert Zwilling. Simples assim, a arma se solta de suas mãos e vem para as minhas, que a apontam para ele.

Arthur põe as mãos em Maddie. Apenas o mais suave toque nos ombros, para informá-la de que continua entre os vivos.

— Doçura — diz ele, a voz mais baixa que um sussurro ou o som de cada respiro que já passou por este mundo. — Doçura, tudo bem. Você está bem aqui.

Maddie o deixa segurá-la. Ele passa os braços em torno dela e puxa-a para si.

| 197

TENHO CORDA NO PORÃO, E ARTHUR, VELHO MARINHEIRO, conhece tudo que é nó, pata de gato, cabeça de turco, curva de lençol. Aprendeu na marinha e está muito ansioso para usá-los agora contra Herbert Zwilling, enquanto Maddie já se acha em segurança, na casa de Arthur.

— Não perca tempo com isso — digo-lhe. — Chame a polícia.

— Não, precisamos amarrá-lo — responde ele, e vejo que não adianta discutir.

— Sente-se — ordeno a Herbert Zwilling, atordoado por constatar como isso pouco me abala. Jamais segurei uma arma em minha vida, mas observei Cal e sei como fazer parecer que falo sério.

— Senhor — diz Herbert Zwilling. Senta-se na cadeira dobrável de madeira e deixa Arthur puxar-lhe os braços para trás.

— Você não sabe no que está se metendo.

— Cale a boca — digo-lhe.

— Falo sério — responde ele. — Isso é um pouco grande demais para gente como você.

Gente como eu? As palavras penetram-me e não posso me conter. Enfio o cano da arma na garganta de Herbert Zwilling, aperto-o com força no pomo-de-adão. Ele vira a cabeça para trás, mas não tiro a arma. Mantenho a pressão e vejo-o engolir em seco; ouço um leve gorgolejo na garganta.

— Você não sabe nada sobre mim — digo, e pressiono a arma, enquanto Arthur trabalha com a corda.

Depois que dá o último nó, digo-lhe que vou ao andar de cima chamar a polícia.

Quando estendo o braço para pegar o telefone, Maddie entra pela porta da cozinha. Veste agora calças jeans e um suéter e arrasta um casaco com o braço.

— Quero saber o que se passa. — diz ela. Senta-se numa cadeira da cozinha, o casaco enrolado no colo. Estreita os olhos para mim, como se tentasse entender. — Sam?

Imagino o que vê quando me olha. Um homem velho segurando uma arma, um homem que a recebeu em sua casa quando ela fugia desesperada do avô. Confiou-me a história de sua mãe — "a verdadeira história", como a chamou. Sabia o que Dewey significava sem que eu sequer tivesse de dizer-lhe. "Se ele era especial a você", disse, "tudo bem." Agora, aqui estou eu. Com esta arma. Mal posso olhá-la, pois não quero ser esse tipo de homem. Lembro o momento em que vi Cal na televisão, saindo daquele depósito de grãos, passado o perigo. O repórter da CNN o chamou de herói, e agora mesmo, parado aqui com esta arma, olhando Maddie, sei como ele se sentiu — como um impostor.

— Você andou enquanto dormia — digo.

Aliás, é o que tudo parece agora, — esta noite, toda a minha vida após Dewey — uma névoa de sonho. Sempre tentei encontrar o menino que eu era. Deixei-o para trás, lá na cancela daquela estrada de ferro, cantando com Dewey. Uma das últimas vezes em que senti de fato alegria.

O telefone toca. O ruído agudo me agita.

O que posso fazer senão atender? É assim mesmo, não é? Você talvez pense que não tem nada e, então, um telefone toca, ou a porta se abre, e você sente a vida disparar à frente.

Talvez tivesse de ser assim o tempo todo, mas você não sabia, e agora tudo o que pode fazer é esperar para ver o que o aguarda na outra ponta.

Pego o telefone e, de repente não encontro a voz, os acontecimentos da noite são demais para mim.

— Sammy? — diz por fim a pessoa ao telefone, e sei que é Cal. — Sammy? — repete. — Está dormindo?

Esse é meu irmão, em algum lugar na noite, fugitivo em algum lugar. Quero dizer-lhe que volte. "Volte pra casa", quero dizer, "e nos encontraremos na escuridão; teremos uma conversa sussurrada, como quando éramos meninos. Sangue a sangue. Você me dirá tudo o que precisa dizer, e eu guardarei dentro de mim para

sempre. Guardarei seus segredos até morrer e desaparecer." Mas sei que ele não pode voltar. Nada aqui é seguro. Herbert Zwilling está amarrado e amordaçado no porão, mas não haverá outros, gente como Leonard Mink, lá fora hoje à noite, à procura dele?
— Não, não estou dormindo — respondo. — Cal, estou bem aqui.
— Eu queria ter certeza que está tudo bem com você.
Ouço o barulho do tráfego na estrada, a explosão de uma buzina que se afasta quando um caminhão a diesel passa. Cal tem a voz estridente de medo.
— Sammy, eu sinto muito.
— Pela forma como foi embora com Stump? Não foi culpa sua. Não tinha outra escolha.
— Fiz as escolhas erradas o tempo todo. Você sabe disso. Eu poderia ser um homem diferente do que sou agora.
Por um bom momento, ele não diz qualquer coisa. Ouve-se apenas o barulho do tráfego, sons como o vento a empurrar uma lata pela calçada, e o que suponho ser o tanger de uma placa metálica balançando nas dobradiças. Imagino-o num telefone público, — ainda se pode encontrá-los aqui no meio do país — talvez numa parada de caminhão, talvez num posto de gasolina fechado à noite. Penso nele em luta com o vento.
— Se eu ficasse em casa. — Agora a voz mal chega a um sussurro. — Se jamais tivesse deixado a Cidade dos Ratos, Sammy. Se eu não fosse esquentado como o velho.
— Papai — digo. — Ele jamais me deixou ser quem eu era.
— Ele o amava.
— A você também.
A porta do porão abre-se de repente e bate de volta no balcão da cozinha. O barulho me assusta tanto que deixo cair o telefone.
Então tudo se precipita. Arthur vem aos tropeços do porão, Herbert Zwilling atrás, o braço passado em seu pescoço, os nós da corda de algum modo ineficazes, soltos e desmanchados.
Aponto a arma para eles.

— Vovô — diz Maddie.

Herbert Zwilling manda-a calar a boca.

— Baixe essa arma — ordena-me. — Bote na mesa, onde eu possa alcançá-la. Estou falando sério. Faça isso já, senão eu quebro o pescoço do seu camarada.

Aperta o braço, e a cabeça de Arthur vai para trás. Ele fecha os olhos com força.

Alinho a mira do revólver com a têmpora esquerda de Herbert Zwilling. Tento convencer-me de que posso puxar o gatilho. Um tiro limpo no cérebro. Mas lá está a cara de Arthur muito perto. Não há margem de erro, e, claro, mesmo com o dedo no gatilho, tenho de mandar-me puxá-lo, e sei que não o farei. Sei que a única coisa possível é colocar a arma na mesa exatamente como Herbert Zwilling mandou. Ele a pega.

E então acontece: uma bala na cabeça de Arthur, e meu amigo desmancha no chão.

É assim que é. Por que devo surpreender-me? Podemos pensar em nossas vidas como distantes disso tudo, agradáveis e seguras. Construímos uma casa de cachorro que é a replica de um navio, aprendemos receitas nos Chefs Sazonados, nos fantasiamos e bancamos os durões do pedaço numa festa de ano-novo. Então, uma porta se abre, o mal entra, e de repente o terror sobre o qual lemos nas manchetes, vimos no noticiário noturno, está conosco.

Meus ouvidos tinem. Sinto o cheiro de sangue, sinto o odor assentar-se na língua. Sinto vontade de vomitar, mas me seguro.

Maddie grita. Colocou o casaco na cabeça para não ver a próxima bala, que julga destinada a ela.

Então eu digo a Herbert Zwilling:

— Ela é apenas uma menina. — Falo como se estivesse rezando. — Por favor, deixe-a. Ela não pode feri-lo.

Ele dá alguns passos para junto dela, e é quando eu me movo. Levanto-a da cadeira e abraço-a, dando as costas a ele, e faço a única coisa que posso, protegê-la com meu corpo.

| 201

Seguro-a e espero.
Então sinto o cano do revólver na nuca.
— Ponha o casaco — ordena Herbert Zwilling. — Vocês dois, e não digam uma palavra quando sairmos pela porta. É só ficarem de boca fechada e fazer tudo o que eu mandar.

EU DIRIJO.
— Seja bonzinho — diz Herbert Zwilling. — Leve-me aonde está seu irmão. Nada de truques. Qualquer coisa suspeita e eu mato a menina.
Senta-se no banco de trás do Chevy Blazer, curvado para a frente, a arma encostada na cabeça de Maddie. Ela mexe com os cordões que pendem do capuz do casaco. Jogou-o na cabeça, como se essa peça de material isolante pudesse protegê-la.
Ainda chora um pouco, alguns choramingos e fungadas abafados dentro do capuz. Quando fala, a voz sai agitada.
Pergunta:
— Até onde vai dar essa merda toda?
E Herbert Zwilling empurra-lhe a cabeça para a frente com o cano do revólver.
— Estou aqui atrás, Bocuda — diz. — Lembra-se? — Bate-lhe outra vez na cabeça com o revólver. — O único motivo pelo qual não acabo com você agora mesmo, Bocuda ... quero dizer para sempre... é que vocês logo vão ser úteis.
— É apenas uma menina — digo, como fiz alguns minutos atrás em minha casa, onde sei que o corpo de Arthur espera para ser encontrado, a casa que não imagino voltar algum dia a ser minha. — O que ela pode fazer?
— Você — grita Herbert Zwilling, batendo em minha cara com o revólver. — Dirija.
Então, é como se todos nós nos dissolvêssemos num filme mudo. Lembro-me do episódio de I Love Lucy na noite em que encontrei Maddie na casa-navio de Stump e mandei-a entrar. Lá

estavam eles — Lucy, Ethel, Ricky e Fred — reunidos em torno do piano, cantando, e, vendo-os, eu e ela compreendemos uma coisa: a única coisa que vemos à frente são sombras.

Agora deslizamos pela estrada 130, a caminho de Evansville. No meio da noite quase não há tráfego, mas de vez em quando encontramos um carro, os faróis entram na Blazer e imaginamos o que o outro motorista deve ver por apenas um instante: um velho de mandíbulas cerradas; uma menina de capuz na cabeça; um homem no banco de trás, todos de olho fixo na estrada.

EM GRAYVILLE, ENTRAMOS NA INTERSTADUAL 64; LOGO CHEGAMOS a Indiana e dirigimo-nos para o leste até a estrada 41, que nos leva ao sul da cidade. É aqui, num sinal perto do Aeroporto Regional Dress, as luzes espalhando-se à frente, que percebo não ter idéia de onde mora Nancy Finn, nem como encontrar Larkspur Lane.

Evansville não é Mount Gilead, — não, senhor, nem de longe — não é cidade de um cavalo só, onde se pode dirigir pelas ruas acima e abaixo até ir parar num bairro que poderia parecer o certo. Talvez fosse bater nas Fazendas Pomar, talvez — ruas Pessegueiro, Flor de Macieira, Flor de Cerejeira — e pensaria: aleluia, o Pátio da Cidreira deve ficar logo além da esquina.

Não, aqui em Evansville, esta cidade fluvial aninhada perto de Ohio, as ruas espalham-se para leste a partir do centro até a estrada 41 e além da Green River, ao limite da linha do município de Warrick; a oeste, ao longo da via expressa de Lloyd até o município de Posey; ao sul, após a Pista de Corrida do Parque Ellis, antes da ponte elevada em arco cruzar o Ohio e entrar no Kentucky; e aqui ao norte até o aeroporto, onde fico parado num sinal vermelho, imaginando o que fazer.

Herbert Zwilling começa a ficar nervoso.

— E então, onde está ele? — pergunta. — Onde fica esse lugar para onde estamos indo? Onde fica Larkspur Lane?

Digo-lhe a verdade. Às vezes é tudo o que se pode fazer.
— Não sei.
— Como assim, "não sei"? O que você quer dizer com "não sei"? Você tem o endereço.
Minto.
— Meu irmão. Cal anotou esse endereço. É só o que sei. O que você quer com ele, aliás?
— Você não sabe? Como se ele nunca lhe tivesse dito.
Herbert Zwilling ri, um riso exagerado, como as pessoas costumavam escrever nas cartas quando queriam chamar a atenção para um gracejo ou um tom de gozação na voz.
— Há — diz. — Há, há. — Então se curva sobre o banco da frente. Põe a boca ao lado de minha orelha e sussurra: — É ele, cara. É ele que eu tenho de encontrar.
O semáforo muda para verde, e por um momento não consigo acelerar e passar o cruzamento. Lanço um olhar a Maddie, que ainda tem o capuz sobre a cabeça.
— Não vamos sair desta, vamos? — pergunto.
— Cara, acho que não lhe resta mais nada.
Então Maddie fala:
— Dobre à esquerda.
Zwilling ri.
— Então é você quem dá as ordens agora, Bocuda? É isso?
Maddie tem a voz tranqüila.
— Não é longe. Larkspur Lane. Logo do outro lado do aeroporto. Vire à esquerda.
Um carro atrás buzina, e eu viro à esquerda. Estreito os olhos e encaro Maddie, perguntando-me como diabos ela sabe alguma coisa sobre Larkspur Lane. Então lembro a viagem que fez com Arthur a Evansville, depois do Natal, assim que ela pôde ir ao centro comercial.
— Estive lá — diz. Estive lá com...
Nesse momento, emudece. Sei então que, quando Arthur a

levou a Evansville, devem ter parado para visitar Nancy Finn, e agora ela sufoca com o fato de que o avô morreu.

Herbert Zwilling não a deixa em paz.

— Quem vive lá, Bocuda?

— A avó de Duncan Hines — responde ela.

Herbert Zwilling dá-lhe um tapa na cara com a palma da mão.

— Não fode. Duncan Hines uma ova; suponho que a avó dele seja Betty Crocker. Agora, quem vive lá?

— Ela está falando a verdade — digo. — É Nancy Finn quem vive lá. Por mais difícil que seja acreditar nisso, o nome do neto dela é mesmo Duncan Hines.

Herbert Zwilling aproxima mais seu rosto do meu. Sinto o bafo, desvio-me do cheiro azedo, uma coisa próxima de leite azedo.

— Então agora estamos todos falando a verdade. Isso é bom. Você sabe o que querem dizer quando falam que a verdade nos torna livres. Acredita nisso, cara?

O que desejo pedir a ele é o seguinte: de que adianta a verdade se ela nunca devolve os mortos? Quando na maioria das vezes só deixa clara a nossa falta de coragem? É o que eu devia ter dito a Duncan no dia em que ele me levou ao anexo da polícia e me mostrou a caixa de roupas de Dewey. Não, a verdade não nos liberta. Não quando nos prende no momento em que deixamos de amar alguém o suficiente. Deixa-nos a cambalear cegos, tateando na escuridão, tentando descobrir o caminho de volta a nossas vidas. Eu gostaria de poder concordar com Herbert Zwilling. Gostaria de poder dizer: "Sim, a verdade nos fará livres". Mas não posso. Não agora. Não nesta noite em que Arthur morreu, e estou aqui com Maddie e Herbert Zwilling a caminho da casa de Nancy Finn, onde só Deus sabe o que vai acontecer.

— Certo, eu acredito — digo a Herbert Zwilling, porque penso que é o que ele quer ouvir.

— Então você é um idiota — diz ele.

Sigo dirigindo, obedecendo às instruções de Maddie sobre onde virar.

Atravessamos um bairro de casas de fazenda e do tipo Cape Cod, instaladas ao longo dos campos abertos que cercam o aeroporto e as pistas de aterrissagem. Janelas panorâmicas de segundo andar, às vezes retângulos de luz que vislumbro pelos galhos de árvores desfolhadas junto ao meio-fio. As ruas têm nomes como Dedaleira, Flor de Cone e do Delfim, e que doce alegria seria viver aqui e estar voltando para casa onde há luz nas janelas e alguém espera acordado para me dar as boas-vindas.

No fim de uma rua, vejo as luzes de pista no aeroporto que se estendem até o horizonte. Um pequeno avião pousa. O motor zumbe, quebrando o silêncio da noite.

— Certo — diz Maddie, e vejo a placa para Larkspur Lane.

Os números das casa são pintados no meio-fio, pretos em retângulos brancos. Sigo devagar, pensando no que teria acontecido se Maddie não admitisse que sabia exatamente onde Nancy Finn morava. Iria Herbert Zwilling me fazer parar em algum lugar — uma loja de conveniência aberta a noite toda, talvez — e pedir orientação? E se a pessoa a quem eu perguntasse não soubesse como achar Larkspur Lane, nem a seguinte, nem a depois dessa? E se ninguém nesta noite soubesse dizer-nos onde fica? Herbert Zwilling iria soltar-nos? Ou nos mataria a tiros? É uma coisa que nunca saberemos, porque agora vejo o número 5.214 e, estacionado na calçada, o Explorer de Cal, a porta do motorista aberta, a luz acesa. Num instante, sinto muito amor por meu irmão, porque vejo que agi corretamente desde o princípio. Imagino-o dentro da casa dizendo a Nancy exatamente o que aconteceu com Dewey naquela noite nos trilhos.

— Estacione na rua — diz-me Herbert Zwilling — e apague as luzes. Não há necessidade de anunciar-nos ainda. — Encosta a cabeça no capuz de Maddie: — É aqui que você entra, Bocuda.

Ela tem os cabelos desfeitos e embaraçados, e o rosto parece

muito pequeno — pequeno, pálido e cheio de medo. Quero estender a mão e puxar para trás o capuz, fazer qualquer coisa para mantê-la em segurança. Mas Herbert Zwilling passa a mão ao redor do pescoço dela.
— Quero que você suba lá — continua. — Quero que bata naquela porta e pergunte por Cal Brady. Ele está com medo. Está em fuga. Se souber que foi encurralado, é difícil dizer o que fará. Prefiro pô-lo numa posição em que não tenha escolha. É aí que entra você, Bocuda. Quero que lhe conte a verdade. Diga que o irmão dele está aqui fora nesta caminhonete. Diga que ele tem uma arma de fogo encostada na cabeça. Diga que tudo termina aqui, ou o irmão dele morre. — Dá uma risadinha. — Ele não vai querer isso, vai, irmão? Não é verdade que sempre amou você?
A pergunta penetra-me o coração, e por um instante não posso responder. Então digo:
— Acho que é o que veremos.
Herbert Zwilling ri muito então.
— Você tem senso de humor, cara. Isso eu admito. O que mais pode fazer, certo?
Maddie ergue a mão e tenta alisar os cabelos. Por apenas um momento, vejo os dedos dela tremerem. Então Herbert Zwilling os afasta com um tapa. — Mexa-se — diz a ela. — Já.
Maddie abre a porta da caminhonete e sai pela escuridão. Penso na história que Arthur me contou sobre a vez em que ela saiu descalça e a mãe a trancara fora de casa. Dormiu na garagem, com trapos amarrados nos pés. Estou para baixar a janela e gritar-lhe que corra. "Corra", direi, esperando que entenda que pode desaparecer na noite e deixar o que tem de acontecer acontecer sem ela. "Vá", direi, querendo dizer "Está tudo bem, você não nos deve nada, a Cal e a mim. Naquele dia em que a encontrei no convés de Stump, você estava com azar e não sabia. Corra." Mas, antes que possa dizer uma palavra, Stump desce do banco da frente do Explorer de Cal. Sai pela porta

| 207

aberta, a luz de cima deixa-me vê-lo bem nítido só um instante, e ele já mergulhou na escuridão.

Nossa, que sentimento me atravessa. A visão de Stump andando tranqüilão, cuidando de sua vida, sem a mínima idéia de como as pessoas podem ser cruéis, faz-me ansiar por aqueles dias em que éramos só nós dois, ninguém mais a quem responder. O pato com batata, a casa, um passeio pelo bairro toda manhã e toda noite. Se eu não construísse aquela casa, Duncan não o haveria apresentado no *Somos Nós* e jamais descobriria o que eu sabia de Dewey, e Cal não teria visto meu retrato no jornal nem voltaria para mim quando se viu em apuros. Talvez Arthur não tivesse se envolvido comigo, desistisse de convencer-me a freqüentar o Chefs Sazonados, e Maddie não teria me conhecido e não estaria agora lá fora, ajoelhada na rua e dizendo:

— Aqui, Stump. Venha, menino. Venha cá.

— Que diabo está acontecendo? — pergunta Herbert Zwilling.

—É meu cachorro — respondo-lhe.

Imagino Stump tirando um cochilo no Explorer de Cal, depois despertando, vendo a porta aberta e partindo para investigar. Ora, eis um odor que reconhece, o odor de Maddie, e ele começa com um latido profundo, uivando "Alô-ô, Alô-ô"! É como se um gongo soasse, ou um sino de igreja. Não ouço esse barulho há muito tempo — temia jamais ouvi-lo — e, antes que me venha qualquer idéia de quais serão as conseqüências disto, já deixei a caminhonete e ando pela rua.

— Você. — Ouço esta palavra de Herbert Zwilling, mas isso não me detém.

Podem me chamar de tolo. Um idiota apaixonado pela vida, apaixonado por esse cachorro, Stump, essa menina, Maddie, e meu irmão, Cal, que — tenho uma vaga consciência disso agora — saiu pela porta da casa de Nancy Finn para ver o que é toda essa agitação. Chame-me de um homem com a louca idéia de

que pode fugir da encrenca, apenas ir embora e ver-se em segurança e feliz no lado oposto da loucura do mundo.
Então Herbert Zwilling me pega. Agarra meu casaco na nuca, embola o tecido no punho. O alto do zíper corta-me a garganta. Ele puxa com mais força, e fico nas pontas dos pés.
— Oi, Cal — ele diz. — Já faz algum tempo.
Somos sombras na rua escura, não mais que alguns palmos nos separam, Maddie agora encolhida entre nós, os braços em torno de Stump. Há luar suficiente para eu ver claramente que Cal saiu sem casaco ou chapéu e parou agora, de jeans gastos e a camiseta de cotelê com capuz, dessas com uma bolsa na frente. Tira a mão esquerda da bolsa e coça a cabeça.
— Sammy? — chama. — É você?
Herbert Zwilling afrouxa um pouco o aperto, e eu digo:
— Cal.
Apenas isso. Só o nome dele, para informar-lhe de que sim, sou eu.
E aqui ficamos por algum tempo, no frio e na escuridão, esperando que alguém faça o próximo movimento.
Não demora muito. Herbert Zwilling diz a Cal:
— Tenho seu irmão, e você é o único que pode salvá-lo. — Empurra o punho entre minhas omoplatas — Diga a ele, cara.
— Ele matou Arthur — digo. — Maddie soluça agora, de joelhos na rua, e segura Stump, enquanto continua a soluçar. — Atirou nele dentro de minha casa.
— Não era preciso — diz Cal a Herbert Zwilling. — Ele não tinha nada a ver com você e comigo. Meu irmão tampouco. Ele nada tem a ver.
— Lugar errado — diz Zwilling. — Hora errada.
— Solte-o — pede Cal.
— Posso dar um jeito nisso. Só preciso que você venha aqui.
— Zwilling põe o revólver em minha têmpora, e ouço a catraca martelar atrás. — Não quer que eu o machuque, quer?

| 209

— Não faça isso — digo a Cal. — Pegue Maddie e Stump e volte para dentro da casa. Chame a polícia. Deixe que ele me mate. Estou pronto.

Falo sério — pelo menos me convenço de que falo. Disposto a cruzar para o outro lado. Disposto a me encontrar com minha mãe, meu pai, Arthur, e, sim, pronto para me deparar com Dewey em qualquer lugar que me aguarde.

Mas Cal diz:

— Ei, está dormindo? Não seja idiota.

— Talvez seja disso que preciso. Um longo e repousante sono.

Uma nuvem passa sobre a lua, e ele recua na escuridão. E então volta a parar na minha frente. Procura minha mão e aperta-a, como fez Dewey na noite do beco quando tínhamos quinze anos e apenas voltávamos para casa, sem qualquer idéia do mundo ao redor.

Então Herbert Zwilling põe o revólver no rosto de Cal.

— Pronto — diz, e Cal solta a minha mão.

Por um momento, tento agarrar de novo a mão dele, mas pego apenas ar; ele já se foi. Diante da caminhonete do Zwilling, Cal se volta para mim.

— Cuidei bem do seu cachorro — diz, e engulo em seco a dor que me vem à garganta.

Uma frase como essa num momento desses. Herbert Zwilling não pára na caminhonete. Empurra Cal para adiante e contornam o veículo pela frente, sobem no meio-fio e entram no campo aberto que cerca o aeroporto. Desaparecem na escuridão. Durante um bom tempo, não ouço qualquer barulho, salvo o vento e os soluços de Maddie, que já viraram choradeira, e as unhas dos dedos de Stump, que estalam na rua quando ele vem em minha direção. Pegou o cheiro de Cal e decidiu segui-lo, mas estendo a mão, agarro a coleira e o detenho.

Nancy Finn sai à varanda e chama Cal; nesse momento, ao longe, ouve-se o disparo de uma arma de fogo. Um tiro, depois outro. Sei que devia me mexer, pegar Maddie, Nancy e Stump, na esperança de que haja chaves na caminhonete de Cal, e levar todos para longe deste lugar. Uma luz na varanda acende-se numa casa no fim da rua, mas fora isso não se vê sinal de que os vizinhos ouviram qualquer coisa que os assuste.

— O que foi isso? — pergunta Nancy, mas ainda assim não me mexo.

Permaneço no meio da rua, penetrando a escuridão, e acabo por distinguir um vulto que vem do campo, e sei na hora pelo jeito dos ombros e o balanço dos braços — como o reconheceria até no céu — que é Cal.

— Chame a polícia — ele diz, quando pára à minha frente, o Ruger Single Six na mão. — Direi a eles tudo o que sei.

18

NO FIM DE TODA HISTÓRIA, HÁ EXPLICAÇÕES A DAR.

— Tentei impedir que Zwilling soubesse de sua presença aqui — digo a Cal e, pela primeira vez, tenho a chance de contar que Nancy Finn me deu seu endereço na festa de ano-novo. — Colei na mesa da biblioteca o papel adesivo onde ela escreveu o endereço; tentei escondê-lo, mas Zwilling viu.

Estamos na rua, Cal agora de casaco e chapéu, e Nancy, Maddie e Stump, em segurança dentro de casa. Nancy pôs a chaleira no fogão. O que mais poderia fazer no meio da noite, quando bate a preocupação e a gente espera que a polícia sinalize que podemos tentar retomar nossa vida? Sendo assim, contei a ela o máximo que agüentei falar: o morto no campo era um homem com quem Cal tivera problemas em Ohio. E expliquei o que aconteceu com Arthur.

— Oh, Sammy — disse ela, abraçando Maddie e chamando-a de querida. — Oh, querida, sei como se sente. Sei o que é perder alguém.

Agora, na rua, Cal me diz:

— Não tive intenção de envolver você nisso. Sério, Sammy. Não tive, mas as coisas acontecem, né?

— Fico feliz por estar tudo bem com você. Feliz porque isso terminou. — Estendo o braço e passo sobre os ombros dele. — Não tem idéia do que significa pra mim você afinal ter contado a verdade a Nancy.

Cal afasta-se, deixando meu braço cair de lado.

— Contado a verdade?

— Você me disse que, se surgisse algum problema, viria a este endereço para resolver alguma coisa.
O ar frio me aferroa os olhos.
— Não veio contar a ela a verdadeira história sobre Dewey?
— Vim atrás do recibo postal — responde ele. — O que assinei quando aquela caixa chegou ao elevador de grãos de Zwilling, a que voltou para o remetente. Achei que, se conseguisse pegar esse recibo e destruí-lo, talvez pudesse ir à polícia e eles me salvariam de Zwilling.
Minha cabeça gira com a idéia de como fui tolo.
— Por que viria aqui atrás daquele recibo?
— Você não vai acreditar, Sammy, mas Mora Grove sacou tudo, imaginou o lugar exato onde podia estar o recibo.
Ele se cala, dando-me tempo para absorver. Então explica que Mora lembrou que Jacob Hendrik, o homem que remetera aquela caixa, andava envolvido com uma mulher chamada Nancy Hines.
— Mora bisbilhotou — diz Cal — e descobriu que Hendrik estava morto, e a tal de Nancy Hines tinha se mudado do Michigan, trocado Cadillac por Evansville, e talvez, apenas talvez, mandado despachar aquele recibo com todas as coisas de Hendrik.
Lembro agora a história que Nancy contou na Cem-Folhas, na festa de ano-novo, de que morava com um cara a quem chamava de Henk — apelido, imagino agora, desse Jacob Hendrik. Mas, como as histórias de Cal têm sido complicadas, demoro a aceitar tudo isso.
— Henk? — deduzo.
Ele assente com a cabeça.
— Era como todo mundo o chamava.
— Nancy tinha conhecimento da milícia?
— Não sei dizer o que ela sabia. — Cal dá uma olhada na janela atrás, tentando captar um vislumbre, imagino, de Nancy Finn. — Só sei que vivia com esse tal de Hendrik, então ele morreu, e agora aí está ela. Achei que valia uma tentativa pra ver

| 213

no que dava. Cheguei na véspera de ano-novo, tão logo deixei Mount Gilead, mas não a encontrei. Tinha trancado a casa toda. Arranjei um hotel e esperei até hoje à noite para agir.

Alguma coisa ainda me intriga.

— Cal, — digo — Mora Grove falou com você de Nancy Hines. Como soube que ela falava da Nancy Finn da Cidade dos Ratos?

— Eu não sabia ao certo, mas, assim que voltei para Mount Gilead e conheci o rapaz, o tal Duncan Hines, e ele disse que era neto de Nancy Finn, comecei a pensar. Lembrei uma vez quando Hendrik deu uma passada em Edon e vi uma mulher no carro dele, de cabelos ruivos. Pensei: ora, aquela parece Nancy Finn, mas não seria um absurdo? Quase saí e disse qualquer coisa a ela, só para dar uma olhada mais de perto.

Absurdo, tenho vontade de dizer, é tudo o que começa a fazer sentido nesta noite, mas só consigo ouvir; a curiosidade vence.

— Então, pouco antes de eu deixar Ohio e vir para Mount Gilead, Mora me disse que Nancy talvez tivesse o tal recibo. — Cal cruza os braços no peito e pateia para tentar continuar aquecido. — Eu teria vindo direto aqui para tirar isso a limpo, mas temi que se o fizesse acabaria contando a história de Dewey. Queria fazer isso por você, Sammy. Acredite, é verdade, mas, toda vez que tentava imaginar como seria, não agüentava enfrentar a verdade mais do que em 1955. Tinha esperança de que a gente pudesse continuar morando lá na sua casa, você, eu, Maddie e Stump, sabe, como uma família; e eu jamais tivesse de tentar pegar aquele recibo para me proteger. Então você me disse que era hora, e eu entendi.

— Ele cerra os punhos e bate-os um no outro. — Porra, Sammy. Agora me pergunto o que teria acontecido se eu tivesse ido até aquele carro, naquele dia em Ohio, e dito alguma coisa a Nancy. Quem sabe? Talvez tivesse lhe contado tudo sobre Dewey, e então alguma coisa mudasse em mim e eu desse o fora daquela milícia.

Deixo a palavra suspensa no ar, o ar frio me aferroa a garganta quando inspiro fundo.

— A milícia — digo afinal. — Cal, você fazia parte dela? Ele deixa pender a cabeça por um instante. Depois ergue-a e olha-me nos olhos.

— Fazia, sim, — responde — mas, Sammy, eu vinha dando o melhor de mim para sair.

— Cidade de Oklahoma? — pergunto.

— Não, nada disso. O vento intensifica-se agora, vem por entre as árvores. Vejo os galhos nus se sacudirem. Sinto-me como num ponto sem volta com Cal, o ponto em que ele não terá sequer importância para mim daqui a um instante. Estou farto de mentiras, histórias que retornam a si mesmas e perguntas sobre o que ele fez ou não. Estou farto de esperar que faça o certo e conte a verdade sobre Dewey. Sei que podia tê-lo feito eu mesmo, mas deixo Cal me dizer o que devemos e não devemos dizer.

— Conseguiu o que veio buscar? — pergunto. — Pegou aquele recibo?

— Não cheguei a ter chance. Lembrei que tinha deixado a porta da caminhonete aberta e, quando saí, lá estava você.

Vejo Nancy passar pela janela, levando uma xícara de chá para Maddie, sentada no sofá, com Stump estendido no colo. Nancy está de roupão. Não teve tempo de pôr a dentadura antes de sair; tem a boca encovada como na noite em que meu pai e eu fomos aos Finn oferecer condolências por Dewey, e a vi ali no sofá com a mãe e a irmã, as bocas retorcidas pelos gemidos.

— Cal, se contarmos a ela, devemos contar juntos.

— Tem razão — diz ele. — Os dois. — Esfrega a mão no rosto. — Eu seria um idiota se não soubesse disso após a confusão com Zwilling. Não se pode fugir do que se faz na vida, Sammy. Bem que eu tentei, depois daquela noite nos trilhos. Por isso me alistei no exército e fui embora. Não podia continuar na Cidade dos Ratos com aquele segredo. Temia um dia deixar escapar alguma coisa... talvez bebesse demais uma noite

| 215

qualquer, numa daquelas espeluncas de beira de estrada... e não teria condições de me conter.

Faz uma pausa, e vejo que fica absorto pensando em tudo, tentando decidir o que vai fazer.

— Sei que é hora de nós dois confessarmos a verdade, — diz — mas não sei se posso. Sammy, eu já lhe disse que não sou nenhum herói. Espero que você saiba disso agora.

Uma radiopatrulha surge na rua, as luzes vermelhas girando e refletindo-se em todas as casas de Larkspur Lane. Cal puxa as calças para cima e endireita os ombros. Ele sai em direção ao carro da polícia; mas, em seguida, pára e vira-se para mim.

— Jamais quis que alguém soubesse como é que você e Dewey acabaram naquela cancela. Quando parti, Sammy, levei também essa parte da história comigo. Lembre-se disso. Não vinha tentando proteger só a mim, mas também a você.

NÃO SE MATA UMA PESSOA, NÃO IMPORTA QUEM, NÃO importa que mal tenha feito, sem ter de responder pelos motivos para tê-lo matado. Todos sabemos que as ciladas e armadilhas no percurso são apenas portas para que venham à tona os caras desintegrados que existem em nós quando estamos sozinhos, não é mesmo? Sabemos essa verdade, por mais que gostássemos de dizer que não. Sabemos que a responsabilidade pelo mundo e seus males sempre se acham dentro de nós.

Então encontro voz para dizer aos dois policiais que chegam:
— Tem um homem morto em minha casa, em Illinois.
— Você o matou? — pergunta um deles.

É um homem de pele frouxa, enrugada na garganta, com suficientes quilômetros de estrada para avaliar-me e fazer a suposição que faz. Levo algum tempo para responder, tentando decidir o que concluir do fato de que minha vida chegou ao ponto em que esse homem com apenas uma olhada em mim supõe tal coisa.

— Não, não puxei o gatilho — respondo, afinal. — Foi aquele lá. O cara estendido no campo.
Então começamos a desenredar a história de Herbert Zwilling, por que ele estava em minha casa e como matou Arthur. Chega uma ambulância, e o outro policial — mais jovem, as faces e o nariz vermelhos de frio — indica o caminho.
Já foi até o campo com a lanterna e agora a usa para orientar o chofer da ambulância até o corpo de Herbert Zwilling. O veículo passa por cima do meio-fio e sacoleja nos buracos do campo congelado. Maddie e Nancy olham da varanda.
— Quem são elas? — pergunta o policial mais velho, e tenho de dizer-lhe que Maddie estava comigo quando ocorreu o assassinato em minha casa. — Uma testemunha? — ele pergunta, e respondo que sim.
Digo que o morto em minha casa é o avô dela. Que a mãe morreu e ninguém sabe por onde anda o pai, e a verdade é que a menina não tem ninguém no mundo, a não ser eu, Vera — "Uma boa senhora de nossa cidade", explico, "uma senhora que nada teve a ver com tudo isso" — e Nancy Finn, parada ali agora com o braço nos ombros de Maddie.
— Lamento — diz ele — mas teremos de conversar com ela, a menina. Teremos de ir ao centro da cidade e esclarecer tudo isso.
É o que fazemos. Sentamo-nos numa sala de interrogatório com detetives — Cal numa sala e eu em outra, cada um contando sua história.
Maddie também conta a dela. Entrevejo-a atravessando o corredor com uma detetive da polícia e outra mulher, esta de calça de moletom e tênis, um casacão de lã envolto no braço, os cabelos louros presos num rabo-de-cavalo, vincos na face por ter acabado de dormir. Imagino que se trata de uma assistente social, ou seja lá como se chamam as pessoas que chegam numa hora dessas para tentar tornar tudo menos traumático para uma menina como Maddie.

| 217

Tento contar minha história da maneira mais simples que posso, mas há muito o que falar sobre Arthur e o navio que construímos para Stump, depois sobre a chegada de Cal, as histórias que me contou de Leonard Mink e a conspiração para explodir a Torre da Sears — e, para completar, agora sei que ele se envolveu mais do que a princípio revelou. Imagino-o na outra sala de interrogatório, tentando contar sua história de modo que lhe permita sair livre.

Claro que os detetives me perguntam por que Cal estava na casa de Nancy Finn, mas não consigo me convencer a dizer nada a respeito daquilo que me contou sobre aquele recibo postal. Quero acreditar que Nancy não teve conhecimento algum do envolvimento de Hendrik na Milícia do Michigan, e não suporto a idéia de causar mais problemas à sua vida.

— Uma velha amiga — digo. — Nós a conhecemos quando éramos meninos.

A essa altura, os detetives já entraram em contato com a polícia em Mount Gilead, e suponho que os policiais foram à minha casa e confirmaram que há um cadáver lá, um homem com uma bala na cabeça.

Um dos detetives passa fio-dental na boca.

— Você tem uma grande complicação em casa — joga o fio numa lata de lixo. — Um corpo, como nos contou. A menina conta a mesma história. Que coisa infernal ela teve de passar.

— Eu gostaria de vê-la — digo. — Maddie.

Por um instante, creio que o som de minha voz ao dizer o nome dela basta para revelar aos detetives a medida exata do amor que sinto por aquela menina, como lamento tudo o que ocasionei em sua vida e como quero estar lá ao seu lado agora que ela mais precisa, mostrar-lhe que pode contar comigo. Então percebo que tenho de falar mais alguma coisa, por isso conto aos detetives o problema que ela e Arthur tiveram e que por algum tempo ela morou em minha casa. Depois fui à festa de ano-novo de Vera na Cem-Folhas e vi que era de Arthur que ela devia depender. Agora que ele se foi, tenho de ser essa pessoa para Maddie. É o que prometo a mim mesmo ali sentado na sala de interrogatório.

É o que conto aos detetives, e o que não fala muito, o afundado na cadeira, tamborilando com um lápis na mesa, diz:

— O tribunal decidirá sobre a guarda da menor.

Então digo o que me vem surgindo por dentro desde o dia em que Maddie apareceu no convés do navio de Stump.

— Ela me trouxe uma coisa. Um pouco de alegria que não tive em anos. — Encabula-me dizer o resto, que ela me fez lembrar o que é conhecer o amor, e por isso repito o nome, Maddie, na esperança de que baste desta vez para esclarecer tudo.

— É uma criança forte — comenta o detetive que tamborila com o lápis.

— Mas ainda assim uma criança — respondo, e nesse momento desmorono e mal consigo dizer o que sei que preciso dizer.

—Sinto-me responsável pelo que causei à vida dela.

— A verdade é a seguinte — diz o detetive. — Venho investigando homicídios há muito tempo e a única coisa que sei é que às vezes os inocentes simplesmente se metem em encrenca.

Eu gostaria de convencer-me disso, mas não me convenço. Depois de tudo por que passei esta noite, — quando devia me convencer da diabrura aleatória que nos ronda — ainda não consigo me conformar com a idéia de que, como diz o detetive, às vezes a gente simplesmente se mete em encrenca. Pense só. Tocamos o mundo — inclinamo-nos para pegar um penny, construímos um elegante canil, seguimos um garoto pelos trilhos de uma ferrovia — e mais cedo ou mais tarde o mundo retribui o toque. Não estamos seguros nem nos sonhos. Saímos na noite fria, e nosso sonambulismo lança-nos no covil do mal.

Tudo — as nobres intenções, o coração dilacerado — é amarrado como os nós que Arthur com certeza achou que eram fortes e seguros o bastante para manter Herbert Zwilling no porão.

| 219

Isso é o que me derruba, a idéia de como estivemos próximos de evitar tudo o que aconteceu dali em diante.

— Por favor — peço aos detetives, e eles acabam por concordar que, por ora, nada mais têm a me perguntar.

Convenceram-se de que não tenho nada a ver com o cadáver em minha cozinha nem com o do campo congelado.

O detetive do fio-dental acompanha-me até a porta. Chega a pôr a mão em meu ombro num gesto que julgo pretender ser um conforto.

— Se alguém é responsável por qualquer coisa aqui, — diz — esse alguém é seu irmão.

Não vão soltar Cal, pelo menos esta noite. Ele matou um homem e, ainda que tenha sido em legítima defesa, como sei que foi, — Cal com aquele revólver Ruger Single Six no bolso da camisa de cotelê e capuz, apenas à espera da hora certa para cumprir a função a que se destinava — ia levar algum tempo até que se provasse isso, e aí se incluem todas as ligações com Leonard Mink e a Milícia do Michigan a esclarecer.

Serão meses e meses, imagino, de investigadores me fazendo perguntas, mas no momento, já quase amanhecendo, não há necessidade de me deterem. Saio ao corredor e vejo Maddie na outra ponta. Com ela estão Vera, Duncan e Nancy Finn — e, sim, até Stump, numa coleira que alguém improvisou às pressas.

— Como ficaram sabendo aonde vir? — pergunto a Vera e Duncan.

— Liguei para Duncan — responde Nancy.

— E eu liguei para Vera — explica Duncan. — Era a única coisa que poderia fazer.

Claro, Vera tinha vindo facilitar a nossa volta aos vivos. Ela chegou até a convencer a assistente social de que Maddie ficará muito bem conosco, que tomaremos conta dela. Lembro o jeito como me alisou as costas naquela primeira noite nos Chefs Sazonados. Tinha de ser Vera, que sempre se valeu do decoro e da

hospitalidade para ajudá-la a atravessar os momentos solitários desde que o marido morreu.
— Vamos voltar para Mount Gilead — diz ela. — Já arrumei quartos para você e Maddie lá em casa. Fiquem lá enquanto precisarem. Imagino que não vai querer voltar para casa por algum tempo, Sam; pelo menos não nas próximas noites. Mas não se preocupe, você e Maddie são bem-vindos pelo tempo que precisarem.
— O que vai acontecer comigo? — pergunta Maddie.
Vera toma-lhe a mão.
— Não vamos falar nisso agora — responde. — Vamos apenas para casa.
Mas primeiro tenho de trocar uma palavra com Nancy Finn. Espero até Duncan nos levar de carro ao bairro dela, onde o céu já clareou no leste, aviões decolam do aeroporto e vizinhos arrastam o lixo para o meio-fio. Algumas pessoas reunidas numa calçada olham o Scion de Duncan passar devagar por elas, e sei que foram testemunhas das idas e vindas da polícia trabalhando na cena do crime depois que Cal, Maddie e eu já estávamos no centro da cidade. Agora apenas esses vizinhos que nos seguem com olhares curiosos — até mesmo o Explorer de Cal já deixou a calçada de Nancy, rebocado para uma garagem da polícia, imagino, para ser revistado — nos trazem de volta o horror da noite passada.

Insisto em acompanhar Nancy até a porta de casa apesar de Duncan protestar, afirmando que cuidará disso num estalar de dedos. Ela lhe dá um beijo no rosto e vira-se no assento da frente para pegar a mão de Maddie mais uma vez — que está sentada no banco de trás, entre eu e Vera.

— Minha querida, — diz — deixe essa boa gente cuidar de você. Vai fazer isso, não vai?

— Sim, senhora — responde Maddie, num sussurro que me diz estar no mesmo ponto onde se encontrava Cal na noite em que veio à minha casa e disse: "Sammy, sou eu. Seu irmão". Aquele ponto em que nos entregamos à bondade e carinho de outros.

Desço do carro e seguro a porta aberta para Nancy. Ofereço a mão, ela a toma e aperta, como fez aquela noite na Cem-Folhas. Acompanho-a à porta de casa e aguardo enquanto ela a destranca com a chave. Quero lhe dizer tudo sobre aquele fim de tarde de abril, quando segui Dewey pelos trilhos, depois tive a tola idéia de que poderia ir embora e encontrar uma vida que um dia nada tivesse a ver com o que aconteceu, mas não consigo encontrar as palavras, e por isso digo:

— Obrigado por ser tão boa com Maddie.

Nancy hesita, a porta já entreaberta, a mão na maçaneta. É como se não conseguisse entrar, e vejo que tenta decidir alguma coisa. Então me encara, os olhos franzidos contra o sol cheio no horizonte agora, o clarão inclinado na fachada da casa.

— Sammy, você deixou Dewey arrasado quando o abandonou.

Aqui estamos nós, neste ponto que tentei evitar, este momento da verdade em que quero dizer a Nancy a primeira coisa que me ocorre — "ele me beijou, me chamou de namoradinho" — e esclarecer tudo a partir daí. Mas não posso dizer-lhe isso. Não posso trazer à tona aquele beijo, por mais carinhoso e cheio de amor que tenha sido; não posso conduzi-lo de lá até aqui — do inocente ao feio. Por isso digo:

— Eu era um garoto. Um garoto idiota. — Então a lembrança de nós dois naquela noite no beco torna-se demais para mim, minha garganta contrai-se e não consigo dizer mais nada. Nancy fala:

— Eu sei quanto Dewey o amava.

Encontro voz rápido o suficiente para reconhecer que eu também o amei, só que tive medo.

— Duncan deu a entender que você sabia sobre mim e Dewey. Você nunca disse nada. Espero que não tenha sido por vergonha dele.

— Eu o amava. — Ela me lança um olhar feroz. — Quem quer que ele fosse, eu amava meu irmão. Não queria que a vida dele fosse mais difícil do que já era. Tenho certeza de que você sabe de tudo isso, Sammy. Mesmo hoje, numa cidade pequena como Mount Gilead, não pode ser fácil.

Curvo a cabeça. Estou perto agora, muito perto de lhe contar tudo. Sinto o tremor nas pernas, como se a qualquer segundo a terra fosse desmoronar e eu fosse desaparecer para sempre.

— Nancy — digo, mas antes que possa continuar ela me detém.

— As pessoas são boas, Sammy. Às vezes só nos resta acreditar nisso.

Ela me diz para olhar para a frente e não perder a esperança na vida, assim como de algum modo ela aprendeu a fazer depois da morte de Dewey; pede que eu continue tendo esperança e fé numa boa vida futura.

— Vá para casa, Sammy. — Ela transpõe o limiar da porta e vira-se uma última vez para me olhar. — Aquela menina querida precisa de você. Mesmo que jamais tenha conseguido lidar com isso antes, agora é hora de acreditar em seu bom coração.

| 223

19

NA CASA DE VERA, OS LENÇÓIS E FRONHAS SÃO MACIOS e conservam o perfume calmante de lavanda dos raminhos que ela põe para secar nos armários onde guarda a roupa de cama.
— Só gosto de um pequeno toque — explica. — Acalma os nervos. Faz passar o nervosismo excessivo. —Tem um pijama para mim. Recém-lavado e passado. – diz. — Era do meu marido.
Visto o pijama do falecido e estendo-me na cama, Stump ao meu lado. Ele fareja a camisa do pijama, depois meu rosto, contando com a lembrança do meu cheiro. Então me dá uma lambida no queixo, me recupera, e nós dois apagamos no sono.
Maddie dorme num quarto do outro lado do corredor; quando acordo, na tarde tão avançada que a luz do inverno já se esvai, a sua porta continua fechada. Bato.
— Maddie — chamo. — Tudo bem com você?
— Pode entrar — diz ela.
Abro a porta apenas uma fresta e vejo a cama, as cobertas viradas para trás, e Maddie sentada no parapeito da janela, com roupão de algodão felpudo, os joelhos puxados junto ao peito como a primeira vez em que a vi sentada no convés do navio de Stump.
— Eu não o odiava do jeito que às vezes deixava transparecer — começa ela, e percebo que vinha pensando em Arthur.
Sei o remorso que sentirá de agora em diante. Por isso lhe digo que não faz bem algum insistir nos "devia", "podia" e "se eu...". Falo a verdade. O avô a amava, — isso é um fato — amava-a apesar dos encontrões e desentendimentos entre eles. Conto sobre aquela noite, antes do Natal, quando eu e ele vol-

távamos das compras no Wal-Mart e a vimos espiando por entre as cortinas da janela panorâmica, e ele me contou a vez em que a mãe dela a expulsou da casa.

— Aquela noite quando você estava descalça — digo. — A noite em que nevava e você teve de enrolar trapos nos pés e dormir na garagem. Seu avô me disse quanto sofria ao pensar nisso.

Não esqueço a imagem dele naquela noite, ao me dizer que pretendia manter-se ao lado de Maddie e amá-la fossem quais fossem as dificuldades que surgissem à frente, e também lhe conto isso. Sento-me ao seu lado no parapeito da janela e juntos vemos o crepúsculo chegar.

Vera mora na Rua Silver, numa das majestosas casas de dois andares do governo exibidas todo ano no Natal durante a Turnê de Residências de Feriado. Lampiões a gás ainda ladeiam as ruas no Bosque do Esquilo Branco, como anos atrás, antes de haver eletricidade, e dá-me uma sensação de paz ver a luz projetada nos paralelepípedos.

— Ele disse isso? — pergunta Maddie. — Disse que me amava?

Penso no que ele me disse naqueles dias de outono, quando mediamos, cortávamos e pregávamos as tábuas para o navio de Stump — como os antigos armadores egípcios e chineses, que talhavam deusas nas alças de proas para que os navios encontrassem melhor o caminho. Penso na Bess de Arthur e em quanto quero acreditar que, quando Herbert Zwilling lhe meteu uma bala na cabeça, ela o chamou para si.

Espero que Dewey tenha tido alguém para fazer o mesmo por ele. Gosto de imaginar que os espíritos dos mortos zelam por nós e, quando chega a hora de nos juntarmos a eles, irradiam uma luz para nos transportar pelo Rio do Paraíso.

Mas me pergunto: que acontece com gente tipo Leonard Mink e Herbert Zwilling — qualquer um que fez o mal deliberado contra as pessoas nesta terra? Alguém no outro lado os chama para casa, alguém se lembra deles quando eram inocentes, como me lembro de Cal quando, meninos, dormíamos no mesmo quarto e eu lhe sussurrei uma noite: "Está dormindo?" E, se por acaso eu passar para o outro lado primeiro, estarão minha mãe e meu pai — a velha mágoa entre mim e ele esquecida — lá para me saudar? Seremos mais uma vez uma família como éramos na Cidade dos Ratos antes da morte de Dewey e depois, juntos, esperaremos a chegada de Cal ao lar?

— Sim, ele disse isso — respondo a Maddie. — Seu avô amava você com todo o coração.

— Eu também o amava — diz ela. — Ele me recebeu quando eu não tinha mais nenhum outro lugar para onde ir.

Por um bom tempo não digo nada, sabendo que enfrentamos a dura verdade: aqui está Maddie, sem família que valha a pena citar, apenas o que podemos remendar juntos por enquanto — eu e Vera, que zanza pela cozinha, logo abaixo de nós, os aromas do jantar começando a encher a casa.

— Acho que vai ficar conosco por algum tempo — digo a Maddie.

— É, acho que sim — concorda ela, e por ora deixamos a coisa morrer aí, à espera, como sei que faremos durante alguns meses, de ver que fim terá nossa história.

DE ALGUM MODO, CONSEGUIMOS PREPARAR O VELÓRIO E O ENTERRO de Arthur e sobreviver a isso. Prestamos atenção, como Vera insiste, nos detalhes, e é isso o que nos permite manter-nos firmes. Ela nos ajuda a escolher flores, músicas e a inscrição da lápide. Quando tudo se torna demais para Maddie, Vera está lá para consolá-la, e Maddie se entrega sem medo aos cuidados dela. Durante o enterro, vejo Maddie pegar a mão de Vera e fico contente com o fato de as duas se darem bem agora; Vera está ao lado de Maddie assim como Bess estaria.

Nos dias que se seguem, os tribunais querem colocar Maddie no orfanato, mas me decido a não permitir uma coisa dessas.

— Não posso — digo a Vera. — Maddie já foi chutada o suficiente na vida.

Ela assente com a cabeça.

— Vamos lutar — diz. — Tenho advogado. Já disse, Sam. Você e Maddie podem ficar aqui o tempo que quiserem.

Assim fazemos. Então, uma noite, Vera e eu nos sentamos na sala de estar, enquanto Maddie leva Stump para um passeio. Vera acendeu a lareira, e estamos em poltronas próximas o bastante para que eu sinta o calor nas pernas. Vera se levanta para atiçar o fogo, e os toros crepitam e pipocam.

— Venho pensando que gostaria de adotá-la — comunico, uma intenção da qual nem eu mesmo sabia ter até encontrar as palavras.

Tão logo as digo, sinto-me apavorado e encantado.

— Oh, fantástico — diz Vera. — Acha que é uma boa idéia?

— Fala comigo com aquela voz calmante que usa quando se concentra em ajudar os Chefs Sazonados a preparar um prato. — Meu bem, se tentar adotar Maddie, vão investigar sua história. Tem certeza de que deseja isso?

— Minha história?

— Quem você é. O que tem feito. Como leva a vida. Só digo que é melhor ter certeza de que não tem nada que preferiria que as pessoas não soubessem.

Atiça mais uma vez o fogo e deixa-me pensar no que acabou de dizer. Debato-me com o problema e chego à conclusão de que ela sempre soube a verdade sobre mim. Sei como isto soaria no tribunal, sobretudo nesta cidade pequena, se um homossexual idoso se apresentasse para dizer que deseja adotar uma adolescente de dezesseis anos. Sinto nos ossos a injustiça que é isso. Desde aquela vez em que chamei Dewey de bicha até o momento em que Cal voltou depois de jogar tudo para o alto, fiquei sozinho e não fiz mal a ninguém. Levei uma vida privada, sensata. Solitária, na verdade, mas que eu mesmo escolhi. Agora, no momento em que mais preciso estender a mão a outra pessoa — no momento

| 227

em que mais quero expressar esse amor que sinto por Maddie, a maior afeição que senti desde a infância, por Dewey, — sou obrigado a admitir que devo, com toda razão, ficar sozinho.

— Vera — digo, e sou tomado por tanta raiva e embaraço que não posso continuar.

— Sam, por favor, entenda que não o estou julgando numa audiência. — Faz uma pausa, enquanto põe a tela de volta na frente da lareira e pendura o atiçador no cabide. — Só quero poupá-lo de se atormentar lá na frente. Algumas pessoas não foram feitas para este mundo tão medonho. Senti isso em você na primeira noite que veio ao Chefs Sazonados. Alisei suas costas, apalpei a curva da espinha e toquei um nervo que tremia, pouco abaixo da omoplata. Vi que você era alguém carente de carinho e afeto. — Olho-a sem saber o que dizer, oprimido pelo fato de que ela me tocou e logo soube a vida que eu vivia. — Sim, senhor — afirma. — Muito carinho e afeto.

— Você me conhece — digo, e é um alívio enfim dizer isso a alguém depois de tantos anos em que guardei esse segredo. — Você sabe o que eu sou.

Ela se aproxima e toca-me de novo, dessa vez roçando de leve as costas da mão pelo meu rosto.

— Não é errado, Sam. Só que agora... bem, se você tentar adotar Maddie, receio que a mandem mesmo para o orfanato.

— Tem alguma idéia melhor?

Ao fazer a pergunta, entendo que, desde que seu marido morreu e a filha foi morar na Suécia, ela tem vivido uma vida solitária, que preenche com o programa de rádio, as aulas de culinária dos Chefs Sazonados e as casas de boneca em miniatura. Uma dessas casas se encontra perto da janela. Embora menos espetacular que a maioria das outras da coleção, o bangalô por acaso é o preferido de Maddie. Vi-a nesta sala olhando para a varanda da frente da casinha, onde há um balanço no qual uma menina está sentada com um gato malhado no colo. "Parece tão aconchegante", disse aquela vez. "Tão comum."

Onde mais, penso, deve ficar Maddie, a não ser aqui, cuidada e amada, tendo, afinal, o tipo de vida tranqüila que um dia fingiu detestar, mas pela qual ansiava em segredo? Uma vida em que jamais teria de andar descalça na neve, nem ver o pai partir, nem a mãe ou o avô morrer — exatamente o tipo de vida que Bess lhe daria se houvesse tido a chance.

— Sam, — responde Vera — creio que sim.

Então Maddie entra pela porta e anuncia que a temperatura vem caindo, ela está congelando e sente-se faminta.

— Cara, estou morrendo de fome — diz, ajoelhando-se para soltar Stump da coleira. Vai até a frente do fogo e desaba no tapete da lareira. — Sério, Vera — repete. — Estou quase morta de fome.

E assim formamos uma família. Então, uma noite, na hora de dormir, demoro-me no patamar da escada no andar de cima e ouço-a conversando no quarto. A porta está entreaberta; pela fresta, posso vê-la em pé ao lado da cama. A bainha da camisola bate na altura nos tornozelos. Vejo os pés descalços no chão.

Vera, que não consigo ver, pergunta:

— Acha que gostaria disso?

Sei que devia ir para meu próprio quarto e deixá-las nessa conversa particular, mas não consigo me impedir de escutar.

— Quer dizer para sempre? — pergunta Maddie.

— Eu seria sua guardiã — responde Vera.

Maddie não diz uma palavra. Vejo-a deslizar os pés pelo chão até sair do meu campo visual, e imagino-a indo até Vera dar-lhe um abraço, dizer-lhe que sim, é aqui que gostaria de morar. Depois pergunta:

— Mas e o Sam Queridinho?

— Oh, querida — responde Vera. — Eu quis dizer que vocês dois podem ficar aqui o tempo que quiserem. Os dois.

De manhã, Vera me diz que o advogado vai preencher os devidos documentos e alegar que, como o tribunal não consegue localizar o pai de Maddie — e, mesmo que conseguisse, até onde

| 229

ele se revelou responsável? — e como os outros parentes, tias, tios ou os avós maternos não têm o menor interesse pelo assunto, ela deve ser a guardiã legal de Maddie.
— Então está decidido — diz ela.
— Ótimo — completo.
Após o café-da-manhã, levo Stump para um passeio; Maddie, que agora vai à escola, nos acompanha por um trecho.
— Vera contou a você? — pergunta ela.
— É o certo — respondo.
Ela diz que também acha e acrescenta:
— Você sabe que pode ficar com a gente.
— Sei.
Mando-a seguir em frente, para que não se atrase. Afirmo que estarei em casa quando ela chegar. Por fim, digo a frase que sempre tive vontade de dizer:
— Maddie, eu amo você.
Ela se ergue nas pontas dos pés e beija-me na face.
— Eu também amo você — diz. — Nossa, Sam Queridinho, achei que você já soubesse disso.

NÃO CONSIGO OBRIGAR-ME A VOLTAR PARA CASA, INCAPAZ de suportar a idéia de pisar na cozinha e ver onde Arthur jazeu pela última vez. Passam-se dias, e a polícia entra e sai de minha casa.
 Quando querem falar comigo, vêm aqui na casa de Vera e conto o que sei: que Cal veio ficar comigo, disse que estava fugindo porque sabia demais sobre pessoas que conspiravam para explodir a Torre da Sears, pessoas que tinham até alguma coisa a ver com a bomba na Cidade de Oklahoma. Não conto que ele era membro da Milícia do Michigan, e surpreendo-me com minha disposição de protegê-lo. Acho que ele tinha razão ao dizer-me que os anos não podiam mudar o que havia entre nós. Sangue do mesmo sangue. Conto à polícia em vez disso que Herbert Zwilling apareceu, tudo virou de pernas para o ar e Arthur foi morto.

Um dia, chega um investigador do FBI para conversar comigo. É um dia ensolarado de inverno, daqueles em que a temperatura sobe para dez graus centígrados e as pessoas permitem-se sonhar com a primavera. O cara do FBI, sem chapéu, não se deu o trabalho de pôr um sobretudo. Usa terno escuro, camisa social branca, o botão do colarinho aberto e a gravata afrouxada. Apresenta-se como agente Schramm e explica que veio falar sobre meu irmão. Nós nos acomodamos na varanda ensolarada de Vera, enquanto ela poda os bonsais e cuida das orquídeas. Sentamo-nos à brilhante luz do sol que atravessa as paredes de vidro, e Vera nos traz chá em xícaras de porcelana, numa bandeja com uma travessinha de gomos de limão, outra de cubos de açúcar e uma galheta de leite — tudo isso e uma vasilha com biscoitos amanteigados.

— Como posso ajudá-lo? — pergunto ao agente Schramm, após Vera deixar-nos a sós.

— Senhor Brady, o negócio é o seguinte. — Schramm leva a xícara à boca, franze os lábios e sopra-a para esfriar o chá. — Seu irmão nos contou uma história muito absurda. A história sobre Jacob Hendrik, Leonard Mink e Herbert Zwilling. Há um monte de furos. É só o que sei.

Toma um gole da xícara e logo joga a cabeça para trás, a bebida ainda quente demais.

— Rapaz, está pelando — comenta.

Torna a pôr a xícara no pires e, quando ergue a cabeça para me olhar, tem a mandíbula cerrada e os olhos estreitados.

— Falamos com Mora Grove e ela nos contou outra história, que parece correta.

Imagino que tipo de história ela contou para se proteger de qualquer suspeita. Schramm despeja um pouco de leite no chá. Mistura-o com a delicada colher de prata.

— Zwilling e seu irmão andaram envolvidos numa briga por um bom tempo. Cedo ou tarde, a coisa estava fadada a ferver.

Ele me conta uma história de cobiça e ódio profundos, daquelas que, às vezes, levam as pessoas a cometer atos violentos. Esse tal de Herbert Zwilling, diz, era um colecionador de objetos raros. — Coisas únicas, sobretudo. Coisas com as quais ele podia conseguir um belo lucro. Paixão ou dinheiro, senhor Brady. Muitos assassinatos se caracterizam por uma das duas coisas.

Nesse caso, continua, Cal era um dos intermediários de Zwilling, uma das pessoas que ficava de olho aberto à procura de objetos raros, qualquer coisa que pudesse interessar a Zwilling. Ele lhe pagava uma comissão de dez por cento. Então Cal encontrou um artigo especialmente cobiçado por Zwilling, só que não o deixou tê-lo.

— Por isso seu irmão vinha fugindo, senhor Brady. — Schramm cruza as mãos no colo como a dizer que liquidou o assunto. — Zwilling estava atrás dele. Não era um homem bom. Tampouco era paciente. Cumpriu pena na prisão uma vez por homicídio culposo. Digamos apenas que se habituou a ter o que queria, e seu irmão sabia que corria perigo se ficasse em Ohio. Falamos com as pessoas certas, descobrimos um artigo em sua casa, o objeto que seu irmão tentava esconder de Zwilling. Uma garrafinha de Coca-Cola folheada a ouro. Única no mundo.

— Não — contesto, e disparo a explicar como a garrafinha foi parar lá, dizendo que ela estava na caixa de bugigangas que comprei do homem cego em seu leilão de pertences. Enquanto falo, penso em quando Cal me disse pela primeira vez que Zwilling era colecionador, que mantinha o olho atento para encontrar coisas como essa garrafa, e, Deus do céu, que milagre era eu tê-la. Depois, disse que inventara a história toda, que lera sobre o objeto no *Daily Mail* e jamais imaginara nem por um minuto que estivesse bem ali em minha casa.

Schramm ri.

— Ora veja, senhor Brady, é de fato uma história incrível. Uma garrafa de Coca-Cola folheada a ouro, única no mundo, uma coisa valiosa como essa jogada numa caixa de bugigangas que você comprou por acaso num leilão? Tenho de dizer: é duro de engolir.

As duas histórias rodopiam em minha cabeça, — a que eu vivi e a que Schramm me conta — e há fatos suficientes nas duas para deixar-me inseguro a respeito de tudo o que no íntimo sei ser verdade.

Lembro-me então dos mapas do centro de Chicago que Cal me mostrou. Guardava-os num envelope de papel pardo no quarto de hóspedes em minha casa. Mostrou-os e depois guardou na gaveta da cômoda. Quando saiu de casa na véspera do ano-novo para procurar Stump, não sabia que a mensagem de Mora Grove — a que eu lhe transmitira — viria naquela noite e ele teria de fugir. Os mapas continuavam na cômoda.

— Ele me mostrou um mapa — digo a Schramm. — Uma pilha de mapas. Eram da Torre da Sears, as ruas em volta e a rota que Mink ia tomar para o carro da fuga. — De repente, sinto que desperto do sonho de Dorothy com Oz e tento contar a todos onde ela foi e as coisas espantosas que viu e fez. — Cal deixou esses mapas na cômoda do quarto de hóspedes.

— Senhor Brady, revistamos sua casa de cima a baixo, examinamos cada canto e fenda, assim como fizemos na caminhonete de seu irmão. Não encontramos nada que dê qualquer substância à história dele.

— Está dizendo que eu nunca vi esses mapas?

— Estou dizendo que nós não vimos, senhor Brady.

— Mas aquele homem, — insisto — Hendrik. Ele remeteu pelo correio uma caixa a Herbert Zwilling e Cal assinou um recibo. Esse recibo existe. Talvez esteja na casa de Nancy Finn.

— Hendrik também era um intermediário — diz Schramm. — Seja o que for que tenha remetido a Zwilling, era um objeto colecionável. A assinatura de seu irmão nesse recibo não significaria nada. Na verdade, o motivo de ele ter o endereço de Nancy Hines... Nancy Finn, imagino que seja esse o nome pelo qual

| 233

a conheça... era que, quando Hendrik morreu, tinha um artigo que Zwilling queria, mas, antes de poder pôr as mãos nele, Nancy empacotou tudo e mudou-se do Michigan. Mora Grove levou alguns anos para descobrir o paradeiro dela. Ela e seu irmão pretendiam pegar aquele objeto e ganhar um lucro.

Lembro o botão de metal que Nancy tinha no colar, na festa de ano-novo, o que Arthur disse que talvez fosse uma relíquia do Titanic. Poderia ser o artigo de que falava Schramm? Teria Hendrik escondido a peça e jamais contado a Nancy?

— Eu sei o que sei — digo, com a voz mais baixa agora, abalado pelo que começo a compreender. — Algumas pessoas neste país passam a dizer o que é a verdade e, na maioria das vezes, essas pessoas não somos nós, as que têm de viver com essa verdade.

— As pessoas acham que sabem das coisas o tempo todo — diz Schramm. — Estou aqui para lhe contar os fatos, e os fatos são esses. — Levanta-se e se agiganta acima de mim. — Seu irmão e Herbert Zwilling se envolveram numa transação comercial que se deteriorou, e por acaso o senhor Zwilling era um homem perigoso. Parece que seu irmão sabia disso. Tinha um Ruger Single Six à espera dele, quando viesse.

Schramm fica na mesma posição por algum tempo, para deixar claro que, entenda eu ou não, acabou a conversa.

— Comprei a garrafa de Coca-Cola numa caixa num leilão — não resisto a repetir.

— Senhor Brady, você não me parece um idiota. Acho que entende o que estou dizendo.

Então me dou conta da verdade maior, mais horrível, que nenhum dos dois deve saber.

— Tudo gira em torno de vocês, não? Ruby Ridge, Waco, a Cidade de Oklahoma, a Torre da Sears.

Schramm ri.

— Nós? Quem somos nós?

— O governo — respondo. — Cal disse que havia pessoas do governo envolvidas.
Ele põe as mãos nos braços da cadeira e curva-se mais para perto de mim. O paletó se desprende do corpo e abre-se o suficiente para eu ver o pontudo cano no coldre do ombro.
— Ora, que diabos acha que o governo teria a ganhar encobrindo uma conspiração terrorista?
— Não sei — respondo, e a voz sai trêmula, porque na verdade não sei mesmo.
— Isto aqui são os Estados Unidos — diz Schramm. — As pessoas podem dizer o que quiserem, mas há uma diferença entre dizer uma coisa e torná-la verdade. Fatos, senhor Brady. É o que conta.
— Os fatos podem desaparecer.
Ele pisca para mim.
— Não os que importam. Nós nos certificamos disso.
Por fim, ele vai até uma mesa de bambu onde Vera tem um bonsai. Ela colocou um menino e um cachorro collie em miniatura sob a arvorezinha. O menino tem uma vara de pescar na mão direita, enquanto a esquerda está sobre a cabeça do collie. Uma miniatura da cadela Lassie senta-se ao lado.
Schramm torna a curvar-se para examinar as figuras.
— Os detalhes são impressionantes, não? — Vira-se para mim e pisca mais uma vez. — Senhor Brady, a gente quase jura que é de verdade, não?
Desse jeito, entendo, como ele afirmou, que posso dizer o que quiser, mas ele e outros como ele detêm os fatos importantes.
— Que vai acontecer com Cal? — pergunto.
Em Indiana, responde ele, pode-se balear um homem se está convencido de que ele vai matá-lo e não ter de responder por isso. Legítima defesa. Pode-se matar um homem e retornar à vida de sempre.
— Quer dizer que o soltaram? Então, onde está ele?
— Ora, senhor Brady, isso realmente não posso dizer.

| 235

20

SEM MAIS NEM MENOS, CAL DESAPARECE. PRESO EM ALGUM LUGAR, não tenho a menor dúvida, pelas pessoas que não querem vê-lo falar. Como ele disse quando me contou sobre Mink e a Milícia do Michigan, alguém poderia encontrá-lo e colocá-lo onde jamais teria condições de dizer qualquer coisa.

— Eles aparecem um dia e nos dão um tapinha no ombro — disse então. — Aí é tarde demais. A gente desaparece.

Pois é. Agora que os investigadores terminaram de revirar minha casa, tenho muito o que fazer. A verdade é que ninguém é assassinado numa casa sem deixar sangue e sei lá o que mais para limpar nos pisos e paredes.

Sei disso porque, quando tinha o serviço de limpeza, às vezes fazia esse trabalho. Agora, porém, não posso enfrentá-lo. Contrato uma empresa aqui na cidade. Dou a Duncan uma chave da minha casa e peço-lhe o favor de verificar se estão cuidando de tudo.

Os dias passam, e desejo poder dizer que começa a parecer cada vez mais como se nada disso tivesse acontecido: Cal nunca voltou, nunca me contou suas histórias sobre Leonard Mink, nunca me colocou no caminho de Herbert Zwilling, e Arthur não morreu. Eu gostaria que fosse assim, mas, claro, não o é de modo algum. Acordo todo dia e, numa questão de segundos, a verdade me arrasta e me afunda na tristeza.

Tristeza pela morte de pessoas boas, Dewey Finn incluído. Desgosto pelo modo como nossas vidas se dividem em antes e depois. Veja Maddie, tão jovem e com tanta coisa a superar agora. Mas é uma jovem resistente. Eu soube disso desde o momento em que a faca de açougueiro escorregou de sua manga e caiu de ponta no convés do navio de Stump. Resistente, sim, mas com um coração sensível.

Uma noite, Vera tem uma enxaqueca enquanto lava os pratos; Maddie e eu os enxugamos e guardamos.

— Ai, alguém espetou um alfinete na minha boneca vodu. — Deixa um prato escorregar na água cheia de sabão e leva a mão à cabeça. — Jesus, Maria e José — geme, a maior exclamação religiosa que já a ouvi proferir.

Penso em Bess e no que disse a Arthur, "Minha cabeça dói", antes de desabar no chão, já morta.

— Precisa ir ao hospital? — pergunto. — Precisa ir ao pronto-socorro?

— Sam, é só uma dor de cabeça — responde ela. — Verdade, meu bem, nem tudo leva a desastre. Vou ficar bem. Só preciso...

— Tome aqui — Maddie lhe oferece uma aspirina e um copo de água.

— Obrigada, querida — diz Vera. — Você é um anjo.

Durante a noite toda, Maddie trata-a com atenção extrema, levando-lhe xícaras de chá de camomila e panos quentes para cobrir-lhe a testa. Diminui as luzes e põe o CD preferido dela, uma calmante coletânea de músicas com harpas. Sentamo-nos no escuro junto à lareira e ouvimos "Down by the Sally Gardens", "Scarborough Fair" e "All in a Garden Green".

Do lado de fora, está nevando. Vejo a neve despencar enviesada no brilho dos lampiões a gás — mas aqui dentro nos sentimos aconchegados, Vera e Maddie enroscadas, desabadas no sofá junto à lareira. Sinto-me contente — ou pura e simplesmente satisfeito — por me ver aqui nesta noite de neve e perceber que, como disse Vera, nem tudo resulta em desastre. Na

| 237

hora de dormir, a enxaqueca dela já se foi, e nós três desejamos boa-noite uns aos outros e vamos para a cama.

Sei, ao me enfiar sob as cobertas e Stump instalar-se ao meu lado, que não é justo continuar aproveitando da generosidade de Vera. Qualquer manhã dessas terei de me levantar e encarar os fatos. Tenho uma casa nas Fazendas Pomar, um lar que agora se encontra impecavelmente limpo e aguarda a volta de Stump e eu. Mas neste momento, ao cair no sono, sinto-me muito feliz por estar aqui, aconchegado e aquecido, enquanto neva lá fora e a noite se aprofunda; sinto-me feliz por lembrar como, apenas momentos antes, relaxávamos confortáveis junto ao fogo — Vera, Maddie, eu e, claro, Stump, cochilando perto da lareira, — todos contentes nesta casa cheia de carinho.

DE MANHÃ, O SOL BRILHA E A NEVE NO QUINTAL DE VERA cintila. Como um ponto vermelho brilhante destacando-se em toda aquela brancura, um cardeal alça vôo e empoleira-se num ramo de cedro rendilhado de neve.

Minha mãe sempre dizia que, quando se avista um cardeal, alguém está vindo nos visitar; de fato, quando desço para o café-da-manhã, encontro Vera na varanda ensolarada conversando com Duncan.

Ele me trouxe a chave de casa, e agora não tenho mais motivo para não voltar para lá.

— Senhor Brady, — comunica-me — tudo se encontra em perfeitas condições.

Agradeço-lhe.

— Duncan, você é um bom homem.

Acredito nisso, apesar de sempre me sentir pouco à vontade com ele, porque sei que está investigando o que de fato aconteceu com Dewey. Fico aqui pensando que Dewey teria crescido e se tornado alguém assim — seguro e ávido por agradar. Teria sido uma companhia para mim durante toda a vida, sempre que eu precisasse dele. Claro, estou romantizando. Quem sabe as direções que tomariam nossas vidas se ele vivesse? Afinal, mais que tudo, Dewey queria sair da Cidade dos Ratos. Talvez tivesse ido para tão longe que me esqueceria. Ou talvez — em meus sonhos, gosto de pensar que seria isto o que teria ocorrido — eu iria com ele, e seríamos, como Arthur e Bess, Vera e o marido, amantes e companheiros até um de nós deixar este mundo.

Isso, percebo, é o que acima de tudo desejo para Maddie: um futuro cheio de amor, casamento e um lar onde ela e a família se sintam seguros.

Maddie chega à varanda ensolarada mastigando uma fatia de torrada, a bolsa da escola pendurada no ombro.

Duncan enrubesce e, a princípio, acho que é por eu tê-lo encabulado chamando atenção para sua bondade. Então noto o jeito como ele olha para Maddie e logo entendo que sente uma paixonite por ela. Isso não me assusta — nem assustaria Vera, imagino, porque Duncan, apenas três anos mais velho que Maddie, é um daqueles rapazinhos meigos, tão raros nos dias de hoje, que não se julgam o centro do universo; ao contrário, apontaria o refletor para as pessoas comuns e seus singulares talentos ou passatempos. De fato, sente insegurança o suficiente sobre si mesmo para se tornar cativante e o tipo que jamais se aproveitaria das pessoas.

— Quando vi que nevava ontem à noite, — diz Maddie — estava certa de que iam cancelar a escola. Agora vou chegar atrasada à minha primeira aula. Vera, você pode me levar de carro, por favor?

Vera ainda está de roupão.

— Ora, querida, ainda nem penteei os cabelos nem arrumei a cara.

É a chance de Duncan.

— Meu carro está bem ali — diz.

Maddie hesita, esperando para ver se Vera ou eu fazemos alguma objeção.

— Mexa as pernas, doçura — diz Vera. — Nunca deixe um cavalheiro esperando.

Vejo como faz bem a Maddie o fato de Vera dar-lhe o carinho de mãe e, com isso, uma forma de voltar a ser a jovem que era — cheia de coragem e ânimo — antes que o mundo começasse a destratá-la.

Há muito tempo, eu era o menino que se sentava na cancela da via férrea e cantava músicas com Dewey Finn. Amava-o, mas não tinha palavras para expressar o que sentia. Ou talvez as tivesse, mas não conseguia colocá-las para fora, por não saber quem eu era. Mas ele sabia. Soube o tempo todo. Arriscou aquele beijo no beco e, para ele, foi a coisa mais natural do mundo. "Sammy, queridinho", disse, e, por apenas um instante, antes de eu deixar meu coração enegrecer-se e murchar, a mais pura luz de minha essência tremeluziu e incandesceu. Eu fui aquele menino, o do beco, que quis retribuir o beijo de Dewey — só nesse breve momento, e então o menino se foi.

— Vamos nessa — diz Maddie, e ela e Duncan tomam seu rumo.

APÓS O CAFÉ-DA-MANHÃ, DECIDO QUE NÃO POSSO MAIS adiar. Assobio para Stump e ajudo-o a subir na cabine do jipe. Pergunto-lhe se está pronto, ele emite um pequeno bufo e senta-se empertigado, olhando para fora pelo pára-brisa, como se soubesse exatamente aonde vamos, um pouco impaciente na verdade, chateado igual a uma criança, por termos atrasado tanto tempo a volta à casa.

Nas Fazendas Pomar, os limpadores de neve já percorreram as ruas, mas ainda assim avanço lentamente, deixo o lugar retornar-me aos poucos, faço o levantamento com os novos olhos que a ausência me deu das visões antes tidas como naturais ou mal notadas: a escola primária Arbor Park, com flocos de neve cortados de papel, colados nas janelas; o ganso de pedra ainda vestido de Papai Noel na varanda da frente de uma casa; as ventoinhas de cores fortes girando nas árvores desfolhadas num jardim; o poço dos desejos em outro; os esquilos brancos deslizando rápidos pelos cabos de força, telhados e troncos; as espigas de milho, algumas roídas até os sabugos vermelhos, deixadas em espetos pregados nas árvores para os esquilos comerem. Na esquina da minha rua, um homem da minha idade, cujo nome eu nunca soube, escava a calçada com uma pá e acena para mim quando passo, como se fôssemos amigos; ele me dá as boas-vindas de volta ao bairro. Por um instante, permito-me imaginar como seria bater na sua porta um dia e dizer olá.

Minha calçada está cheia de neve, por isso estaciono na rua.

Stump dá uma olhada em seu navio — sim, encontra-se bem ali onde o deixamos — e agita-se no banco da frente, louco para que eu abra a porta e o deixe sair.

Mas por um momento não posso fazê-lo, oprimido pela lembrança de Arthur usando o removedor de neve para limpar minha calçada e entrando depois para tomar café. Então, claro, tudo me vem à mente: as noites que passamos vendo filmes antigos na tevê, as horas que trabalhamos juntos construindo o navio de Stump, a jambalaya que ele comprou para dividir comigo naquela noite de outono, quando nenhum de nós sabia o que nos reservava o futuro.

O que venho aprendendo — claro, uma tolice eu jamais ter apreciado com plenitude até agora, pois se trata de uma coisa que sempre foi verdade — é que o tempo não pára. Como disse, não se trata de engenharia aeroespacial, mas às vezes é necessário que o mundo nos sacuda para sentirmos a inegável verdade dessa chocalhada nos ossos. Um novo dia chega e, não importa o que a vida lhe trouxe, você tenta não ficar atrás das horas que se desenrolam à frente. Se consegue afastar o espírito da tendência a desistir, acaba por erguer um pé, dar um passo, seguir em frente, como faço agora, abrindo a porta do jipe e colocando os pés no chão. Solto Stump e, juntos, cruzamos o portão para nosso pátio lateral.

Ele vai direto para o navio. Cuido de fechar o portão atrás e, então, encaro a casa — ainda se parece a casa exata que deixei com Maddie e Herbert Zwilling numa noite que às vezes me parece vivida por outra pessoa e, em outras, tão recente que juro estar acontecendo de novo, sem que eu possa impedi-la.

Viro-me e dou uma olhada na casa de Arthur; a primeira coisa que noto é a ausência da fumaça em espiral na chaminé, ou o fogo aceso na lareira. Todas as cortinas estão fechadas. Mais uma vez tenho de enfrentar o fato de que ele se foi.

Um menino — atrasado para a escola, suponho — surge correndo na calçada, a longa ponta do gorro de tricô pontudo voando atrás. Ergue a mão para me cumprimentar.

— Ei, Dênis MacMauzinho — diz, antes de sair correndo.

Logo o reconheço como o garoto que primeiro viu a casa de Stump e contou a piada sobre o pirata, e o mesmo menino que deixou o cachecol cair no dia seguinte ao Natal.

Enquanto o vejo afastar-se pela calçada, sinto meu coração se alargar e uma vontade de abraçá-lo, porque, ao pronunciar esse ingênuo apelido, ele me lembrou de que pessoas boas e honestas continuam sua vida a despeito de qualquer tumulto que o diabo venha a causar.

Minha casa cheira a desinfetante; um quê de água sanitária e amônia sob um cheiro mais forte de pinho. Paro no meio da cozinha, onde vi Herbert Zwilling enfiar uma bala na cabeça de Arthur, e ocorre-me que, se alguém entrasse aqui agora, alguém que não soubesse a verdade, nada haveria para dar-lhe uma pista, sequer um sinal do acontecimento terrível que se deu nesse lugar. Mas, para Maddie e eu, aquela noite com Herbert Zwilling é uma lembrança da qual nunca escaparemos. Visita-me agora em sonhos, e o único alívio que tiro disso — proveito egoísta, admito — vem de saber que, não importa onde Maddie termine por morar, não importa aonde ela for neste mundo, nós dois sempre estaremos ligados pelo que presenciamos aqui.

No quarto de hóspedes, vou até a cômoda e abro as gavetas, mas as únicas coisas que encontro são os lençóis e fronhas que sempre guardei ali. Não encontro o envelope de papel pardo dos mapas que Cal me mostrou. Na verdade, não encontro sequer um sinal dele, nem nas gavetas da cômoda, nem no armário, nem na mesinha-de-cabeceira. Quando saiu com Stump na véspera do ano-novo, ele deixou para trás os artigos de toalete, roupas, CDs, porém nada disso se encontra mais aqui, após Schramm e os outros agentes sumirem com cada traço. A única coisa para me lembrar dos dias que Cal passou aqui é a luminária ao lado da cama, a das rotas dos descobridores curvando-se pelos mares; isso e os lençóis ainda dobrados e enfiados (levanto a colcha para verificar) naqueles cantos pregueados que minha mãe nos ensinou quando éramos meninos.

Entro em meu quarto e, ali, dobrada com todo capricho sobre a cômoda, vejo a camisa de flanela que Cal me deu de presente de Natal, a camisa que Maddie usou certa manhã quando sentiu frio. Pego-a e encosto no rosto; o perfume de Maddie continua presente, apenas um leve aroma de talco de bebê e baunilha. Não me envergonho de dizer que me reconforto com esse cheiro, com a macia flanela e com o fato de o sol entrar pela janela, enquanto vejo Stump no pátio lateral, enroscado no convés de seu navio.

Saio ao jardim e paro sob a brilhante luz do sol, tentando convencer-me de que todos precisamos apenas de um estímulo que se apodere de nós, alguma coisa que nos anime e nos transporte pelo resto de nossos dias. Chame esse estímulo de Dênis MacMauzinho. Chame-o de Stump, ou capitão Stump, feliz por mais uma vez ser o comandante de seu navio. Chame-o de Maddie. Chame-o de Vera. Chame-o de Duncan Hines. Chame-o de vidas boas de boas pessoas. Conte as maneiras,

| 243

como pretendo fazer de agora em diante, pelas quais mereço ser incluído entre essas pessoas.
O homem da casa na esquina vem vindo pela calçada em frente. Tem o rosto redondo, simpático, e, quando sorri para mim, embora eu nada saiba sobre ele, apaixono-me pelos vincos ao redor dos olhos.
— Você sumiu — diz ele. — Você e seu cachorro.
Eu jamais soube que esse homem sequer tivesse reparado em mim.
— É, — respondo — mas estamos de volta.

MARÇO E SEUS IRRESISTÍVEIS DIAS QUENTES FICAM DE repente frios e a neve cobre com seu manto os narcisos, antes que o mês se retire como um cordeiro. Então, certa manhã de abril, — a grama de um verde tão brilhante que é impossível lembrar um ano ao outro — ouço Stump latir e vou à janela ver o que lhe atraiu a atenção.
É Duncan, que acaba de transpor o portão de entrada. Espero para ver se vai fechá-lo. Ele o tranca e o balança para ter certeza de que ficou bem fechado. Então se agacha e bate palmas, e Stump aproxima-se gingando como um pato para receber um afago e uma boa coçada na barriga.
Vou até o jardim saber o motivo da visita. Ele ouve a porta de tela se fechar, levanta-se e me dá a notícia.
— Encontraram uma caminhonete igual à do seu irmão.
Diz isso de forma clara, sem qualquer insinuação de prazer nem pesar na voz, apenas como um jornalista que declara um fato. A polícia estadual encontrou um Ford Explorer abandonado no acostamento de uma estrada à beira do rio, perto de Grayville, a pouco mais de cinqüenta quilômetros daqui.
— Incendiado — continua ele — e sem placas, mas reconheceram o NIV. É o número de identificação do veículo gravado naquela placa de metal no painel, sabe qual é?

Ouço-o. Então faço a pergunta que tenho de fazer.

— Cal estava lá? Ele estava dentro da caminhonete?

— Duncan entrega-me o Evansville Courier desta manhã, dobrado numa pequena notícia: corpo encontrado em carro perto de Grayville.

— Como eu disse, sem placas de licença. Apenas esse NIV; investigaram e descobriram que estava registrado em Ohio. Registrado no nome de Calvin Brady.

A princípio, não encontro espaço dentro de mim para o fato de Cal estar morto.

— Então é ele? — pergunto a Duncan. — Não é alguma outra pessoa? Têm certeza?

— O exame da arcada dentária foi feito, senhor Brady.

— Ninguém veio me avisar — digo. — A polícia não veio.

Se isso não aconteceu, tento raciocinar, talvez eu possa fingir por mais algum tempo que Cal continua vivo. Então a ficha começa a cair, e não posso negar o fato de que alguém ateou fogo naquele Explorer com Cal ainda dentro — ou as pessoas ligadas à Milícia do Michigan ou o FBI, ou o próprio Cal, incapaz de viver com a culpa.

— É o que estou fazendo — diz Duncan, da forma mais amável possível. — Vim lhe avisar.

Não consigo me conter. A voz dele é tão meiga que, agora que Cal se foi e o segredo ficou sendo meu e só meu, me vejo obrigado a admitir que não sou forte o suficiente para guardá-lo nem mais um minuto. Conto a Duncan tudo o que ele quer saber. Conto-lhe a história dos trilhos e o que realmente aconteceu lá.

ERA ABRIL E O RIO SUBIA, QUANDO VI DEWEY DIRIGINDO-SE à cancela da linha de trem. Tomava o caminho mais longo, para contornar as águas da cheia. Teve de sair da Cidade dos Ratos até Christy e, depois, seguir pelos trilhos da B & O que passam por trás do elevador de grãos. Desde a noite em que me beijara e me chamara de querido, eu o mantivera fora da minha vida. Então o chamei de bicha, Arthur e os outros meninos ouviram, e deixei a culpa me corroer até não agüentar mais. Assim, quando vi Dewey aquela noite, — aquela noite de abril — soube aonde ele ia e o que eu tinha de fazer.

Alcancei-o quando ele chegava à cancela.

— Dewey — chamei.

Ele se voltou para mim. Ficou distante a princípio, magoado e de cara feia. Tinha as mãos nos bolsos da calça jeans grossa e não parava de pisotear as pedras no leito da ferrovia com o bico do tênis Keds.

— Achei que você não queria nada com uma bicha — respondeu.

As águas da enchente se estendiam pelos campos. Peguei uma pedra, atirei-a pela cancela e vi-a cair com um baque na água. As ondulações se espalharam. Então não se ouvia ruído algum, a não ser o de um corvo que crocitava lá no alto; tive de me forçar a olhar para Dewey e disse que sentia muito. Sentia por dizer o que dissera diante do bilhar, sentia por qualquer infelicidade que lhe causara.

Ele usava aquela camisa listrada azul e amarela, enfiada na calça jeans, e o cinto indígena de tachas com a fivela-cofre. Tirou as mãos do bolso e bateu de leve nos rebeldes cabelos ruivos, como se com um toque pudesse alisá-los e tornar-se mais aceitável. O gesto atingiu-me direto o coração, tão tímido e lindo o fazia, como na noite em que me tomou a mão sem dizer palavra e seguimos pelo beco escuro.

Agora enganchava os polegares no cinto e balançava-se sobre os calcanhares, como se tivesse toda a confiança do mundo.

— Sammy — disse. — Você me ama, não?

Eu me equilibrava num trilho, e pelos tênis senti uma vibração nos arcos dos pés. Do lado, ao longe, soou o apito de um trem, e eu soube que era o da National Limited, chegando

246 |

a trepidar pela grande curva a oeste, e Dewey e eu teríamos de cair fora dos trilhos.
— Ai, não fale assim — pedi. — Meu Deus, Dewey.
Ele me deu aquele sorriso, o que sempre me desconcertava, fazia-me sentir que sempre quisera ficar perto dele. Então deslizou um dedo entre a calça e o cinto, abriu o zíper da bolsinha de couro onde guardava a chave que abria a fivela de tesouro. Estendeu-a para mim.
— A chave do meu coração, Sammy — disse, brincando, e peguei-a.
Até cantei um pouco aquela música de Doris Day, "If I give my heart to you", e ele se juntou a mim no trecho da canção que diz "como você comigo esta noite"; por um momento, foi como naquelas noites em que nos sentávamos na cancela e cantávamos juntos.
Então Dewey me tomou a mão, aproximou o rosto do meu e fechou os olhos, à espera, claro, de que eu o beijasse.
Foi nesse momento que ouvi um ruído na mata, o estalo de um graveto, e, quando olhei, notei um clarão de cor, uma chama vermelha, e reconheci Arthur Pope, que se embrenhava pelas moitas de volta à cidade, distanciando-se para sempre do que ia acontecer.
Escutei passos no leito de cascalho da ferrovia atrás de mim. Virei-me e vi Cal, que se aproximava pelos trilhos. Vi-o, e tudo o que julgava haver superado, todos os medos de ser quem de fato sou reapareceram.
Empurrei o peito de Dewey. Ele tropeçou para trás no leito da ferrovia. Prendeu os saltos dos sapatos na borda de um dormente, girou e caiu estendido num dos trilhos, o braço apoiado sobre ele, a cara num dormente. Ficou atordoado. Eu vi toda a cena, mas continuei esperando que se levantasse. Então ele disse:
— Estou preso.
Na parte interna do trilho, dois rebites desciam pela braçadeira de ferro dentro da madeira. As pontas dos rebites não se

| 247

nivelavam com a braçadeira. Salientavam-se apenas o suficiente para um furo do cinto de Dewey encaixar-se, o que não teria sido um problema não fosse o fato de que, de algum modo, quando ele torceu o corpo, uma das tachas do cinto — discos finos e redondos — curvou-se e enganchou-se entre o furo e a ponta do rebite, agindo como um botão numa camisa pelo avesso, quase impossível de desabotoar. A verdade é que Dewey ficou preso no rebite da via férrea, e nesse momento ouvi a locomotiva da National Limited — ouvi-a antes de chegar a vê-la na curva.

— A chave — disse Dewey, e então percebi que eu ainda a segurava; ele queria usá-la na fivela para poder abrir o cinto pelo máximo de furos que pudesse, tirar a calça e livrar-se dela, tudo antes que a locomotiva da National Limited chegasse em cima dele.

Estendeu-me a mão e avancei um passo, pretendendo dar-lhe a chave.

Então ouvi Cal gritar meu nome. Estava perto o suficiente agora para agarrar-me o braço.

— Deixe-o — disse.

Lembro que hesitei apenas uma fração de segundo, tempo praticamente insignificante, mas que para mim hoje significa a lembrança daquela fração de segundo em que me deti, quando poderia ter-me libertado de Cal. Então, para minha surpresa, — e é isto o que me obceca — deixei-o arrastar-me pelo barranco até a mata embaixo.

A última imagem que tenho de Dewey é de seu rosto, os olhos arregalados de medo, ao estender-me a mão.

— Sammy — disse. — Não me deixe. Sammy, por favor.

A essa altura, Cal e eu já descíamos correndo o barranco. Ouvi a voz de Dewey mais uma vez.

— Sammy!

Então só restou o barulho do trem da National Limited, e qualquer outro foi engolido naquele rugido, — teria Dewey, tão desesperado de medo, reunido coragem para rasgar o cinto em dois, ou a força do acidente o arrancou? — e depois o ranger das rodas nos trilhos quando a locomotiva tentou parar.

Na mata, oculto da visão de qualquer um naquele trem, martelei os punhos no peito de Cal, e ele me deixou fazer isso, deixou-me esmurrá-lo, porque eu nada mais podia fazer com a raiva que sentia.

— Você o deixou lá — eu disse a Cal.

— Foi você quem o empurrou — respondeu ele, e eu soube que era verdade.

Empurrara Dewey, ele caíra, e então o trem já se aproximava e eu nada podia fazer — nada que eu jamais pudesse ser capaz de fazer — para impedir que aquilo acontecesse.

Por fim, Cal agarrou-me pelos pulsos e me sacudiu.

— Não podemos contar o que houve — disse. — Jamais poderemos contar.

A água da enchente começou a empoçar no chão. Enfiei a chave do cinto de Dewey no bolso e Cal e eu voltamos para a cidade, onde esperamos a chegada da notícia.

CONTO A DUNCAN TUDO ISSO, A HISTÓRIA TODA, E ELE ALI no meu pátio, o rosto cada vez mais frouxo de descrença. Além disso, conto-lhe o mais importante, que carreguei comigo desde então, que jamais disse nem mesmo a Cal. Conto-lhe que não estou certo de que não tentei ajudar Dewey porque não havia tempo suficiente ou porque não quis, porque, no meu jeito ignorante e juvenil de pensar, por apenas o mais breve momento acreditei que poderia me afastar daquela cancela, são e salvo. Não sabia, ao deixar Cal arrastar-me para longe de Dewey, que, mesmo quando corríamos pelo barranco abaixo, unidos pelo segredo, já começávamos a correr um do outro, dois irmãos que se separam.

— Você — diz Duncan, e então não encontra outras palavras, atordoado como está, sufocado com o que sei ser aversão, dila-

cerado por ver como a vida pode ser medonha. — Mal consigo acreditar. Como pôde? Como pôde deixá-lo lá para morrer? Enfio a mão no bolso da calça e pego o porta-níqueis. Aperto-o para abrir e pego a chave que guardei durante todos esses anos. Mostro-a na palma aberta de minha mão. Duncan logo entende o que lhe apresento. Estende a mão, os dedos trêmulos, e deixo que me tome a chave, que segure um objeto tão delicado, mas que agora torna a morte de Dewey e minha explicação mais reais para ele.
— Você — repete ele.
— Sim — respondo. — Eu.
Ele fecha os dedos, e a chave desaparece no punho.
— Vou ter de contar isso à minha avó — diz.
Fecho os olhos, imaginando o que pensará Nancy quando acabar por saber a verdade.
— Eu mesmo conto.
Quando reabro os olhos, vejo que ele abre os dedos e tem a chave sobre a palma de sua mão estendida. Espera que eu a pegue, e fica claro que quer que eu sempre a guarde para me lembrar, como em todos esses anos, do que se passou naquela noite nos trilhos, lembrar de como decepcionei Dewey, de que o amava e no entanto esse amor não bastou, porque isolei o que o coração me dizia.
Pego a chave, e assim termina esta longa história entre minha família e a de Dewey Finn, no dia em que sei que meu irmão se afastou de mim para sempre, nesse luminoso dia de abril, sem chuva visível como em todos aqueles anos atrás quando a Cidade dos Ratos se inundava e Dewey continuava vivo. Não, agora é um dia ensolarado. Um dia de primavera e ensolarado, e Stump rola pela grama, deixando o sol brilhar em sua barriga.
Se eu quiser, posso fingir que nada há de extraordinário no dia. Vejo o homem que mora na esquina. Ele sai para um passeio, acena e diz olá. Vejo o grupo de meninos que vêm de casa para a

escola, conversando com vozes animadas. Um deles — o que conheço como Dênis MacMauzinho — conta a piada de pirata.
— Argh, — diz — e ela está me deixando louco!
Os meninos desatam a rir e saem correndo pela calçada. Um carro surge mais abaixo na rua; é Vera. Maddie, no banco do passageiro, quando encostam no meio-fio, curva-se para fora da janela e grita para Duncan:
— Vamos sair para comprar o vestido da festa de formatura. — Ergue os braços estendidos no ar, e inclina a cabeça para trás. — Urru!
Terei de contar a Vera e Maddie que Cal morreu e, tão logo comece, sei que lhes contarei toda a minha história com Dewey. Terei de fazer isso, se quiser ter qualquer chance de pensar bem de mim mesmo ao avançar pelos últimos anos de vida. Terei de contar essa história mesmo que talvez me custe aquilo de que mais passei a precisar: o amor de boas pessoas como Maddie e Vera.
Não sei como explicar, mas agora que está feito — agora que Duncan sabe tudo o que há para saber, desde o beijo de Dewey no beco, à noite em que o deixei nos trilhos, até o momento naquela estrada à beira do rio quando as chamas tomaram o Explorer de Cal — tateio o caminho, como muitas vezes faço no fim de uma história, mesmo nos antigos bangue-bangues que Arthur e eu víamos na televisão. Sinto-me um homem diferente do que era quando a história começou. Um pouco mais sensato, um pouco esgotado de levar a vida que as pessoas levam, mas também contente por elas e ansioso por ver o que talvez aconteça ali na esquina aqui e agora. "Apenas uma história inventada", dizia às vezes Arthur ao acabar um programa, já se aprontando para ir embora; "nem uma palavra verdadeira."
É assim que às vezes parece este mundo por onde nos movimentamos: uma coisa inventada. Deus do céu, sem dúvida as pessoas nessas histórias não fazem as coisas que fazemos no mundo real, o que Deus planejou.

Stump subiu ao convés do navio. Está sentado na proa, um digno capitão encarando a rota adiante.

Em momentos como estes tento com mais firmeza que nunca acreditar na existência de um mundo que segue em algum outro lugar além deste — e, se de fato existe, vamos todos encontrá-lo um dia. Vamos transpô-lo. Talvez o façamos um pouco de cada vez e nem cheguemos a saber, nos momentos como aquele em que Vera me alisou as costas no Chefs Sazonados, ou quando Cal e Maddie dançavam ao som de "Blue suede shoes", ou nas noites em que Dewey e eu nos sentávamos na cancela da ferrovia e cantávamos. Talvez seja isso o que nos contariam os mortos se pudessem: de vez em quando tocamos esse outro mundo, o mundo deles, onde ninguém trai amigos nem irmãos, e não há ninguém para odiar, nem sequer a nós mesmos, e nada a lamentar, nenhum motivo para viver com vergonha. Nós o tocamos, esse paraíso. Um beijo no beco, um picadinho mexicano de carne apimentada e feijão temperado, preparado com um pouco do sabor que é a própria Vera, o prazer de ver Stump sentado agora ao sol.

— É demais — diz Duncan, e parece que perdeu todo o fôlego.

Sei que se refere ao fato de estar aqui neste glorioso dia de abril, dia quase destruído para ele pelo relato da coisa terrível que fiz, e, apesar disso, veja só a garota que o olha agora, como se ele fosse a coisa mais maravilhosa do mundo. Em algumas semanas, vai levá-la ao baile de formatura do segundo grau, e sei que ela se sentirá uma felizarda por haver sobrevivido a tudo o que passou e ter a vida que agora tem. Verdade seja dita, eu sinto o mesmo. Vejo Stump no convés de seu navio. Vejo Vera, Duncan e Maddie.

— Diga alguma coisa a ela — sussurro-lhe, temendo que, se não o fizer, ele se perderá, como eu me perdi durante anos a fio.

Ele grita-lhe numa voz alta o suficiente para chegar ao meu vizinho, que ainda segue à direita na calçada, e aos amigos de

Dênis MacMauzinho, agora reunidos à esquerda. E diz, sem se importar com quem ouve:

— Amo você, Maddie.

Os garotos de Dênis MacMauzinho dão risadas. Empurram uns aos outros, e alguns dizem:

— Amo você, Maddie — e então fazem ruídos de beijos com a boca nos braços.

Meu vizinho grita:

— Repita, filho. Não sei se ela o ouviu.

Ah, mas ouviu, sim. Maddie leva a mão aos lábios e joga um beijo a Duncan.

— Pegue — digo-lhe.

Não é nada em cuja duração posso confiar — os dois são apenas adolescentes, e sabe Deus se o que sentem um pelo outro não acabará amanhã — mas no momento basta. De fato, é exatamente o que preciso: presenciar, ver Duncan agarrar o ar, fechar a mão num punho e apertá-lo no coração.

Por favor, não me entenda mal. Não peço perdão por meus desvios e trapalhadas, mas, em vista de tudo o que se foi e tudo o que ainda virá, alegra-me sentir o calor do início desse amor, descrevê-lo como a melhor coisa que poderia ter acontecido na história de minha vida.

Então mexo os pés na grama, cruzo o portão até a rua, onde Vera e Maddie esperam para ver por que vou me juntar a elas. Percebo que tudo o que aconteceu desde a volta de Cal a Mount Gilead vem me levando a esse ponto onde não mais posso me esconder atrás dele. Meu irmão não pode mais me salvar. Na verdade, nunca pôde. A história é minha, e só eu posso contá-la. Sempre foi.

Não sei como começar, mas, tão logo o saiba, conto-a toda. "Era uma vez um menino chamado Dewey." Contarei tudo a Vera e Maddie. Assim, quando a última palavra se dissolver aos poucos, eu me calarei, sabendo que as palavras seguintes

| 253

serão delas, uma após a outra, até se empilharem tantas que não mais seremos capazes de refazer o caminho de volta ao ponto onde começamos, e aí tudo mudará, para melhor ou pior. Esperarei, com o coração na garganta, morto de medo, sem condições de deter o que vier, disposto a me entregar, enfim, a qualquer um que apareça — um homem como eu — do outro lado da mais triste verdade que ele possa contar.

Este livro foi impresso pela Prol Editora Gráfica
para a Editora Prumo Ltda.